時量師

タプティ詩篇

舞う空に

宗清友宏
Munekiyo Tomohiro

石風社

タプティ詩篇　２　時量師舞う空に　目次

装幀：onto-g.

タプティ詩篇

2 時量師舞う空に

一歌（赤色人篇）

円錐形の整った山の麓に深く秘められていた曲洞の路をめぐり、やがて上昇してゆく彼ら。注意深く、幾度も確かめ、行き来しながら。その上空では、少し前に、小さな渦巻く風が一瞬消えて、遠方に飛ぶ。そこから、地上の草木は沈黙するように安らぎ、緩やかな時が流れ始め、いつからか大きな鳥がその辺りの空を旋回し続けている。よく動く鋭い眼が地上と遠方を見つめ、遥かに消えてしまったものを呼ぶように、高い鳴き声を気流に放つ。彼らは、どこへ行ってしまったのだろう、彼らの視界は、そこで、今も、新たに動いているのだろうか。

トワトワ

トワトワ

水はめぐる　（＊1）

ᘓ
点検している頸動脈のふるえる強めの発声法に赤偏してくる景色
スコールの過ぎたあとの白雲の前にかかる揺らぐような虹の動き
熱病のタイマーが冷静に腕時計の水滴の周りを左へと廻り始める
雨林の葉陰で微笑むひとの写真の記憶がどこからか侵入してくる
ᘓ

グッと潜ってゆく湖水の中で、薄明るい光の広がりを見つめている。葦の繁っている岸辺からは遠く離れ、湖水の青みは増し、小さな魚影の群がゆっくりとよぎる。その奥に広がる深い青の闇。呼吸音と浮き上がる泡の音のみが鳴っている。注意深く水圧に躰《からだ》を慣らしながら、五メートル程潜ったところで一度止まり、頭を上にした姿勢にもどり、ふと水面を見上げる。透明度はわりと高く、空の青さが、そこにもある。少し離れて小型クルーザーの底も揺れている。ここは外気圧の低さと水圧との二重の調整が難しい湖だ。しばらくそこで呼吸を整えてゆく。そこからまた視線を戻し、さらに深い湖底の方へ、ゆっくり潜水してゆく。八メートル、十メートルと潜ってゆくにつれ、少しずつ視界の光も弱くなる。十三メートル程潜ったところで、ふと斜め下方の一点に目を奪われる。先に、誰かが、そこを歩くように移動している。泡も立っていない。水を円く掻きながらとどまる自分の手が左右に揺れる。青い闇の広がる水中を、人のかたちをしたものがゆっくりと歩いてゆく。ぼんやりと自分の視界が揺れ、呼吸音も消える。わずかに赤みがかったものがこちらを向く。

トワトワ

トワトワ

風はめぐる

コンクリート打ちっ放しの遠い壁に飾られているコンドルの眼球
ガラス管の長い曲線の中を赤い葡萄酒が流れ電磁波を消している
鸚鵡《おうむ》たちの知らない朝焼染《そ》む密林の風の窓を流れてゆくヒトたち
古代史家が指をおく緻密な石壁の滑らかな表面を高速で飛ぶ影絵

　よく磨き上げられた石組みの見事な壁のつづく、ある高地帯の町を乾燥した風が吹き抜けてゆく。めずらしくひと気が無くなった所で、そっと石壁に手をあて、ひんやりとした感触を確かめる。その道の左右に続く、高さの違う壁に区切られた上に広がる青い空を見上げる。この町自体がMt.Fujiの八合目くらいの高さの所にある。そこに吹く風が躰を抜けてゆく。犬たちも、その風を身に受けている。どこからか子供達の歌う声が聞こえてくる。一すじ違う隣の込み入った路あたりから、かすかに空に流れている。古い旋律の感じられる心地よい歌だ。また歩き始め、石壁に沁みている風と音楽の痕跡を、その直線にたどってゆく。しばらく歩いていると、何か視野の下方、三メートルごとの地面に小さな赤い実が置かれているのに気づく。ハッとして前後を見返す。

トワトワ

トワトワ

砂はめぐる

ナスカ台地を風にのって素早く駆け抜けてゆく砂生命の影の刻印
砂の驟雨が真横に降りそそぎ続けている高地帯の町中に赤の玉響《たまゆら》
渦巻き猿の石のペンダントがカチカチと音をたて柱に揺れる催眠
偵察衛星が鋭く赤い線を地球へグルッと引き続けている目の痛み

乾いた砂が微動している。その一角がゆっくり斜めに二メートルも動いてゆくように見えて、実は少しも移動していない、全体の動き。そこには細かな密度の濃淡のみが生じ続けている。その広い場所に、どこからか突き刺さってくる光にさらされて、無数の砂が、無音の中、様々な箇所で影のように舞い、ふうわりと石の幻をつくったり、時には手ごたえのありそうな岩の幻をつくったり、また、線条痕や幾何学模様を現わしたりしている。そうして造り出されてゆく形の一つが、よく見ていると生きているもののように砂の翼を広げ始めている。その砂の胎動してゆくようなカタチの少し上に、そっと、いつからか、揺らめくような一つの小さな風の渦が見えている。その空間すべてが微動し続けているような幾何学模様の濃淡の発生のなかに、一つの渦が小さな光をたもって、そこに浮かんでいる。やがて、黄土色と薄い砂鉄めく色あいに全体がまぶされている空間の遠い一角から、ゴーという音が響き始める。それが次第に大きくなり、ある一点を越えたところでスゥーと小さく遠ざかっていったとき、何事もなかったように砂の荒地が、冷たい日光に照らされて、静かにアスファルト・ハイウェイの向こうに広がっている。

〈❖1 砂生命の影の〉

――ハチドリの民よ、山からの恵みをとどける小さき鳥を、自らの魂とする民よ、まず汝らからめぐり、祈れ。

天空の陽光と荒涼とした大地。そこに生きているものの気配はない。その、ある場所に、ただヒトだけが、そのとき動くものとして集っている。白い点の蠢く様々に流れる塊が、その一角のいろんな所にある。陽光は強いが、この土地の空気の冷たさの中で落ちつき、静けさがある。山の蜜を集めて、笛を吹く民たちが機敏に喜びの舞をそこから舞い始める。

――クジラの民よ、海の恵みをもたらす潮《うしお》の王を崇める民よ、汝らもめぐり、祈れ。

海洋の息吹、海岸の息吹が、遠くより砂の荒地を越えて吹き来る霧のごとく、海幸を届ける。潮に焼けたような人々の顔に躍動感が漲る。

――渦巻き猿の民よ、さあ、汝らも踊り、めぐれ。

遠く、高い山の間を跳び、異なる世界の目とリズムをもたらす、密林と大河の源の小さきヒトたちを導きとする民の過激な渦の舞が、その尾をめぐってゆく。

――さあ、コンドルの民よ、我らの鳥の王を崇めるものたちよ、祈り、めぐれ。

祈ること、祈ることしかできない、この荒地の静かなる黄漠とした大地の上では。水の道、天からきたる、山からきたる水の道を確かめ、確かめ、祈ること。鳥の王よ、雲を呼びたまえ、鳥の王よ、遥かにきたるものをあらかじめ教えたまえ、鳥の王よ、山の神様への祈りを伝えたまへ。……………細い道のように伸ばされてゆく直線や、一筆書きされてゆく線によって描かれた絵のうえを、一歩一歩、祈り、舞い、進み、笛を吹き、この時に集い、この時に捧げるもの達の幻影が進んでゆく。(＊2)

まず四つの点をうつ。夜空の中にもあの星たちのように神々の置かれた四つの目印のごとくひときわ輝いているのなら、その四つの点をこの地に写してみよう。そしてその四つの点へ自らは東面して、まず東の点からこちらの西の点へ、陽の昇るところ、沈むところ、月の出るところ、消えるところ。その真横に高き山々の連なる流れがある。その線を左の北の点から右の南の点へと引いてみよう。その中心に聖なる湖をおく。それがこの世界だ。その湖のすぐ南にクニを造る。そこに現れた世界という菱形の枠を見つめ、地上の形である階段的十字形の祭壇を組みこんで、我らの世界のシンボルとしてもよい。さらにそこに造られた水の場のなかに、陽光を映し、夜空の星々を映して、ささやかな祈りを捧げよう。そこに来ておられる天空の神々へ捧げものをおくろう。聖なる水、大いなる湖の畔で、小さな小さなも

のとして恵みを受けて生きていること、それをこの形にたくし、いつまでも忘れることはない。（＊3）（Cg1）

❖2 高地帯の町中に

高度差とともに様々な土地の相を見せてゆくペルー南海岸域（コスタ）から山間盆地域（ケチュア）、そこからさらに奥の山岳地域（シエラ）へと入り、高い山脈を越えた山界のただ中に、広く、青に輝く**ティティカカ湖**が異界のように現れてくる。標高三八一二メートルという高地に、長さ約一七〇キロメートル・幅約五〇～七〇キロメートルもある大きく稀な湖であり、湖水の透明度も高く、静謐な雰囲気が遠く広がっている。さらに近づいてゆくと、その様々な場所に人々の変わらない生活の姿が営まれているのも見えてくる。そこにはスペイン侵略の近世も含めた様々な歴史とともに、少しずつその色合いをかさねた町を造ってゆく人々や、また、トトラという葦科の植物を至る所で利用して湖の岸辺に生活空間を造り上げてゆく先住民の人々など、人類の長く積みかさねられてゆく営みがやはり展開されている。さらに、その広く青い湖に、遠く遥かなる先史人類たちが到るまでの歩みは、どんな過程の中、どう続けられていったのか。最新の**ミトコンドリアＤＮＡ**研究による仮説を見ると、約二万二千年前（通説によると一万数千年前＊4）、東アジア（或いは中央シベリア）のモンゴロイドたちが最終氷期の前後、またその最中において移動していった旅は、わずかな期間で、北米大陸を越え、さらに、そのペルー、ボリビアの領域も越えて南米大陸の南端にまで達している。ティティカカ湖周辺を含めてそうした領域に到る様々なルートがはっきり確定しているわけではないが、ペルー南沿岸における二つの古い遺跡（＊5）などの示していることや、様々な研究の過程からモンゴロイドたちが南米を進んでいった、そのルートの一つを、北米大陸の西海岸線沿いのルートの延長のなかで推定・仮説され始めている。（またアマゾン河流域へも最初期から到達しているので（＊6）、そこにはいろんな時期において、かなりの広がりと相互性もあったことは確かだろう）。そうして南米大陸に広がっていったモンゴロイドたちは、やがて現在のペルー、ボリビア辺りで、形成期早期（紀元前三千年）といわれる時代からカラル遺跡・アスペロ遺跡（＊7）などの大きな**ピラミッド型**の建造物を持つ文明度の高い生活空間を幾つも造ってゆくまでとなり、（この形成期の頃から高い文明性があることも南米大陸の西海岸線沿いという場所の先史時代からの民度の高さは推測され）、さらにアンデス山脈の西側の中腹にかけて、様々なアートの息吹のある土器文化（その中核として紀元前千三百年頃のチャビン・デ・ワンタル遺跡（＊8））を築いてゆき、こうした時期ごとの主要な流れが**ナスカ文化**やさらに後の**インカ帝国**にも見える文化の大きな源流となってゆく。また、その流れとともに、やはり紀元前三千年ころからの様々な文化遺跡のみられるティティカカ湖一帯にも、紀元前

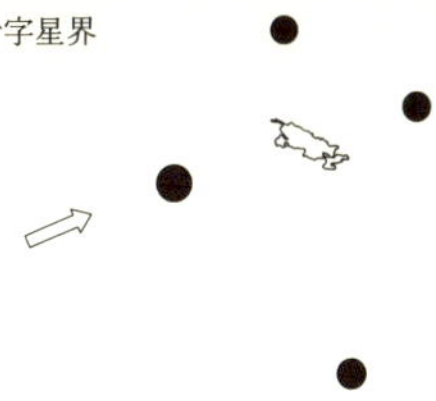

千五百八十年ころには農業集落としての初期**ティワナク文明**がきざし始めていて、やはり後のインカ帝国へと時代を超えてつながる繁栄の元となってゆく。（そのインカの始祖神＝王はティティカカ湖を起点として旅を始め、クスコへ入ったという伝説神話もある（＊9））。こうして長く長く、分岐や再集合しながらも移動し続けてゆく力、未知を求めてゆく力とともに、そこには徐々に古い**神話**も携えながら、様々な文化において独自の空間と心の**コスモロジー**は遠望され、形成されていったのだろう。やがて、青く輝くティティカカ湖の畔から、天と地上と冥界への新しい花々が思念され、様々な型をもち、長く周囲に咲きこぼれてゆく（＊10）。天空からは、星々の輝きが美しい十字の周りに広がり、溢れるように地上に咲きこぼれてゆく。その同じ場所に、空を見上げる異様な**長頭の男たち**の幻影が揺らめいている。

トワトワ
トワトワ
炎はめぐる

複雑な時の迷路を辿り失踪した男の後を追う虹色に光るハチドリ

飛び続ける鳥が平原の空に見つける消えゆく幽かな文字の微流星
密林の隙間にひらく青空まで遠く火球を飛ばす山の神殿の笛吹き
平仮名はそれぞれエネルギー量を現している記号であると赤色人

高度な文字の考案以前、それも大切な意味を示すものとして、石や骨、或いは時として大地そのものにも描かれ刻まれてゆく様々な図像や規則的な造形の中に、記憶と記録、そして祈りをとどめようと考えた古代人は多かった。漢字の始まりの姿であり、すでに、ある文字の祝告・呪能の体系を深くそなえている甲骨文字においても、よく考えられている象形的造形がその線の動きの中で息づき、人の「姿・形」や「もの・こと」が文字の形に表されてゆく永い過程が、そこにはある。その古代から脈々と続く祈りを秘めた文字たちが世界や都市の至る所に氾濫するまでに広がり、今も、イノチを保ち続けている。しかし、その中で、また少しずつ、様々な枠の無数の液晶の中を通って、文字たちはどこかへ失踪を始めているような気もするのだ。永く竹や紙、粘土板やパピルス、羊皮紙に書かれてきたものたちが、そうして冷たい火に包まれ始めてゆく。そんな時、初源に秘められていた石に刻まれていく祈りや呪力を、もう一度、どこかで深く見直しても、けっして可笑しくはない時が来ているの

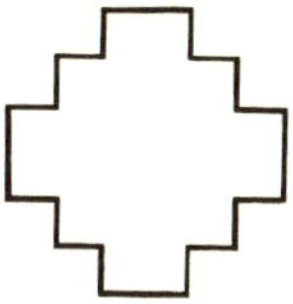

Cg2：チャカーナ図基本

かもしれない。ふと、秘められたある場所で、柔らかい石たちが、様々な触手を伸ばしながら動き始めている気配がする。

❖3 記号・［シンボル］

石に刻まれて残されていたティワナク文明の紋章「**チャカーナ**」（「階段的に切られたもの」ケチュア語）（＊11）。この文明の最初のピークは紀元前百年から紀元後三百七十四年ころである。その頃すでに宗教都市、聖地としての構えをもち、七百年ころまで帝国としても大きくなってゆき、千二百年ころに滅びてゆく。その都市には、階段型の台形的ピラミッド（その広い頂上部には、太陽や月・星々などを映して季節を読み取り占っていたチャカーナ型に造られた大きな池もあり）、また石造りの「太陽の門」や大きな「石像」などを持つ地上神殿、その近くに謎の半地下の神殿（中心部に三本の石柱）と、総じて**天・地（現世）・冥府**の三つの構造を持つ広い神殿域があり、そこを宗教的中枢としてティワナクという広い国をつくり、長く栄えていた。しかし、そうした高い建造文明を持っていた古代のボリビアやペルーであるけれども、そこからインカ帝国の時代におけるまで、この地域には文字は形成されなかった。ただ文字の代わりに大切な宗教的概念を示すための象徴・シンボルは様々に試みられていて、その最も明確で、現在までも伝えられてきた図形が、ティワナク文明のエンブレムとされている階段状の十字形「チャカーナ」といわれるシンボルである。これは一種のマンダラともいえ、そこに様々な象意を読み取り、方位や季節も含めてゆく、アンデス地域の重要なシンボルとなっている。そこには古代ティワナク文明からも伝わる（＊12）、石に刻まれたシンボルが、現在の職業的シャーマニズムの中までも大切な流れとして、約二千年間（或いは五千年間）持続されてきている一つの例を見る事もできる。ある面では文字よりもシンボル図形の方が、何事かを持続的に伝えうるのは確かなことかもしれない。(Cg2)

トワトワ
トワトワ
音はめぐる

ᘐ

木霊は密林を駆けまわりまどろむ虹の落とし物を目覚めさす単音
ヒの道をすすむ前後にハチドリの羽音は飛びかい手作りの笛吊し
続いてゆく石段から見上げる石積みの壁の前に立っている影と人
緻密な石組みを背に手を打ち跳ねかえってくる霊山の音に貫かれ ᘓ

そこから山の神殿の全景を見おろす場所へと登ってゆく、大きな段々畑の端の樹林の中の路や石段を進んでゆくと、また傍らを何かが素早く行き来している幻影につきまとわれる。違う時間軸の中をお互いが行き来しているような彼らの動きが、瞬間、目に入ってくる。「道が命のしるべである」「すべての道が遥かな都へとつづくのだ」「命の水の流れてゆく道である」「風の道もよく整えられた」。傍らを幽かな声がひっきりなしに流れてゆく中、リズムをつけて登ってゆく躰に、この領域の様々な所に作られているという細い幻の道のことがリピートされてゆく。「その奥へと逃げるのだ」「ピューマの都は、白い肌の魔人たちが荒らしている」。やがて段々畑の上へと出て行く坂道を登り切り、そこから広がってゆく視界の下方に現れてくる石造りの神殿と住居の全景を、風を感じながら眺める。空は晴れ、空気は次第に涼しさも感じられてくる。今度は風にのるように聞こえてくる声たちは、そこでひととき静かになり、共に遺跡に目を向けているようだ。そこまで偶然一緒になって登ってきた人たちも思い思いの場所に立って、山の神殿の遺跡全景を見ている。そうして充分にそのポイントを満喫したあと、そこから今度は全景を見おろしながら、遺跡の上部入口へとなだらかに下ってゆく石段の路を一人一人歩いてゆく前方から、ふと、赤と黒の模様の入り混じったポンチョを着て、後ろに伸びる異様な長頭に耳まで隠れる綿の帽子を被った、かなり色の黒い現地の男が、こちらを見据えるようにやってくる。帽子には黒地に赤のギザギザ模様が入り、すれ違いざま、その男の口から「レイ・ノーア…」という少し驚きの表情とともに幽かな声がもれる。それと同時に、どこからくるのか、さらなる幽かな声で「パチャ・アイ…」という響きが頭のなかを流れてゆく。これは幻影ではなかろうと、彼の歩いてゆく後ろ姿をふり返ると、昼の光の中でも、その回りには二重、三重と彼によく似た、しかし少しずつ背丈、服装などの違う人影が霞むように揺れていて、「何をしている、レイは、……」と、さらに幽かな声がそこから流れてくる。この遺跡にある様々な石段の前後では錯綜した時間の流れがめまぐるしく入れ替わり、躰の皮膚一枚がそれに耐えているようで、ふと、そのポイントで一緒になり、また神殿の上部入口へと向かって歩き始めていたはずの三、四人の人たちの姿が、いつの間にか、遠い先の綺麗な石積みの遺跡の中に見え隠れしているのに気づく。

トワトワ
トワトワ
骨はめぐる

(❖)

♌

コンドルの咽骨を一つ秘め大都をゆくインディオの後に従う烏ら

背骨の緩い湾曲は躰の内なる螺旋だと若き整体師は赤い手を当て
コカの葉を一枚嚙み地図上でリャマの小骨をまわし風の道をよむ　❖
ヒを吹く赤色人が見上げる風に鳴り古代の音をしのばす鉄骨の塔　ᘓ❖

❖4　骨はめぐる

悲しみの骨が見える。何ごとが秘められているのか、無数の悲しみを宿して、そこにある。未明の、天空の中、あまりに力の弱いものたちが、怖ろしきものを鎮めるために、身を投げ出す。無数の幻影を宿して、ある骨が静かに、か細く語り始めている。**ヒト**は、何故、ここまで、大地が怖ろしく、天空が怖ろしく、生きていることの唯一の方途のように、小さきものの身、自らの身を捧げるのか。自然であることが怖ろしいのなら、そのように自らを変えたいと思い至った、あの、残された骨たちの幻影が語る、ヒトが裸で投げ出されている、この世での自らの悲しみの変貌を、ひととき思念してみるのだ。ヒトは何ごとをも世界へ向けて幻想し得る、おそるべき生き物だ。無数の悲しみの骨が、遠い半地下の**黄泉の神殿**には眠り、そこでその命を下す、変貌した者たちの、さらなる悲しみの骨が立ち尽くしている。

太陽の涙。地の中にまでいつしか流れゆき、そこで形を持ち、じっと待ち続けている。その現れた輝きを見つけ、彼らは驚き、その由来を、地に座り込んで考える。その塊を最初に手にした者は、それに舌をあて、味を確かめてみたことだろうか。木と枝と動物の皮、或いは石で造り上げた住処に持ち帰り、それをどこに飾ろうとしたことだろうか。石斧よりも軟らかく、生きているものの質感を、その鈍い輝きの中に秘めているもの。やがて永い時が過ぎ、彼らは翡翠の緑色のもろさで身を飾ることよりも、この輝きの鈍い強さで身を飾ることを願ってゆく。あの天空を渡ってゆく大いなる陽光へは目を向け続けることが出来ないものの、この塊は、その熱き瞳からこぼれおちた大切な思いとして手にすることの出来る唯一のものなのだ。太陽の涙、飛来する光線に混じって、どこかの地の上に、地の中に、沁みとおってゆく、太陽の涙、彼らはその現れを讃え、それを捧げものとする。

〈❖5 風の道をよむ〉

切り立つ小高い山に登り立ち、新たな**アマウタ**たち（＊13）は思索する。この傾斜にあった神殿の形や大切な風の道、水の流れを読み、整え、在るべきものを在るべきところに配置してゆくことを。太陽の柱が刻々と刻んでゆく影とその長さを測る場所のことを。ここで多くの神々のための歌をつくり、祭壇の形式を考え、王のなすべきことを助言する時のことを。また、アマウタたちは思索する。夜空にある白い河の無数の煌めきの中に見える〈黒い領域〉、それが形作っている一つを〈子に乳を飲ませるリャマ〉の姿に見立て、輝くものよりも影としてあるものの意味を考える。ここにも造るべき〈月の神殿〉のことを。ここは天空と四方が見渡せる。すぐ目の前に牙のような山がある。守るべき砦としても見事に造ることが出来るだろう。その細かい模型を、この山と渓谷全体を含めた模型を、まず始めに造ろう。彼らはそうして〈日月〉の運行を読み、〈数〉を読み、〈石〉の条を読む。彼らは多くの〈時〉を読み、遥かに神聖なるものの在ることを全身で感じ、それを顕す術を工夫する。切り立つ小高い山に登り立ち、新たなアマウタたちは思索する。

〈❖6　ヒを吹く赤色人〉

「赤色人」という言葉から我々はまず北米ネイティブの日焼けした褐色の肌をもつ、躍動的な人々のことをイメージするだろう。DNA的流れにおいては、その北米ネイティブの遠い祖先達が、そのまま南米大陸へと南下していったのだが、現在の南米のインディオ達に「赤色人」というイメージはない。高地帯や砂漠、またジャングルという様々な環境の変化と適応も、その移動及びその後に続くさらに長い時間とともにあったのだろう。ヒトの躰は一世代における環境の違いにおいてもかなり変化してくるが、それが目に見える皮膚の色の変化として定着してゆくまでに、どれほどの時間がかかるのか、軽い変化なら数千年程度で現れてくるのであろう。最初の移民からまだ二百数十年程しか経っていないオーストラリア人たちが、強い紫外線による皮膚のダメージを自然に克服してゆくために、あと何千年、遺伝子の闘いをそこで経なくてはならないのだろうか。そうしてやがて太陽光に強い赤色の白人も生まれてゆくのであろう。それは、すでにインド系アーリア人として三千五百年程の歴史をもつ民族によって示されている。

夕刻の帰りの列車に間に合わすために、気になっていた何ヵ所かの遺跡石組を中心に確認していった後、急いでシャトル・バスに乗り込み山の神殿を下ってゆく一人の男。緩やかなつづら折りの坂道を心地よく揺られながらバスの中ほどの席に座っている。そのころになると、おかしな耳鳴りの隙間から聞こえてくるような声の現象も薄れていき、改めて気を取り直すようなつもりで両耳の穴に小指を右・左と代わる代わる入れてはポンと弾みをつけて抜くことをやっている。それはこの山の神殿から下の小さな町までの高度差によっても、その半ばを過ぎて行くと少しは気圧の変化が発生してくるようで、そうした動作とともに、あるとき耳管の通りがよくなり耳の気圧調整が合うことがあるのだ。あの高地帯の町を含めて、この大きな山脈領域の高度や空気の薄さにいつの間にか慣れていたが、山の神殿に入ってゆくときに感じ始めていた変調は、その東洋人の男が長く宿泊している所からみても高度がかなり下がってゆく、この地域に溢れている緑と濃い空気と気圧の作用があるいはあったのかもしれない。そうしているうちに山の麓まで降り、そこから河沿いの道をバスは町まで帰って行く。停車場に着き、シャトル・バスから降り、駅へ向かい河を越えてゆく橋を渡る。そこから土産物に溢れている大きなマーケット空間へと入り、その品々を見ながら抜けてゆくと列車の止まっている駅である。この小さな町は山の神殿を観光するための大切な場所となっていて、河の両側にすぐそびえてゆくような山々の麓の狭い空間に、ホテルや料理店、土産物屋などが多くあり、また温泉もあって、いろんな国からやってきている多くは白人の観光客もよくこの町を歩いていた。その男は、何度かそこに宿泊したこともある町並を懐かしむように見ながら、しかし発車の時刻の近づいている列車へと急いでいく。やがて乗り込み、しばらくして緩やかに発車してゆく列車の天井もガラス窓になっている明るい窓辺で、レールと車輪の奏でる鉄の軽やかな音のリズムを聞きながら、男はようやく心の落ち着きを取り戻していった。今日の昼すぎまで見ていた、この河の少し下流にある別の遺跡の確認の後、またあの麓の町の駅まで戻り、そこから山の神殿までゆく、この余裕のない短いとんぼ返りのような行程においても、一つのイメージと確認は出来たように思えた。そこには、光景を別のものに写して「見立て」る方法も随所に取り入れている、ヒトが世界・宇宙をヒトの存在とともに構成してゆく始原的な方法がより確かに感じられてきた。太陽を繋ぎ止めるという岩の上の立方体の石柱、それは日時計とも云われているが、そこで計られる時とともに祭祀も行われ、太陽の大いなる力を受けようとする王の願いもあったろう。その綺麗な石積みによって造られている広い空間の中、様々に共鳴しているポイントを一つ一つ思い出しながら、そこから少しずつ通常の思考の働きを自ずと取り戻してゆくような列車の中での時間が続いて行った。それからしばらく、暮れ始めた山並の景色の中を流れてゆくすぐ傍の河を、その流れに沿うように進み続けている列車のたてる音のリズムと共に見ていた。発車して四十分もたったろうか、この河には至る所に大きな岩が河辺にもころがっている場所が沢山あるのだが、ふと、急にこの辺りでは、朝の列車においても無論のこと、これまで見たことがない思いのする赤味の強い大きな、上部の切り取られたような四角錐型の岩の張り出しがこちら岸に現れ、その上に白い服を着た良く似ている老人が二人対面して座っている姿が目に入ってきた。足を胡座に組み、こちらを向いていた一人の眼が異様に光っている。その光景が見る間に通り過ぎてゆき、すぐ振り返って、もう一人の同じような人の眼も異様に光っているのを、二、三秒そのまま見ていた。それからまた不可解な気持ちのまま向き直り、夕景の中の河を様々な記憶を思い出しながら見続けていた。そして、気がついてみると、何度かこの列車に乗ってここを通り過ぎていたはずの自分の記憶の中の時間や、さらなる過去の時間の中にある微妙な不確かさが、そこで一つの対象として浮かんでくるのを感じ始めていた。あの時はどんな経路をたどって湖近くの町に着いたのだったか、そのとき日が暮れていたはずだが誰の案内で進んでいたのだったか……、いや、今、浮かんでくるあの情景は七年前のものではなく、十年前のもののようだ……時間がそこで重なり、またズレ始めてゆく……。過去という時間において、こうした印象は時々起こってくるのだが、あるいは現在という時間の総体で進んでゆくように見えるものの姿にも、故知らず様々な淀みや急流、逆行するものや渦として現れるような時の現象もあるのかもしれない。そして自分は今、この帰りの列車に乗ってすでに一時間近くになるが、もしかしたらただそう思っているだけで本当はまだあの山の神殿のどこかに座り込んで、石と石の組み合わせの線を見ている最中なのかもしれない、その中で帰りの列車のことを考えているだけなのかもしれないと、思わぬ幻想も浮かんできた。しかしその幻想とともに、この目に映ってくる河の流れや迫ってくる山々の連なりは、やはりそのまま確かなものとして続いていた。そしてこの河はこれまで何度か見てきたにもかかわらず、雨期、乾期の季節によって細部が初めて見るような変化の相を現わすのはよくあることなのだが、あんな四角錐型の赤い色に輝く大きな岩は見逃しようがないはずのものであることが、また意識に上ってきた。そこで窓から目をはなし、通路の左側の座席に座っているたぶん観光客らしい白人の夫婦の静かな会話の日常性をちょっと意識し、また、真上の天窓の方に広がる暮れてゆく夕景を見るともなく見ていた。「この時」という持続する身心と目の流れの中、ふと、その視野のどこかが一瞬クルリと回転し、本来そこにはないはずのものがどこからか現れ、その一瞬が五、六秒間ほどの長い印象として自分に残り、そのまますぐ、またもとの正常な光景の中の時間にもどり何気なくそこに流れ続けていたとしても、我々の知覚はそのモザイク模様を自然に調整して「世界」を造ってゆくということもあるのかもしれない。東洋から来ている男は、そうして浮かんでくる様々な思いをそのモザイクの連鎖の中にからめ取るような思考を続けながら、次第に暗くなってゆく窓の外の景色をみつめ、ある時の中に深く入り込んでいった。

ある東洋人の男が乗った列車よりも二時間ほど早い山の神殿からの帰りの列車に乗り、夜の七時過ぎに高地帯の町に着いた一人の若者がいた。彼は町中を離れたところにある駅から、月明かりは僅かにあるがやはり暗い車道の続く通りへ向けて、何の躊躇もなく歩き始めた。他の多くの観光客は、ホテルからその駅まで迎えに来ている小型バスへと乗り込み、また他の人達は安全も考えてタクシーで町の中心部へとそれぞれ帰って行った。以前は、町中の駅までこの列車は進んでいたのだが、この頃は郊外に建てられている駅が山の神殿との往復列車の発着所になっていて、彼にとっては随分遠回りの道のりになった。その、車は時々通るが人通りはほとんど無い、わりと坂道のある道すじをのんびりと、始めは左方にある山並の上へ出たばかりの満月や澄んだ星空を時々見たり、やがて下方に現れてくる盆地に広がる町の灯を懐かしく眺めながら、若者は降ってゆく道を歩いて行った。そうして町中に近づいてゆくとともに道の両側の家々が多くなってきた。彼はその道をさらに進み、割と人通りの多い明るい一角へと出た。そこから石畳の続いてゆく道を、やはり増えてきている人々の中をゆっくり歩いて行った。しかし、どこかに寄って行こうとすることもなく、帰宅してゆく日常の一コマのように、またしばらくして右側に見えてきた二階建ての建物と建物の間の道へと入って行った。その辺りにも街灯はまだあるが、一旦は近づいた町の明るい所から離れてゆき、人々は次第に少なくなっていった。その道を一人歩きながら、何故か急に、彼は今日久々に会えたある男の言葉の印象などを考え始めていた。しばらくそのことに集中していると、前からやってきた中年のスペイン系の男が、この道の少し暗い所から急に現れたその若者の風貌に、いぶかしげな表情をみせて脇へとよるのが目に入った。人通りはまだあるが、すでに陽が暮れているこの時間帯の、こんな場所を、あまり白人の観光客でも一人では歩かないだろうに、この町で今まで見かけたことのない顔の、赤みの強い膚の色が夜目にもわかる白人の若い男がふうわりと近づいてくることに、やはり少し警戒したようだった。この町中からそのまますずれて行くような道を、引き締まった体軀の白人めく若者は急ぐこともなく歩きつづけ、本当によくこの場所を見知っているように、そこから急にさらに暗い路地風の道へと何の躊躇もなく入って行った。そこは白い壁の家々が続き、もうその道沿いに面している玄関の木戸は閉められていて、街灯も少なく月明かりの角度によっては見えてくるそこを歩いている人も遠くに二、三人ほどだった。その路地風の通りをしばらく進んだところで白人めく若者は家々の間にある、さらに小さな路地へとスッと入り、三軒ほどの家の横を歩いた先にある小さな広場のような空間へと入った。そしてそこに置かれている木のベンチや四角い大きめの石を確認して、その石のひとつに座った。そこから開けて間隔のある家々の間の夜空が見え、若者はそこでひととき、まだ低い所にあって明るさも控えめな月の上方に広がる透きとおるような夜空の星々を見上げていた。ここまで歩いてくる間にも時々ひとつの本能のように、先ほどの駅からの長くて暗い道や、これまでの暗い街灯の向こうに広がっている夜空を見ながら来ていたが、その小さな広場で彼は少しあることを考えてみようと思った。そこからは空気の澄み切った中に明るい星々はもちろんのこと五等星までの星もよく見え、さらに月の光でかなり薄れ始めていたが射手座にある銀河中心部も分かり、その中心の淡い光の広がりから南天、北天へと流れてゆく銀河の細かい無数の星々の帯もなんとなく分かった。そんなとき彼は天空の静かなパノラマを美しいと思うよりも、この広大な宇宙の何ものも寄せつけないような寂寥感にとらわれることがよくあった。様々な修行をしてきても、あの天の星々の深い領域にはほとんど手が届かないことはよく了解していた。普通の天文学的知識も充分にこの若者は持っていたけれども、彼はその銀河全体から届いてくるようなものや、またこの地球の夜空に飛び交っている幽かなささやきの気配を生身で静かに聴き入ることに集中してゆく大切さも知っていた。そのささやきに耳を澄ますこと、一つ一つの星さえが聴こうとすればその星独自の音色を夜空の中に放っていることを、この若者は知っていた。そうしてしばらく東の空から射してくる月明かりの淡い光以外には明かりのない小さな広場の石に座ったまま、白人めく若者はこのひとときの大切さを噛みしめるように夜空へと瞳を向けていた。その中で彼はある課題の方へ少しずつ自らの意識を移し始めていた。

――私があなたの過去である。

――いや、私があなたの未来なのだ。さて、この右手を下ろすとしよう。

――私はあなたの過去であるとともに私の現在である。

――いや、私があなたの未来であるとともに私の現在である。

――あなたは私のまだ来ぬ「時」の幻にすぎない。そこにあるように見えて、そこにはいない。

――いや、あなたがすでに過ぎ去った私の過去の幻であり、そこにあるように見えて、そこにはいない。

――私は今から右手を上げたままにしよう。すると私はあなたとして十分後にはその右手を下ろす。私の方が根源であり、先導してゆくものであるからだ。

――あなたが今、右手を上げたのが、今、私の方から見える。すなわち私にとっては、その過去はすでに終了していて、そのままに先ほど私は右手を下ろした。そこから次の時がこうして続いている。私にはあなたが、ほぼ、よく見え続けている。

――ところで、あなたが右手を下ろしてから、まだ五分くらいだが、私が右手を上げて二分ほどである。あなたと私の間の「時間の差」は十分間くらいであろうとして、すでに、その前からの、ある時間の流れにおけるあなたの話は私の記憶に入っている。十分のちの未来であるあなたの話が、十分間過去である私の記憶のなかに入ってきているとき、あなたはすでにあなたの過去を知っているとするなら、あなたは私たちがここで対話を始めてからの時間のすべてを記憶していることになる。それが未来の私である「あなた」の記憶であろう。その中に、すでにあなたが、今、話していることの記憶も、この今の私を通してあなたの中にあるとするとき、あなたはいったい意味のある存在だといえるのか？　あなたという私の未来にとって、あなたの現在とは何なのか？

——私の中には、私が話している姿、言葉の記憶が、すでに「あなた」の現在受けている記憶として内側にある。こう私が話しているその記憶のままに、私が今、話しているというのではなく、それは同じものとして、ここでくり広げられている。私にとっての現在からつづく未来とは、あなたと入れ代わるように生まれてゆく次の〈渦〉の中で、私がここから消えた先にあるものであろう。また、あなたという過去は、一分後にはここで私として右手を下ろす仕草を始める私にとっての過去としてある。もうそろそろ十分間が過ぎるであろうか……。

一つの〈渦〉が消えて、別の場所に次の〈渦〉が生まれていく。

トワトワ
トワトワ
渦はめぐる

ಠ

エルニーニョの御宣託は縄文人の怒りをかってペルー海溝に落ち

幻想の天鳥船《あめのとりふね》の航海の果てに着く大地にひろがる普遍なる赤き渦
縄文の水の呪器のかたちの渦を超えるように上昇する霧の渦の時
タプティ、タプティ、指定された坩堝《るつぼ》へ飛ぶ螺旋上昇の条《みち》をゆけ　ᘓ（❖）

（❖）（＊14）

（❖7 螺旋上昇の条）

この螺旋の条は上昇の道であるとともに、そのまま同時に降下してくるもの、（及び下降してゆくもの）の条としてもある。その意図、その場・（文明）の状況の中で、様々な形をもって現れてくる「それ」は、旧約聖書の中において天使が登り降りしている「梯子」のイメージとしてもあり、また人間たちの権勢を天に示そうとして造られていった螺旋的に形成されてゆくバベルの塔の伝説の中にも、ほの見えている。イスラム教のモスクにおける螺旋階段型の塔・ミナレットにも、その現れを見るし、もっと基本的な古代においては、特に螺旋形ということにこだわらずに見ると、エジプトやこのアンデスのように様々な地域で建造されていったピラミッドの造形意志・意図の中にも、「それ」は発生している。またヒンドゥー教における神々の集積してゆくような原色の塔や、仏教文化において、当時の宇宙構造論を基にして造られてゆく仏舎利を祀るストゥーパ、その東アジア的形態ともいえる多重層の塔などにも、その形態を目当てとしての仏陀への信仰と、宇宙的広がりをその塔の先端の先に見てゆく思いの中にも「それ」は発生しているだろう。ただこうした様々な「聖なる形態構造」として建造されてゆく聖空間においては、螺旋〈上昇〉の道（条）への祈りが基本的にあるといえ、クフ王のピラミッドなども上方への道と降下してゆく道の二つが、それぞれ内部に左右対称に二重にセットされていると推測されていて、その入力二つと出力二つの計四つの道を通過しながらもさらに高く外部へと王の魂がそこでエネルギーを受けて復活し上昇してゆくことが、やはり太陽信仰的宗教理念の中での目的とされている。（ピラミッド自体は王の墓ではない）。その基本のある上で、しかしまた様々な事態において、天へ昇ってゆく過程だと思っていたものが、逆に地の底の闇へ降ってゆく装置としても作用し、姿を現わすこともあるのが、この普遍的な螺旋の条の示す恐ろしい内実ともいえる。（アンデスの古代ティワナクにおける生贄の儀式などは、その装置の持つ深い両義性のもとにあろうし、その傾向は様々な古代文明の中にも散見することができよう）。またその事態・状況は違うけれども、あの『神曲』（ダンテ）の厖大な想像力の過程の初め（「地獄篇」）には、守られながらもやはり危険な地獄の縁を一段一段と〈左廻り〉に深く降ってゆく綿密な段階が描かれてゆくことも、螺旋の条に秘められている大切な意味として見えてくる。（なお「煉獄篇」では煉獄の山を〈右廻り〉に登ってゆく）。さて、そこで、例えば**タプティスト**という志向性をもった者がいるとすれば、『古事記』の記述の中にも「それ」を両義性とともに見ていくだろうし、古典文学においても、（むろん『神曲』も含めて)、その現象を様々に見てゆくことだろう。また世界の各地において普遍的な広がりを持っているその形態の渦巻き模様・文様に視点を合わせるなら、石に刻まれた渦文を持つケルト文化から中国や日本の唐草模様、さらに古代インドにおいて様々な形として現れているマンダラ・ヤントラなどの聖図の精神的効果も含め、主構造のすき間・地の面にも描かれている渦巻き文様なども、タプティストたる者の対象となる。さらにDNAにおける二重螺旋構造の形や、生物自体の相に太古から様々に現れてゆく螺旋の形、また複雑系の科学におけるカルマン渦、カオス、ゆらぎなどの「生きている自然現象」へと肉薄する方法と知見も、その対象となる(*15)。そうして、この〈❖**註的ナレーション**〉の所々の項では、タプティストたる者の目に映りゆく対象を、時には危険な下降の「悲しみ」の意味も含めて註解してゆく。もちろんタプティストはシャーマンではなく、あくまで「詩・文・様」の中で、(図示としての**コスモグラム**等も使いながら)、その構造を見てゆく者だ。そして少しずつ〈**カットシーン**〉の流れとともに、同時性の中で、すでにそのモザイク的〈**前物語**〉の方も開始されている。

いつの間にか寝入っていたようだ。陽はすっかり落ちて窓ガラスには自分のうつむいた影がある。列車内は暖かで、しかし何か静かだ。この座席は車両の前から三番目の所にあり、二人がけの所を自分一人の予約となっていて楽だった。それが珍しく寝入ってしまった原因だったろうか。そのまま通路の左側の座席に座っている白人の夫婦の方を見ると、彼らも頭をさげて寝入っている。車内の照明は落ちついた明るさで天窓ガラスに反射していて暗くはない。人の話し声はわずかしか聞こえない。その白人の夫婦の眠っている姿の向こうの窓が何となく明るくなっていて、空に月があるのが感じられる。そして時々列車がゆるくカーブしてゆく時に丸い月の姿が、まだ低いところに見えてくる。その光を受けて、外の山並みや平原がわずかに明るく見える。自分の方の窓ガラスにもっと顔を近づけて外の景色を見てみる。時間の余裕のあるときには、山の神殿へ行く時などこの路線上にあるもう一つの大きな宿泊施設のある町で一泊することもあったが、そこもやはり通り過ぎている。この辺りの場所は珍しく広く開けている風景の見える所で、あと少しするとまた山間の谷間めく所を通り、そこから高地帯へとさらにゆっくり上がってゆく行程が続く。ここから自分の常泊している町まではあと一時間ほどかかるだろうか。そして目をちゃんと覚まそうとして、寝入る前に食べた簡単な夕食サービスの時のコーヒーの追加をもらうため、後ろの車両にいる係の人の所まで行こうと思い、立ち上がった東洋人の男は、ふと奇妙な感じにとらわれた。左側に座っている夫婦ばかりでなく、その前後の人たちも、何故か月の光の射している左側の窓際の人たちが全員眠そうな表情をして目をつむって座り、寝入っているようだ。自分の前後の人達はそれぞれ時々小さな声で話したり、帰路に着いている疲れもあるのだろう、静かだがちゃんと起きている。通路に立ちながら、その光景が不思議な印象として目に入ってきた時、窓から射してくる月の光が過ぎった。遠くの平原と山並の上に満月が出ている。その光に妙なものを感じ、見入った。月のおもてが、どんな高地帯の空気の作用なのだろう、少し緑がかって見えてくる。その光が左側の座席の人達や自分の座っているだいぶ後ろの人達にもとどいている。その人達もやはり寝入っている。不思議に思い通路で少し身をかがめて、その満月をもう一度よく見た。すると緑がかって見える月のおもてやその近くに、緑色めく薄い薄い霞のようなものがかかり流れているふうに見えた。

(変だな…、雲でもない。)

そう思い、後ろの車両へ向けて歩こうとした時、頭を垂れて眠っている白人の夫婦の窓ガラスの所に二、三本の小さな木の枝の先のようなものが張り付いているのが目に入った。あるいは整備不足のためにどこかの木が迫っていた所で当たったのかとも思ったが、眠っている人達を一人一人見ながら通路を歩いていると、その窓にやはり五、六センチばかりの変な小さな枝のようなものがそれぞれ二、三本張り付いている。何か気になり、また満月の方を見ると、その緑がかった薄い膜が急にひと所、濃くなったりスッと薄れたりしているのが分かった。しかし男にはそれ以上その光の現象が何に由来するのかも推測出来ず、今日という一日ほど妙なことの続く日もないな……、と考えながら、通路の片側の人達のやけに寝入っている姿を見ながら歩いていった。

高地帯の町の、まだ黄昏の光の残る時のこと。暮れゆく深いブルーの光の中、その町の北方の高台に広がる、大きな岩たちが鋸の刃のようにジグザグに組まれ整然と並べられている聖なる空間。そこに、いつからか一つの視界がただよい続けていた。〈それ〉は、よく見ようとすれば、大きな岩の表面の見かけの滑らかさを、まず砂粒のような結晶構造のレベルまで降りて見ることも出来るだろうし、またその不定形な無数の粒子たちがひしめきあい融合して波打っているような光景の、さらに奥の岩石形成時の全体の流動性や、そのさらに奥のナノの領域である分子構造、原子構造までも進んでゆくことが出来るだろう。そのとき、そこに広がる無数の原子と原子の連なっている場所の、さらなるすき間へ向けて、〈それ〉は深く入ってゆくことも可能だろう。だが、ふわりと浮いているように大きな岩たちの上部に座る意識の在り方でとどまっている一つの視界は、しかし何が自らを、全て実体というべきもののない物質たちの饗宴の場の、その一点の時空にとどまらせているのかは了解できないでいる。何がその視界を、大いなる全体の物質移動の只中で、そんなに強く意識することもなく、スッとどこかへすり抜けて大きな岩の向こう側、さらには思いもしない所にまで運ばれてしまうこともなく、その場に同調するようにとどまらせているのか、不安のような驚きの心もどこか発生している。この物質たちの堅固な空間の中、どこかの叢には様々な虫たちも静かにひそんでいることだろう。生きているものの鼓動も、ここには小さくばらまかれていることだろう。その実体たちのすべてを一つの視界は意識すればすり抜けてゆくことも、さらなる一点にとどまってみることも可能であるとみている。自在で透明な風のように、上空の暮れてゆく深いブルーの広がりの中へ、どこまでも昇ってゆけることも知っている。だが、そのとき、〈自身〉が、全くそのすべての場所との時空的関連の切れてしまっている新しい状況への対応を早急に判断して決めなくてはならないという焦りは、視界とともに機能しつづけている明確な意識・意志の思いとして、次第に現れ始めていた。

町の中心である大きなロータリーのある広場まで、夜の九時頃、駅からのタクシーに乗り十五分ほどで着くと、やはりホッとするところがある。夜の十一時頃になると、この最も賑やかなロータリー辺りも人通りが少なくなり、ここをいつもは左側の沢山の店の開いている通りの方を回るようにして、長く宿泊しているホテルまで戻ってゆくのだが、何故か今夜はその入口で降りてから、すぐに右側の方の道を選んでゆく。とんぼ返りのようにしてどうしても今日行きたかったあの山の神殿や帰りの列車の中でも小さな気になる印象を受けたまま、東洋人の男はそれらを何となく反芻しながら高地帯の町を歩いて行った。先ほどまで乗っていたモダンな列車では、しかしコーヒーの追加をもらうため係のいる所へ向かいながら次の車両に入り進んでゆくと、その途中まではやはり何故か片側のみの人達が寝入っていたのだが、彼が歩いてゆくその車両の後ろの席の人達から次々に目が覚めていくようで、先ほどまで自分も寝入っていたことを考えると丁度疲れの出てくる時間帯であったのだろうとも思われてきた。そしてその時、振り返って見た満月にも、つい先程目にしたばかりの緑がかった霞はもう流れてはいず、普通の明るくて白い月の姿があった。しかしそこからすぐ高地帯の町に向かうために山々の間をゆるやかに登ってゆくような長い区間となり、もう月の姿も見えなくなった。何かが心の中に引っかかっていたが、それからの時間は特に変わったこともなく、もらった温かいコーヒーを飲み、そこに来ていた何人かの人達の話し声に耳を傾け、すぐにまた自分の座席へと戻って行った。そんなふとした印象が時々よぎるのに任せて、彼は町の中心部を歩いていた。すでに満月は四十五度ほども上り明るい光をロータリー広場に注いでいた。

このロータリーには二つの中心になるような大きな教会があり、右側の道を回ってゆくと、その二つの前を自ずと通ってゆくことになり、彼は何かを振り払うように、意識せずにその道を選んだのかもしれない。ロータリー周囲には、まだ沢山の明るいオレンジ色の街灯が点き料理店等も開いているが、ここもさらに夜遅くになると治安が悪くなるだろうことは否めない。しかし彼の姿はもうこの町のその通りに面した店の人たちにもよく知られていて、夕刻など食事を外でとろうとする時には声がかけられていった。その道を歩きながら、彼はこの近くで明日の夜に開いてくれるという送別会のことを思い出した。もうそろそろ半年が経とうとしているのだ。今回は長いようにも感じる時があった。明日の会では、これまでお世話になった人たちとの長い別れとなろう。次にこの国、そしてこの町に来るのはいつのことになるのか分からない。気持は次第に明日の送別会のことの方へと向かっていった。そのまま、まず始めに見える間隔の少し狭い二つの塔の並びで造られている大きな教会へ向けて歩いてゆくと、前から赤いブルゾンを着たケチュア系の若者が、少し大きめのスペイン系の風貌をした男の子を肩車したままやって来ていた。何となく少し重そうな表情も若者は浮かべていたが、仕方なさそうに、その上の無邪気な表情をした子供を肩に乗せてきている。その若者と子供の関係性は分からないが、ケチュア系の男はやってくる東洋人の男に気づいて一瞬声をかけたそうな表情をみせた。東洋人の男は何か考え事をしているように、時々教会の方を見ながら歩いている。その様子を見て若者は、もう一度ちゃんと子供の足を両腕でかかえて通り過ぎて行く。そのとき、サッと目にした東洋人の男の右目の隅に、月光などの加減によるのか、白い光のようなものがポッと走り、その光の影が何故かこちら側にスッと飛び出してくるように一瞬感じた。そこに小さな人影のようなものが浮かんだ気がしたのだ。すれ違った瞬間、その幻のような白い影が何故この東洋人の男の目の縁から兆すように見えたのか、まったくケチュア系の若者にも分からないまま、一度肩の子供に気をつけながら振り返り、歩いてゆく男の後ろ姿を見てみたが、ある発掘調査の時の作業員として働いたことのある自分のことは、もう忘れているのだろうと思い、やはりそのまま重そうな子供を肩車して教会の前を歩いて行った。

❖8 普遍なる赤き渦

月明かりの海の向こうから、その人は大きな丸木の舟に乗ってやってくる。海岸沿いに貝をとったり魚をとっていた者たちの村人の一人が、海岸を広く見渡せる場所に座り、その時、海原を見ていた。まだ夜明け前の西空の、満月の光の道が海の中に見え、その光の中を、丸木の舟が遠くからゆっくり近づいてくる。村の男は、その光景を、素早く身を隠せる所まで移動して、恐る恐る見続けている。やがて、海岸の砂浜に近づいてくるとともに、赤い渦の大きな文様が描かれた麻のような衣服に身を包み、その丸木舟の中に一人の男が立ちあがっているのが見えてくる。体格の良い精悍な雰囲気のある男だ。潮の流れにのり、うまく舵を取るように、そのままスーと浜辺にのり上げてくる。そして揺れる舟からおり、その大きな舟を一人の力で引き上げようとしている。その姿を、じっと身を潜めて見ている村の男。やがて力を使い果たしたように砂地に座り込み、その人はそのまま横になっていく。いつか夜の海はしだいに明け始め、暁の光が東の山々の方に兆し、満月は白く海のすぐ上に消えようとしている。その人も横になったまま、少し身動きをしている。さらに時は進み、朝陽が明るくその人を照らしている。潮騒の音のみがその辺りを包み、風は静かだ。

その朝、やっと陸地にたどり着いたことを一人喜ぶ、その人が、二つの少し小型の躍動的な形をした渦を巻く図柄の土の器を、海の方へ向い、並んで置いている。遠い海の彼方へ、何かを思うように、その土の器へ、海へ流れゆく近くの小川の水をそそぎ、祈っている。その人を見る、海岸に隠れている男たちの数は七人ほどになっていた。その中の一人の男の手には菱形の枠に糸を渦状に巻いてゆくような、何かの呪物が握られ、それをかざすようにして、その異邦の男を見ていた。

山の神殿へのとんぼ返りのような旅をした、その翌日の夜、東洋人の男は久しぶりにネクタイとブレザーの姿で高地帯の町を歩いていた。昨日の今ごろはまだ列車の中で少し眠っていた時間帯で、そういえばそのあと月に薄緑色の霞がかかっていたことを思い出し、やはりまだ低い所で、山のふちから上り始めたばかりの丸い月を見ながら歩いて行った。真東より少し北側辺りから上ってくる月の奇妙さには、もうすっかり慣れていたが、ここでは月も何故か大きく見えてくる気がしていた。そうして歩いていると向こうから東洋人九人ほどの団体が一人の気分の悪そうな婦人の歩みを気遣うように心配そうな顔をしてやって来ていた。すぐ簡単な酸素ボンベを買って使うべきなのに、少々無理をしているのか、またホテルが近くにあるのだろうかと思われた。三、四人の人が自分を見る目を意識しながら彼らと擦れ違い、男はロータリー広場へと向けて歩いて行った。

その少し前、夕暮れ時の中、やはり昨日山の神殿を訪れていたらしい血色のよい膚の若い男も、暮れ始めた町の中を様々な思いを秘めて歩いていた。この日、大切な用事を済ませてきたらしい若い男は、久しぶりにこの町の幼馴染みとの食事を楽しみにしながら、まだ時間がありそうなのでゆっくり歩いていた。この男の中にも昨日の印象がまだ残っていた。山の神殿で会った親しい友人は、今頃はさらに深い大河の上流域の密林に入っているはずで、そこで起こっていることをはっきり聞くことは出来なかったが、自分には数日後からの長い旅がひかえていて、彼の動きや懸念のことを自分の問題として今は見ることもできないのだった。今の自分には、今の課題があり、そのことへ進んでゆく大切さがあった。

「よし、今夜は少しチチャを飲もう」

この男は珍しく気持が和むのを感じ、ゆっくり約束の店への道を歩いて行った。

高地帯の町の少し高級な民族料理を出すレストランで、仕事の一区切りがついたのだろう、送別の会が七人のペルー人と東洋人の男一人とで行われている。その広いテーブルで、三、四人はモンゴロイド系のケチュア族と、あとはスペイン系の混血らしい人たちが代わる代わる立ち上がって挨拶をしていった後に、「オオノサン、オオノサン」という声が聞こえてくる。すると丸顔で、わりと体格の良い「オオノサン」が立ち、少し真剣な眼差しでスペイン語による惜別の挨拶をした後、「それでは」と、また全員が立ち上がり、ワイングラスを持ち、その中心になっている混血のペルー人が「オオノサン」への労いの言葉をまた述べている。そして「乾杯！」という言葉とともに全員がワイングラスを少し上げる。そのグループから離れた所に、ケチュア族の若者と、若い混血らしい白人めく男が小さなテーブルにいて、二人で楽しそうに話しながら豆のスープやトウモロコシ、簡単な肉の入った料理を食べている。そして送別のグループからワインが進むとともに大きな声や笑い声があがるのを、時々見ている。そのまま会食が二時間くらいも進んだ後、ふと「オオノサン」が母国の歌を唄い始めている。周りの人たちも静かに聴いている。若い混血らしい男も長くテーブルにいて、さっきまで友人らしい男といたようだが、今はひとりで手帳などを開いたまま「オオノサン」の東洋めく歌の旋律を興味深げに聴いている。さらに、その若い男の方にフォーカスを合わせてゆくと、男は先住民のケチュア族とスペイン系の混血に、もう一度、別の白人の血が混じっているようで、地肌は白く、それが赤みがかった日焼けしたような肌に見えているのがわかる。髪は普通より少し長めで量も多く、軽くウェーブした薄茶系の色、目はやや細く、優しく、少しブラウンがかった瞳である。しかし全体の印象は、ふとした折りの表情も含めて、むしろ精悍な北米ネイティブふうにも見える時があり、モンゴロイドの末裔である民族の若者の雰囲気もにじんでいる。背丈は百八十センチくらいに見え、よく引き締まっている。「オオノサン」の歌の次に、ペルー人たちがみんなで民族の歌を唄い始めている。店の中にいるギタリストが近くまで来て軽く伴奏を付けている。「オオノサン」がその節を聴きながら自然にハミングしている。その光景を見ている、もう一つの視界は、そこから急速にどこかへ移動してゆく。

トワトワ　トワトワ
かなはめぐり座標つたえて

かみさとわたる　いにしへの
やますそをゆく　ほうろあり
こゑはひめおき　つねならぬ
ふれえむもちゐ　せんてよけ

（＊16）

二歌（蜻蛉之国篇《かげろうのくに》）❖

　彼らは鼓動をひそめ続けている。ふと何かの音を感じ、小さく呼応の声を出そうとしても、すぐに初めからいなかったもののようにスッと誰かの血流の中に消えてゆく。無数に形成されてゆく時の組み合わせの、わずかなズレさえも、彼らを一粒の見えない粒子として、そこから簡単に消し去ってゆく。その向こうにどんな思いが秘められているのか、一つのチャンス、もう一つのチャンスに、彼らは全霊を込める。そこに正確な伝えの芯とともに新しい音律の鮮やかさを生むものが、瞬間、姿を現す。遠い昔から鼓動をひそめ続けていたものが、新しい空気のもとに何かを解き放ってゆく時が来る。彼らは、そこに、一粒の粒子として、細心の注意で計られてゆく声を形成する。歌うような、語るような律動が、樹木や白い石などによって造られた半自然の結界の中に座る、新たな者たちの周りに少しずつ広がっていく。その律動は、遠い昔から、秘められた彼らとともに、様々な場所のあいだをめぐり続け、現れたり、消えたりしてゆく長いイノチの一つなのだ。

アワアワ
アワアワ
鉄はめぐる

ゆれながら細まってゆく光の無数の先端が鉄を探査している海溝
錆びることが形成個体のポーズだとしても鉄の赤こそ輪廻の声か
朱の色を躰に塗りて踊りゆく初源者達のサバンナに物質のそよ風
タプティ条の痕跡を密林のおくに探すとき鸚鵡たちの呟きが落ち

ひととき帰っていた故郷の町から、まず首都へと、ある思いを秘めて空を飛ぶ。緑は薄っすらとあるが、やはり乾燥した山並の続く光景を見下ろしながら、「夢」の中で何度もこの空あたりから見てきた、別の光がその所々に射している別の姿の地上のことを、ふと思う。あの故郷の丘に広がっている大切な古い遺跡の巨大な岩壁からは、はっきりとそのジグザグの岩組の並びとともに白い防御の光の波が上方と前方へ伸びてゆくのを、何度も確認してきた。しかし、それでも彼らはその昔、わずかな人数であるにもかかわらず強い力を秘めた者たちの前に敗れ去ってしまったのだ。信仰の力が足りなかったのか、敵の巧みで執拗な攻略の前に、素朴なこの地の祖先たちは、これほどの侵略にあうとは考えもしなかったのか、あの大きな岩の結界によって組み上げていた聖なる地も、聖獣ピューマよりも巨大な四足のものに跨った白き膚の男たちの暴虐の前に、いとも簡単に蹂躙されてしまった。しかし、それから過ぎていった長い年月の中で、少しずつ、その岩壁の続く聖なる丘の地は、また整備され、現在の住民たちには分からない白い光の壁の波打ちを取り戻しつつあるが、物質の持つ硬い力のエネルギーは、いとも簡単に、そうして魂のバリアーの一角を難なく破壊してゆくことがあるのだ。ただ、一旦は破壊されてしまった聖なる地の内にあったエネルギーは、やがてその破壊者たちの内部へと、静かに時間をかけて沁みてゆく。破壊者たちがその地に住み始めたとき、聖なる地の力は、破壊としてではなく、その者たちの魂に少しずつある大切な意味として沁みてゆく。長い、しかし苦難の時間とともに、そこに、また新しい、より深くより広い光の壁が回復していくのである。混血の若い男は、小さな空港から飛び立つと共に、少しして遠く下方に過ぎ去っていった、あの故郷の大切な丘を守るようにして広がる岩の光のことを思い、やがて飛行が続くとともに、これから始まってゆく旅の目的へと心は強

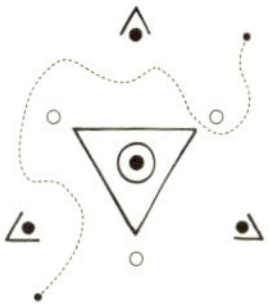

Cg3：三点マンダラと
ニュートリノの飛沫

く向かっていった。乾期の澄んだ空が窓の外には続いていた。

❖9 物質のそよ風

我々も含め、我々を取り囲んでいる物質自体は、素粒子或いは量子という単位のレベルまでゆくと、不確定性の中でぼやけた**スカスカの場の姿**を示してくる。またさらにニュートリノなどの素粒子が、ぎっしりと原子・分子の詰まった地球という物質をさえ、我々の身体も含めてあっさりと、その膨大な量に比較するとほとんどどこに痕跡も残さずに通り抜けてゆくことをみると、この物質というスカスカの場の姿がニュートリノの特性とともにさらに明らかに示されてくる。我々は日々、この瞬間、瞬間において、まず宇宙からのニュートリノの風を受け続け、さらにはまだ実体の摑めていない、その重力作用は秘めているダークマターの透明な海にも浸り続けている。こういう**透明微細粒子**の振る舞いをみていると、例えば大きな岩山が秘めている重力の在りかや、むろん地球自体の重力作用すらもほとんど無視していると思えるが、あるいは弱すぎるといわれる重力は、このニュートリノなどに、その総体として何らかの作用を及ぼすことも可能なのだろうかと思う。その大きな岩をストーンサークルのように意識的に何層も連ねていき、巨大な岩の質量によって造られてゆく、ある**「場」の力**（そこにおける幽かではあるけれども重力作用の微弱な特異点めくものの形成）があり得るかもしれないことを考えると、もし膨大な量の作用があれば光子さえ閉じ込めてしまうような**重力子**《グラビトン》が、ストーンサークルという幾何学的形体の人工力線とともに微弱ではありながら別の作用の力を及ぼし、そうしたニュートリノのような光速で飛び続けている様々な粒子などにある変化を与え、そこから生じてゆくような別種の見えない光めくものの発生もあるのかもしれないという幻想は、さて果たして成り立つだろうか。ある別視力を持っているマレな人などがよく語る、それは〈共感覚的な視力〉かもしれないが、身体も含めて全ての物体が放っているというオーラの流れ・色彩のあることなどを考えると、普通のニュートリノや光子とは違った、さらに別のレベルの、別の体系が、複雑な階層性の中で「物質という全体での、ある意味シンプルな体系」として、ダークマターの存在が示すように、「ここ」には同時に秘められているのかもしれない。（Cg3）

切り立つ崖の続いている海岸線の上空を、レッドやブルーのパラグライダーが海風にうまく乗るようにふわりと舞っている。風をよみ、風をうけ、不器用ながらも鳥の視線を手に入れ、海の波立ちや、すぐ近くに広がる都市のさわめきの気配も感じながら、ゆっくりと舞っている。重力からひととき解放され、地上を歩く豆粒のような人体の不思議を上空から見つめ、我々を引っぱり、貼り付けている膨大な物質の展開を全景に感じ、風という空気の流れに首尾よく乗りながら、地上と空との隙間のような帯域を楽しんでいる。その鳥瞰する目、真上からの視線、そしてそのパラグライダーをあやつり飛ぶ彼らの、さらにさらに遠い上空からは、様々な観察衛星より向けられた地上の用途に応じてゆく映像装置が至る所で作動し、気象予報なども含めて日常的な目の一つとして我々の存在を見降ろし続けている。それは「世界視線」(*1)という概念の始めとしてもあり、また「全方位から包括的に見ることの出来る視線」あるいは「死、未生の場からの視線」の概念としても、そこからさらにあの思想家は問いを続けていた……。ふと、車の音にまじって懐かしい海の波の音も聴こえてきた。つい先日まで、あの山脈地帯、高地帯の町での長い生活を続けてきた東洋の男は、こうした本来見なれているはずの都市の中を歩きながらも、何故か、その思考は、目にした人工の簡単な飛翔物を見ただけの触発であっても、あの空気の薄い領域をスーと飛んでゆくものの気配を思い出すように、ある非日常性がまとわりついてくるのだった。色とりどりのパラグライダーがよく風に乗り、空を舞っている。コンドルたちはあれをより大きな仲間たちだと思うだろうか。いや、彼らはさらに上空のどこかから、人間の造った羽根の動きを鋭い目で見ていることだろう。その遥か向こうに〈天空の神々〉からの視線という観念を呼びこまなくても、そうして全貌を鳥瞰する空からの目とは〈他界からの目〉として、物質領域を見つめる目でもあろう。ひとときでも重力を離れることが我々を鳥の目の体験へとさそい、大きな鷲やコンドルたちが、さらにその上空で、もしかしたら人間の考えも及ばない存在の思索にふけっているのかもしれないと想像することは、ある意味、あのゆうゆうと飛んでいる大きな鳥たちの孤独な姿を高地帯の山脈の一点に見たりする時、自然に感じられてくることなのだ。そして大きな鳥たちを〈魂〉の飛翔する姿として仮託し、あの〈山の神殿〉にも見られるように鳥の神（コンドル）を祀ることは、そこに我々は〈他界からの目〉を持つものを想像しているともいえるのだろう。この首都のモダンに整備されている崖に沿った海岸線を歩きながら、目に入ってきたパラグライダーのゆっくりした動きを見上げ、何かをすでに懐かしむように、ある東洋人の男は自然に流れてゆく想念の中に浸りつづけていた。

この都会の中に残され、保護されている古層の遺跡の前の歩道に、混血の男はいつも引き付けられるようにして立つ。古く長く時が経ったような日干し煉瓦が高く積まれ、広い範囲に構築されていた神殿域がそこにある。周りの道を通ってゆく自動車のエンジン音は、早朝の中、まだ多くはなく、またその遺跡の空間だけ少し何かが遮断されているような空気の立ち昇りが感じられる。冷たい乾期の朝だ。人々も少しずつ数を増しているが、その辺りの道は少ない。入場の門は、まだ堅く閉められている。混血の男は、その遺跡の中がよく見える所の道の上に立ち、そこでひととき瞑目していると、やがてスッと別の時間が躰を包んでくる。ここは古い場所だ。古いレンガの積み重ねが幾段にも広がり、そこに朝陽が射し込み始めている。

——めずらしい…、あなたの中には様々な時間が見える。現代の暗く深い黄泉の時、この街の至る所にも残っている暴虐の時、そして悲しみの我らの民の長い長い時……。

——太陽の神官……かすかな息吹を発しておられる方……。

——その赤き皮膚の中に秘められている火を、あなたは不思議に冷たき水と共にともしている。

——太陽の神官……吹きくるやさしい海の風をうけて……。

——ミスティ山の刻印があなたには見える……多くの旅を始めてゆく若者よ……。

——太陽の神官……かすかな息吹とともに長く長く立っておられる方よ……。

——あなたに小さな黄金をひとつ授ける。それはかたちを持たない…、左手をこちらに向けなさい。

——太陽の神官……。

朝陽が東の道からサッーと古い遺跡の上部に射し込み、ある一ヵ所が金色に一瞬輝いてスッと消えた。


ある所用を終えて、近道を通ってゆくように首都にある国立大学のキャンパスを横切ってゆく若い男。早足で歩いてゆく自分の右側のベンチに座っている老年の白人の男が、驚くような顔をしてこちらを見て、そのまま通り過ぎる二、三秒の間ずっと自分を見続けていることに、少し違和感を感じながらも歩いていこうとした。すると、

「もし、あなたは……、〈マスカリータ〉…?」

と、その老年の男が後ろからスペイン語で話しかけてきた。

「…〈マスカリータ〉…?」

赤みの強い膚をしている男は、自分に声がかけられたのかと確認するように振り向いて言った。

「あっ、…間違いでした、人違いでした……あなたの若さを、あの時のままに見てしまい…」

そう言って、立ちあがっていた老年の男は不思議そうにこちらを見ている。

「……」

若い男はそのまま急いで歩き去ろうとすると、

「ちょっと、…あなたは〈マスカリータ〉というあだ名の男のこと、その名を聞いたことはありませんか？」

「いえ、ありません」

「そうですか…、もう六十年近い昔のことですので、当然のことですが……。実はあなたの赤い横顔によく似た顔をした私の友人がいて、この大学でともに学んでいたのです。その雰囲気もあなたとそっくりで、髪の色は違いますが、もしかしたら、その風貌もふくめて、何か繫がりがある人なのではと思ったものですから」

「〈マスカリータ〉（小仮面）ですか……」

「そうです、顔の右半分を〈暗い紫色の痣〉がおおっていて、その彼はアマゾンの奥地へと一人で入って行ったようなのですが、それから全く行方がわからなくなっていたのです……」

「〈マスカリータ〉…」

ふと、若い男のブラウンめく目の中に、何かの動きが起こった。

「いや、全く知りません」

「そうですね…、あなたは右半分だけでなく、よく見ると全身、首や手なども日焼けしたような膚をされていますからね……、白人でもめずらしいですね」
「いいえ、私は白人ではありません」
「えっ……」

若い男は「失礼します」という挨拶を短くして、すぐ歩き始めた。その背後からは、もう声は追いかけてこなかった。若い男は〈マスカリータ〉という人物のこと、アマゾンの奥地へと入って行ったらしい人のことを、ふと何か思い当たることがあったのか、そのことを悟られないようにして、老年の男から離れていこうとしていた。〈マスカリータ〉……、「あの密林の不思議な老人のことかもしれない」
この首都の街には思いがけない人たちもいるようで、どんな出会いがあるか、気をつけていなくてはならないと思いながら、ふり返ることもなく急いで大学のキャンパスを通り抜けて行った。（＊2）

こうして何度か訪れている海の見える首都で、混血の男は所用や旅の次の準備も含めた三週間ほどの時間を使ったのち、そこからさらに北米へと飛ぶ夜間空路の航空機に乗った。真の旅が、まずそこから始まるのだった。飛び立った後、ひととき右の小窓の遮光板を少し開けて外に広がる闇を見続けていた彼は、ふと機内へと視線を戻した時、灯りをだいぶ落している左側の通路を通ってゆく、三週間少し前に故郷の町の大きな料理店で見かけた気のする東洋人の男に気がついた。若い男の座っている右窓際の座席から通路を隔てて二つほど左後ろの座席に、その男が座って、少し暗い中、耳に小さなヘッドホンを付けようとしているのを振り返って見た。その割とよい体格をした東洋人の男も通路を通り過ぎる一瞬に、イングランド系なのか或いは今風のケチュア族の若者なのかよく分からない窓際の若い男の方へ、スッと視線が自然に動いてゆくのを感じ、目が合ったのだが、どこか見覚えのある気がして、しかし思い出すことも出来ず、そのまま座席へ座り、右斜め前に座っている男の薄茶色の髪と頭の動きをちょっと見てから、先ほどまで聴いていた機内の音楽チャンネルを眠くなるまでまた聴いてみようとした。周りの乗客たちは深夜に入り、慣れているためか、もう少しずつ眠り始めている。若い混血の男は、やはりどこか旅の始まりを意識して眠る気にならず、それから少しの間、航空雑誌の入っている網などを見ていたが、また自分の口元が映る以外見えるものもない窓の外へと視線を向けていた。隣に座っている二人のペルー人の男たちの一人は読書用のライトの中で静かに何かをメモしていた。この若い男は、これから二週間ほどのプライベートな初めての海外への旅へと向けて出発したばかりであった。やがて窓の遮光版を閉め、自分用のライトを点けて少し本でも読もうとした。この若者は、ライトに光る少し顎の張った意志の強そうな顔も首筋も手の甲も血色のよい色に、より浮かび上がっているように見えた。彼は、その東洋人の男に気がつく前まで、これから海を越えた所にある闇の下に鎮まっているはずの、中米ジャングルに点在するピラミッドの遠い地上の景色を想像したり、さらにこのジェット航路の北米・南部の到着地では会うことは出来ないだろうが、そのネイティブたちのどこか遠いケチュア族とも繋がりのある血族的親近感に思いを馳せ、やがて夜をぬけ、朝の光とともに現れてくるだろう初めての北米大陸の姿をすでに心待ちにしていたのだ。そうして遮光版を閉めて後、ある書物の図版や情報に目を向けながら様々なことを考え続けていた時、ふと、五日間ほど帰っていた故郷の町での出立の朝の母の姿や、さらにその間に〈山の神殿〉で久しぶりに会ったある男の印象が、なぜか、次第に強く思い出されてくるのを止めることが出来なくなっていた。そしてひととき、心を落ち着かせるために瞑目し、自分の奥の方の気持ちを確かめてみようと試みたにもかかわらず、また母の一瞬心配そうな表情や、あの男の発した言葉などが思い返されてきて、ちょっと無意識に頭を小さく振った瞑目したままの彼の薄明るい視野の中に、彼独自の「チャカーナ」のシンボルが急速に予期せずはっきりと浮かんできて、それが左廻りに三回ほど回転したのち、少し線の光を強くするように光って消えた。夜空を高速で飛び続けている者たちの静けさの

中で、何ものかが思いがけず彼に信号を送っているのだった。（Cg4）

〈❖10 蜻蛉之国〉

あの天上の湖の畔で、天と地上と冥界への花々を咲かせていったものたちと同じ内奥の思いを秘め、至る所にその現れを見る、様々な、〈彼ら〉の表現のカタチ。それらは聖なる紋章ばかりではなく、このアンデス地域においては土器の形やその文様にも、特に聖獣ピューマ（或いはジャガー）の図柄などに意識して込められ持続して顕われてきているものもある。さらに、この地域の人々は文明というレベルのものが発生してきた初めから、何よりもまず意識して、その普遍的なカタチの一つとしてある台形型のピラミッド神殿をつくりあげ、そこを中心とした繋がり・労働を構築してゆくことを持続していて、それが強制的なものではない社会を構成してゆくためのエネルギーとして働いていたと見られていて、少しずつ現在の様々な場所での発掘調査とともに、そのカタチが何層にもわたって旧神殿の上に造られてゆく新神殿の構造も解明されている。

さて、しかし、この〈前物語〉、（カットシーン）における流れは、ここから、いったんアンデスの領域における若い混血の男の移動とともに、別の領域へと向かうことになる。この男のこともほとんどまだ語られていないのだけれども、それはやがて少しずつ姿を現わしてくるとして、ここから、さらに空間の移動とともに時間の視野も深めていき、その新たな領域のことについて少しナレーションしていく。時は、アンデス文化の一つのピークであったティワナクの頃からもさらに遡り、またアンデスから地球の真裏へと遠く離れたアジアの東の海に連なる弧状列島の自然へと、まず目を移してみる。すると、その最終氷期のあとに緩やかに続いてゆく温暖な気候の中に育まれていった豊かな自然の中で、さらなるモンゴロイドの初源につづく血縁を持続させていたものたちは、永い間、やはり秘められた〈彼ら〉とともに独自の**天と地上と冥界の物語**を花咲かせ、語り伝えてきた（と思われる）光景が見えてくる。その場所では、明らかに高度な土器に造られてゆく様々な装飾の中に、古い〈モノガタリ〉の痕跡が現れている。そこでは文化形態の発展の一つのピークのように「土偶」や「火炎を顕した土器」などが生まれ、古代ティワナクよりも遥かに昔から、やはり独自の〈モノガタリ〉がそこに込められていたことがわかる。ある土器に付けられている「カエル」のように見える装飾レリーフから推測することのできる「月とカエル」の〈モノガタリ〉などは、北米ネイティブとも古層において繋がっている可能性もある（＊3）。そこには豊かな「始め」の精神の躍動が見え、また聖なるものとしての**石柱**などの造形も竪穴式住居の中に祭壇として祀られてゆく。その弧状列島では確かに永い永い、正確な伝えの芯と形体の躍動が持続していたのだ。しかし、そこにもやがて時とともに緩やかな変化が訪れてゆく。その変化とともに人はまた移動してゆく。そこで永く続いていた、（まだ深くは解明されていない）

様々な〈モノガタリ〉の型は、やがて、新しい時代の息吹とともに西方の大陸や半島から伝わり、じわじわと広がり始めた新しい稲魂の文化、新しく生まれてゆくクニの口承へと、ささやかに一部は変化しながら組み込まれていったのであろうが、どれほどの痕跡がそこに残されていったことだろうか（＊4）。或いはさらに細かく分かれて口承されている新しいそれぞれの型の中で、文脈自体においては、古い古い時の〈モノガタリ〉は、ほぼすべて解消されていったのだろう。そうして新しいクニの型に取って代わられ、そこからさらに時を経て、複雑で高度な文字の中に、新たに編集され、創られた「天と地上と冥界」の物語として、「国」（大王）のながい記録とともに、かすかに、古い時の痕跡のごときものもコトバのにじみを残してゆく。照葉樹林の広がる森の静かな一角で、また新しく磐座《いわくら》の前に相対して座り口承してゆくものたちの、どこかに現れる、あの聞き慣れない声、やがて時の中で、その新しく生まれてきた〈彼ら〉すらも次第に鼓動をひそめていった、底流音のにじむ、あの聞き慣れない声たちは、しかしそこから続く永く秘められた血流の中にも、ゆるやかに鼓動を保ちつづけていた。

朝の光の広がる大きな空港の滑走路へ向けて、わずかな揺れを感じながらもスムースに着陸した後、キャビンアテンダントの指示で少し待ち、混血の男は乗客の流れを見ながら降りてゆく順番をはかっていた。すると、ほとんど眠ることのなかった夜間の機内において、やはりその人も眠れなかったのだろう時々トイレに行くようで、何度か意識的に目にしていた東洋人の男が、少しあわてたように座席を立って、前方のキャビンアテンダントの立つ出入り口へと歩き始めたのを、わずかに振り返って見た。そのひとときの振り返りの視野の中で、急にその東洋人が何かにつまづいたように前のめりになり、かろうじて右手を若い男の左後ろの座席のひじ掛けについて体を支え、転ぶことはなかったものの少しバツの悪そうな笑顔を、振り返っていた前の人に向けるのが見えた。足が痺れていたのか、また座席の下の角に足をとられたのか、そのまま東洋人の男はまっすぐ出入り口へと歩いて行った。すでに隣のペルー人たち二人は早くから立って通路へと出てだいぶ先に進んでいたのだが、自分はもう少し空いてからと思ったものの、座席を立ち上がり、通路に近い所でふと何気なく足元に目をやると、そこには確かにこれまで無かったように思う小さな赤い実がひとつ転がっているのに気づいた。その実はどうもコーヒーの実のようで、機内には一切こうしたものの持ち込みは禁止されているはずなのに、何故かそこにひとつ落ちていて、とっさに彼は身を屈めてそれを拾い、すぐジーンズの右ポケットの奥へと入れた。むしろ知らないふりをしておくべきだったはずなのに、隣のペルー人たちのどちらかが持ってきたものを落としてしまったのか、その判断もあったのだろうか、このコーヒーの実には何の危険性もないと見えるので、一粒、誰かが持っていたものが何かの時に落ちたのだろうという思いとともに、実は自分でもよく分からないまま屈んですぐに拾ったのだった。そして機内を出入り口へと歩き始めた瞬間、五時間ほど前の書物を開いたままの、あの瞑目の時の中に突然現れてきた「チャカーナ」の白い線の輝きとともに、普段ではその組み合わせはあまりないことだったが、それが消えた後、スッと小さな赤い実の映像が浮かんですぐ消えたことを思い出したのだった。

北米・南部の空港で、そののち午前十一時頃の便を待ちスムースに乗り換えることの出来た航空機は、問題無く飛行を続け北米大陸を北西へと横切り、すでにアラスカ湾上空をベーリング海へ向けて進み続けていた。飛び立った始めの頃の時間帯には、時々立ち上がって通路を歩きながら開いている所の窓から外を何となく見ようとしていたが、美しく霞むような山脈の続く地上の光景や青々とした空を何度も見ながら、やがて気持はわくわくしつつも、ゆっくり落ち着いていった。それから四、五時間くらいを経た、アラスカ湾上空に入ったころの機上で、混血の若者はめずらしく少し疲れのためか、ふとした眠りに落ちている。右隣に座っている中国人の中年の男女の途切れることのない会話の波長にもかかわらず、いつの間にか寝入っている。外の空域は、まだ晴れた光に満ちている。今度は窓際の席は取れず、機内の中央、左通路側の席に座り、あまり映画も見ることはなく、長く本を読み続けていたが、そのまま本を取り落とすことなく、ちゃんと前の雑誌入れの袋の中に気のつかないうちに入れて、寝入っている。その朝の大きくてモダンな空港では簡易入国審査ののち、規定されたトランジットルームでの待ち時間を過ごし、そこで簡単な朝食をとったり、また、あれから会うことの出来なかった隣の二人のペルー人のどちらかが落としたものなのかもしれない赤いコーヒーの実を取り出して詳しく見てみたり、しかし何の変哲もない普通の実なので今度はシャツのポケットに入れ、広い窓から眺めることのできる北半球の、段々とこれから暑くなってくるような眩しい夏の光の広がる空港とその周辺の景色を眺めたりしていた。また暫くして、ざわつき始めた朝の空港での時間を、これから向かうことになるある国の首都圏付近のガイドブックのページをひとしきり確認していったり、現地の簡単な挨拶の言葉も少し覚えたりしていた。そうしてようやくアジアの一角へと向かう飛行機に乗り換えて、混血の男は旅を続けていた。彼は初めての北米大陸が旅の目的地なのではなく、遥かに太平洋を越えてその旅を続けてゆくようだ。ここまでの飛行機での移動もトラブルはなく、彼にとってはあまり使っていないはずの英語の発音も不思議と正確で、どこか古い正統めくイングリッシュの発音が身に付いているようだ。遮光板を上げている窓からは明るい光が入り、何となく体感温度も少し上がっているように感じられる機内で、ふと寝入っている彼の横顔を見ると、閉じられた瞼がさっきからよく動き続けていて夢を見ているようだった。右隣りの中国人の夫婦も彼の寝ている姿に気づいて、やや声のトーンを下げて話している。彼は、そのひととき のうたた寝のような時の中にもかかわらず、初めて見るような、激しい熱波が繰り返し襲ってくる夢の最中にあり続けていたのだ。その始め、夢の中の様々な領域を連続して移動し続けていた男は、ふと、ある場所まで至ったとき、前方に、飛び散る飛沫をもつ溶けた大きな鉄の塊のリンカクが立ちあがっているような、ドロッとした体めく炎光の「もの」がいることに気がついた。強い熱波がその周囲にはあふれ、彼の方にも容赦なく打ちかかってくる。そしてやがてその頭部のようなところから小さな火の塊が吐き出されるように彼に向かって飛んで来ては、すぐ前にボッと落ち、その四、五個の小さな炎の塊が、ゆっくりと様々な幾何学的で磨かれた鉄の造形のようなものに変化していき、コトコトとそこから彼に向って一センチ、一センチと近づいてくる動きをするのだった。ドロドロに溶けた溶鉱炉の鉄の火花の輝きがその一帯に充満しているような、そんな炎に全体が包まれて輝く光の中、さらに頭部のようなところから一瞬ピシッとそこに立っている若い男へ向けて鋭い視線の針のような飛沫が放たれた気がしたとき、混血の男はビクッとして目を覚ましていた。どれほどの時間が経っていたのだろう、隣の中国人夫婦はまだ何かを小さな声で話しつづけ、楽しそうに時々笑っていた。彼は暫く茫然としたような視線の中、そのままうつむくように自分の膝の辺りに目をやっていた。そこに周りの人達の話し声や通路を通ってゆく人の動きなどが、ゆっくり印象として入ってくる。通路を隔ててすぐ左隣に座っている北欧系の金髪の男が、何故かこちらをじっと見ているようだ。（ここは飛行機の中……）、変わらず、この巨大な金属の塊はジェットの炎を出してアラスカ湾の上空をアジアへと飛び続けている。その機上において、少しずつ意識のはっきりしてゆく彼のうつむく視線の遠い先にある、見えない海に広がる青い無数のさざ波が、いつしか彼を呼び続けているような気がしてくるのだった。

❖11 鉄の赤こそ

ある海洋域に、船から鉄を「鉄イオン」の状態で散布することで、そこに植物プランクトンを大量に発生させ、その微生物が二酸化炭素をどんどん吸収してゆくという方法によって、地球温暖化への対策の一つとする実験が一九九三年から始まっている。鉄という元素の、生命における大切な機能を基礎にしての、安全性も含めた、近未来への対応として実験は進められている。植物にも、そして酸素呼吸をする動物にも、鉄の元素を中心にしてつくられているエネルギー発生システムがあり、そこには「鉄の輪」ともいうべき電子交換システムが働きつづけている（＊5）。太古の原始海洋の時代から、小さな植物プランクトンも我々も同じく切実に躰が「鉄」を求めつづけているのだ。時の記憶の中の様々な場所に現れ続けた、あの〈彼ら〉が、初めから、いつも**赤鉄鉱**を求めていたのは、どこかに生命の直感が働きつづけていたからなのかもしれない。

アワアワ
　アワアワ
　　蜻蛉めぐる

白黒の記憶のモンタージュの接線に飛んでくるてんとう虫の動き
晴れやかな（ワタツミ）の赤き丸の芯に止まる斜めの線の赤蜻蛉《あかとんぼ》
青人草の蠢く新宿をゆく赤色人の左の指先が独りでに渦巻き始め
無数の赤蜻蛉が新宿の路地に舞いとぶ遠い夢の中を横切る薄き人

（❖）

アジアの外れ、海に囲まれた瑞穂の国へ、現地の時間で昼の三時ごろに着いた異邦の若い男は、入国審査のとき、何度もパスポートの写真とさらに血色の良くなっている顔とを見比べられていたが、審査官はそのまま表情も変えずパスポートを返してくれた。そのまま彼は進み、しばらく待ってようやく次々と出てきた旅行バッグの中から自分のリュックとしても使える黒の中型バッグを取り上げて、肩にかけていたやはり黒のショルダーバッグをもう一度かけ直し、まず荷物検査の場所へと向かい、ある小さな木箱についてはちゃんと中を見せ説明した以外は、そこを何の引っかかりもなく通過した後、さて、まずは両替所へと向かった。外からの光も入り明るくて綺麗な空港ビル内をそうして歩いている時、ふと、この国の空気に「水の香り」のようなものを強く感じて、空港の外を少し見た。数日前に、この国をタイフーンが通過しているのを母国での世界天気予報で知っていたが、その影響もあるのかもしれないと思った。ここから異邦の男の旅が始まってゆくのである。まず、すぐ都心に向かうつもりでバスターミナルへ行き、そこのベンチに腰掛けて、またひととき目を閉じていた。様々な案内や英語表示もしっかりしていて、簡単な質問にもすぐ答えてくれるので、次の高速バスの発車時間が来るのを待っていれば良かった。躰の疲れもほとんどなく、気持も、不思議に水気とともに空気の濃さも深く感じられる中にいると落ち着いてきて、ここからこの旅で決めている目的地へと準備しながら進んでいこうと意志を強く持った。都心から少し離れたところには、安くて安心な、外国人専用のホテルもあるし、そこでも多くの情報は得られるだろうと彼は考えていた。そして、ふと思い出し、中型バッグの方に入れていた、先程の、しっかりと小さく頑丈な木箱で保護されているティティカカ湖の聖水を入れた小瓶と、赤や青の小さな勾玉のついた祭式用の彼独自のイアリングなどを、クッションの綿や綿布を注意深く外しながら取り出して、ゆっくり明るい光のもとで確かめていった。この聖水が自分を守ってくれる、この勾玉のイアリングが空間探査の感度を高めてくれる。その一センチ程の左右対称の小さな勾玉を、彼は、それがこの到着した国の古代的な形象であるということも、そんなに意識することなく、師からの勧めでつけ始めていた。彼はそれらを、普通にそのまま先の少し尖っている方を前に向けるようにしてつけるのだが、その左右の勾玉が生じさせてゆく形態の渦の方向は、左耳が自分から見ると左廻りの方向となり、右耳の方は右廻りとなり、その感度によって左右の空間アウラの感覚もバランスがとれてゆくのだったが、いつか急いでしまい、その二つを間違って左右逆につけたとき、左耳に右廻りの、右耳に左廻りの気配の渦が生じて、ひととき強く感覚が混乱したことがあった。すぐそれに気がつき付け替えたが、小さな物ひとつがヒトには様々な微細な作用を及ぼすことを、改めて彼は感じたのだった。そんなことを思い出しながら、それらを一つ一つ確かめて、また七センチほどの横幅の木箱に入れ、今度はそれをショルダーバッグの方へ移そうとした。そのとき、その小型バッグの中のガイドブックや二冊ほどの本、ノート、手帳類の隅に、いつ、そこに入れたのか忘れていた小さなコーヒーの実を見つけた。その隅の赤い実が、そうして木箱をバッグの内側のジッパー付きのポケットに入れようとした瞬間、ノートの端が当たったのか、ポッと一センチほど動き、一瞬、外の光にその実の表面が反射したのではない不思議な小さな光がその実の縁に生じたように見えた。異邦の若い男は、その幽かな別種の光が確かにそこに生じたことに気づき、ひとときバッグを開いたまま、赤い実を真剣に見ていた。こうしてペルーからここまで一緒にやって来たようなこの実は「もしかしたら自分自身の姿なのかもしれない」と、彼はその時感じたのだった。

〈❖12 左の指先が・渦巻き始め〉

夏へ向けて少しずつ発生してゆく北半球における台風（及びハリケーン）の渦の巻き方は左廻りであり、南半球では右廻りとなる。これはよく知られているように地球の自転によって生じてゆく「コリオリの力」の作用による。ここには赤道をはさんでの鏡像関係も現れている。ただそこに生じている「左右の渦巻き」自体に当然のことだが質の違いはない。それが自然の大きな現象の中における**「左右」の対称性**（同質性、変換可能性）であろう。また様々な生命体のレベルにおいても、（単細胞・微生物などでは球対称性から変化してかなり非対称的構造になっているものもあるが）、植物における放射対称性や動物の左右対称性などは概ね外部においての対称性があり、そこは微妙に保たれている。（人体における左脳・右脳の機能の違いや内臓などはひとまずおいておく）。だが次に、その生命体のタンパク質を根本から造ってゆくアミノ酸の形成においては、高分子レベルにおける「左右」の質の違いというのが少しずつ現れてくる。地球上の全生命の元としてのアミノ酸は、（その前駆体が）宇宙空間で造られたという説もあり、その時、主に左手型アミノ酸（の前駆体）が、宇宙の重たい星の生まれてゆく場に発生する偏円光といわれる光の影響で造られ、（また光の回転の違いから鏡像異性体（光学異性体）としての右手型アミノ酸も宇宙では造られていて）、その左手型の方が地球への太古の無数の隕石衝突の際や、或いはその後の、かなり岩石惑星として落ち着いてきた時の彗星の飛来時などにやってきたのではないかと仮説されており、それが元となって発生したといえる地球生命は基本的に左手型アミノ酸を用いて形成され、（右手型もわずかに、ある状態では単独の高分子として作用して）、現在にまで至っている。ここには一つの生命の型の違いが遠い宇宙空間の場の違いから発生してゆくというロマンもあり、そこに生じた「左右」の型という大本の違いは、その生命体にとっては生死を左右してゆくものとして続く。（ただ、ここにも鏡像異性体の右手型を大本とした生命の存在は宇宙にあり、彼らにとっては左手型の単独因子が病や老いの徴として現れるのだろう。すなわち広い宇宙生命のレベルでは鏡像性、対称性はあるといえる）（＊6）。さて、この高分子レベルでは少し「左右対称性」の質の変化が見られ始めてきているが、さらに多種ある素粒子の、**スピン**（回転）における左廻り・右廻りのレベルにおいての「左右対称性」までくると、事態は明確に変化してくる。だが様々な素粒子自体にも内部対称性といわれる厳密な対称性があり、その部分は揺るがないのだが、スピンにおける**左廻り**のクォークやレプトンのみが「四つの基本的な力」のうちの「素粒子の崩壊を引き起こす〈弱い力の相互作用〉」を受けて、粒子の種類を変えられてゆくという現象が生じるのである。(「右スピン」を持つクォーク・レプトンではその作用を受けない)。ここには明らかに「左右」のスピンにおける質の変化があるのだ。また、ニュートリノも「左スピン」のものしか現在のところ観測されておらず、「右スピン」のニュートリノは「存在しないか、あるいは非常に重い―重すぎて生成されない―か、非常に弱くしか相互作用をしないのだろう」(*7)とされている。こうして、この素粒子のレベルにおいて、明確な左右の違い、**パリティ対称性の破れ**の現象が少しずつ現れてくること、ここにも**存在**についての見方の面白さはあるだろう。さて、「左の指先が・渦巻き始め」という詩語に対して、ここから少し視点を変えてユング心理学などを見てゆくと、左廻りの方向とは、回転を示している曼陀羅などの解釈においても、無意識・闇へと向かう方向であるとされ、また右廻りの方向が意識化・明度への道とされていて、(ダンテの『神曲』にもこの構造があり)、人類の心理作用における一つの型としての左廻り・右廻りの違いという**非対称性**のあることが示されている(*8)。また『古事記』において、伊邪那岐命と伊邪那美命が初めに「天の御柱」を回る、そのそれぞれの廻り方も古代日本における「左右」の観念の違いを見る問いの対象となろう。そしてこうした視点は様々な宗教的現象においても見てゆくことが可能であろう。（ついでに、この詩語において「左の指先」でトンボの目を回すように渦を巻こうとすると、自ずと左廻りの指先の動きとなることも見ておきたい）。さて、次にもう一点、様々な陸上のトラック競技やスピードスケートのコース、野球の走塁などに、何故、我々はほぼ左廻りを選んでいるのかという事がある。その方が秘められた無意識の力が底から現れてくるからなのだろうか？　或いは人類の多くが右利きという腕の振りの力が働きやすいという理由からなのだろうか？　こうした「左右」の違い、或いは特に「左右への旋回」という現象は、螺旋構造の在り方とともに、これから少しずつこの〈前物語〉の中にも現れてくる。（Cg5）

赤いタワーの展望室の床にある長方形の窓から下を面白そうにのぞいている出張してきたサラリーマン風の中年の男が、ふと、そこに何かの動きを感じて目を見張る。設備を点検する人が鉄の階段を移動していたのかと思い、よく見てみるが、また赤い色の鉄の向こうに隠れてしまったのか、動きは一瞬でなくなっている。この時間帯にそうして点検しているのかとも考えたが、じっとそのあたりを見ていても、もう何かの動きはない。そこから目を上げようとしたとき、碁盤目状にくぎられた強化ガラスの窓の一ヵ所に一匹の蜻蛉《とんぼ》が張りついてくるのを見て、内心、驚く。こんな高い所にまで蜻蛉は飛んでくるのかと見ていると、強い風が吹いているのだろう、またサッと消えてしまう。さっきの何かの動きは、これだったのかと思い直して、男は顔を上げ、そこから北側、さらに西側の都心の光景でも見ようと、黒っぽい展望室の空間を、おおむね若い人たちの間をぬけるように歩いてゆく。そして西側に広がる都市の光景をひとしきり見たあと、何かに気づき目を凝らすと、晴れた空の下、夏には珍しく、うっすらと黒いカタチの上半分の小さな富士山が見えている。陽射しの眩しさを感じながら、しばらくその方向を見ていると、自分の横に人が立ち、そこから風のようなものがこちらに吹いてくる感じがしてきて、眩しさの中で目を少し向ける。すると白のシャツから出ている腕や、顔の血色の異常に良い、濃いめのブルージーンズをはいた、薄茶色の髪の若い「ガイジンサン」がそこに立ち、遠くの富士山を目を細めて見ている。「マウント・フジ?」と、若い異邦人が小さな声で男に聞く。男は、その若者がどこの国の人なのか判断出来ないまま、「イエ〜ス、マウント・フジ」と答えている。そう答えながら、目に入ってきたその若者の白シャツの肩に蜻蛉がじっととまっているのを見て、またさっきから感じ続けている風のようなものがこちらに吹いてくるのを、「この人からなのか……」と、何か了解出来ないまま、そこに立ち続けている。若者は懐かしそうな細い目をして、「マウント・ミスティ……」と小さく呟き、遠く霞むような富士山を見続けていた。

アワアワ
アワアワ
陽炎めぐる

〽
路地も消え更地の無数の白片に刻みこまれる文字列は熱帯を詠む
鉄錆ながれるミンナミノ青空は重力を吸いあげ白い影ゆく島の道 (❖)
積乱雲伸びる伸びる遠景へ続く白く止まった滑走路の陽炎のヒト
音楽が聴こえる夏の校庭に先生の話してくれたヒトの陽炎の微笑 〽(❖)

(❖13 鉄錆ながれる)

七十数年近く前に太平洋に沈んでいった沢山の鉄たちは、少しは海の中に溶けて帰っていったであろうか。いや、まだまだ多くの鉄たちの残骸が溶けきれずに残っている。そこに響いている声をすくいとろうと、何度も何度も南へ向かう人たちもいる。私たちの夏は、その声を聞くひとときとしてもある。私たちは、その声、残された多くの鉄を、本当に海に帰しつづけなくてはならない。そこから始まってしまった、形のない私たちの長い時間が、初めて何処かへ向かうためには、薄い薄いこの街に、かつてなかった、新しい鉄の芯を少しずつ得てゆくことから始めなくてはならない。様々なイノチの場所で回ることの可能な、「鉄の結晶」、「鉄の輪」を構築してゆく試みを続けなくてはならない。

〈❖14 陽炎の微笑〉

小学生の時の担任の先生が、零戦特攻隊の生き残りの人だった。よく授業の途中からでも戦時の話になったり、また一つの時限を丸々、体験されたことや、もしかしたら半ばは作り話だったのかもしれない「幽霊談」を小学生の我々にしてくれた。零戦での戦闘中に銃弾を二、三発、腿に受け、冬になるとそこが今も痛むと話されていた。我々はみんなで、先生の話してくれたことを遊びの中で**劇**にして、何度も反芻していた。その中でよくやったのは、「そこにいるのは誰か！」という叫び声を歩哨の兵隊が出すシーンのある、〈南島〉の基地の雨の夜に体験されたと話す「幽霊」ものだった。ポチャ……ポチャ…ポチャ……、恐ろしかったが、みんなでそれぞれ役を変えながら、何故か反芻していた。まだ戦艦大和や零戦のプラモデルがたくさん出ていたり、東京タワーのモデルもよく売れていた時代だった。**戦後**という空間は、すでに無く、（いや、それは永く固定化した霧のように、見えない線のようにアリ……）、そうして経済のボルテージは我々の知らない間にどんどん高くなり、歳はとっておられたが、気さくで、お母さんたちに人気のあった先生は、重く、深刻な感じでは昔の話はほとんどされなかったように思うが、我々五、六人の仲間の内に、様々な劇として組み立てられてゆくシーンのいくつかを残してくださった。ある午後、近くの大きなアパートの屋上（舞台空間）から聞こえてくる、その周囲に広がる団地の人々が耳にしたであろう子供たちの素っ頓狂な叫び声、「そこにいるのは誰か！」という雨の中の足音のシーンが、ふと蘇る。

アワアワ
アワアワ
淡島めぐる

夏の路地の植物達の滾《たぎ》りの中の幽霊少年達の長き真昼の陽炎ゆれ
破壊せよと誰が口走ったのか、古き塔で放水を浴びる者達の放熱
一九七〇年、大阪万博の未来を従え日常に漂い始めた淡島の幻影
声の飛ぶ紅いテントは西東、淡島を超え今も闇夜を西東、水飛沫　（＊9）

カタチを失ったものたちが有象無象にうごめいている。西新宿の高層ビル群の間に吹く強い風……、そのビル群の麓の広い透き間を、今は少し力の弱まった風とともにうごめき続けている深い影が、じわっと何処かへ移動を始める。その影は一九六〇年代の終わり、新宿動乱のときに一度、熱に浮かされるごとくにうごめき、やがて消えていった地下の風であったものたちかもしれない。さらに駅の東口には、別種の、形も知れない様々な液晶のカラーが微塵になって吹き広がり続けている所が見える。そして北東一帯に揺れている重い空気の膜の広がりの方へ、それらの微塵が建物を包み道筋を限なく下りながら溶け込んでゆく。その膜の北東縁あたりに形を保っている花園神社では、六〇年代半ばから、時々、幻のような赤気が境内に立ちのぼり、人間の連続する声が、その中で光を発して飛び交っていたという。そのながい時間軸に揺れるシーンを上空から夜の霞を通すように幻視しながら、そのままフォーカスを、現在の神社の東入り口のすみに降ろしてゆくと、そこには、夏だというのに大きく膨らんだ黒のニット帽をかぶり、モスグリーンのTシャツを着て、カーキ色の綿パンをはいた三十歳くらいの色黒の南米系の男が座り、歩き過ぎてゆく人々を見続けている光景が目に入ってくる。夜の九時、その男は顔を上げ、近くのビルの上に姿を見せている明るい月を見上げる。その月の姿は、あの〈山の神殿〉である弟弟子と久しぶりに話した、どこか不可解な印象も強く残っている日の夜に見上げていた満月から、また新月を越え次の満月に近づいてゆく月の姿として現れていた。急いで、あの日からようやく三週間半後に首都のリマまでもどることの出来たこの異様な雰囲気をもつ男は、そこで弟弟子の旅立ちに一日の差で間に合わず、それからすぐに用意してあの気がかりの続く弟弟子を日本まで追いかけて来ていたのだ。だが、すぐに連絡を取ろうとは何故かしていない。すでに何かが動いている、その動きとともにこの男も動くつもりのようだった。そこに座り続けている、その、よく表情の分からない黒い顔の中に、ふと、ペルーとは違い南天に見えている明るい月への一瞬懐かしそうな目の光が浮かぶ。しかしそのすぐあとに、その界隈全域からくるのだろう、排気ガスも含めた空気の悪さに、おもわず口元をゆがめて唾を吐き、少し咳込む。それから、またスッと息を止めてしまったかのように、ほとんど動かなくなり、先ほどは歩いている人達をじっと見ていた瞳も閉じてしまう。朱色の神社の若い神主が、社務所の窓を少し開け、その隙間から、東の大鳥居の向こうの石段のすみに座っている得体の知れない男の遠い挙動を恐る恐る見続けている。その男はこれまで夕刻の明るさの中から二時間以上ほとんど位置を変えることもなく、そこに座り続けていて、結跏趺座のような形で手も膝の上においている。神社の奥に置かれている巫女用の鈴が、誰も触れないのに時々小さく震えて幽かな音を出し続けている。社務所の端にいて、その音には気づくことなく、若い神主は、車道を背にした薄い影のように、月の光に照らされて一人で座り続けている男の姿が、目の疲れなのか、どうも三人にも五人にもぶれているように見えてしまい、しかしどうしても彼から目を離すことの出来ない何かを感じながら、窓の近くでじっと注視を続けている。神殿の奥で気づかれることなく震えていた鈴の幽かな音は、それから、その男がいつの間にか立ち去っていた真夜中の一時すぎまで、小さく鳴り続けていた。

磨りガラスの面に何かの像が彫られていて、浮き上がって見える。奇妙な像がそこに何体か重なるように彫られている。その中の一体に、どう見ても後頭部が異様に長く伸びている髭をはやした老人の像が一つ浮かんでいて、ひととき、異邦の若者はそれを見ていた。彼の立っている周囲には白人の観光客も多く、またこの国の人たちや東洋人も多く歩いていて混雑していた。彼にとって、こうした造形の一つ一つが興味深く、次々と目に入ってきた。〈ちょうちん〉といわれる吊り下げられた巨大な赤色の紙のランプが、また視界に飛び込んでくる。その下で、いろんな国の人たちが写真を撮ろうとしている。その方へ進もうとすると、すぐに異邦の若者は、その大きな門の入口の左右から木枠の金網越しにこちらを睨んでくる大きな何ものかの像、緑と赤の二体の鬼神のような像に視線が吸いつけられていった。

――風！　今日はめずらしい、二人目のひと。
――雷！　今日はめずらしい、二人目のひと、白人種だ。
――風！　先ほど入った天竺種の力はある。
――雷！　先ほど入った天竺種の二倍の力はある、しかも気づいている。
――風！　カラスたちが河辺をよく飛んでいるはずだ。
――雷！　珍しい影の隼もやってきている。
――風！　この二人目のひとに〈カンノン〉は分かるだろうか？
――雷！　この二人目のひとに〈カンノン〉は分かるだろうか？　かなり系統が違う。
――風！　このひとに風を送るか？
――雷！　このひとに雷を送るか？
――風！　左手に小さな金の印を受けている。
――雷！　左手に小さな金の印を受けている、古い〈時〉の刻印だ。
――風！　このひとは〈センゲンさま〉に呼ばれている。
――雷！　このひとは〈センゲンさま〉に呼ばれている、〈仙元さま〉に。
――風！　額に〈センゲンさま〉によく似た別の印も入っている。

――雷！　額に〈仙元さま〉によく似た別の印も入っている、どこのひとなのだろう、我々にも分からない。

異邦の若い男は、その大きな門を通り抜けながら、じっとそそがれ続けている二体の鬼神めく像からの視線を何か面映ゆく感じ、〈センゲンさま〉とは何だろうと、少し頭を下げ、手で小さな自らの〈チャカーナ〉の印を挨拶のように送った。そしてその門を通り過ぎる時、その荒ぶる神々の裏には思いがけない柔和な表情の男神と女神の二体が帰ってゆく人たちを見つめているのに気づいた。その門を抜けた向こうには人が溢れている色とりどりの土産物店が両側に続いていた。

アワアワ
　アワアワ
　　波音めぐる

河波がゆらゆらと岸辺をたたく上空を過る緑の隼《ひこうき》の貴きスピード
大きな港湾のヘドロの何処かで眠り続ける声なき鉄たちの深き夢

山桃の下で眠りし陽炎の起きて歩くは左手の古地図の中の消失点

岸の影、置かれた踏み石軟らかく何処から来る音信なりやさざ波

河からの風を受ける
空には一羽の鳥が舞い続け
向うの河岸には
金色の雲のごときものがうねり
その低い雲のカーブを
白い色の子供たちが
滑って降りてくる

河からの風を受ける
金色の雲の向こうには
白い骨を編み込んだ
高くそびえる塔

かすかな燐を全身にまとい
ゆるやかにその燐が
風と共に四方に流れ
空の中に消えてゆく

河からの風を受ける
「たのし、たのし、
たのし、たのし、
岸の小さな霊が見える
小さなアウアよ、
私自身もアウアなのだ
それは岸の霊のあやかり名
たのし、たのし、」(＊10)
対岸から白い綿シャツ
ブルージーンズの
幽かな人影が

こちらに手をふる

その領域に一歩足を踏み入れると、あるエネルギーの流れが、七メートルほどの一応左右対称的につくられている小山の上から上空へと噴きあがっているのが見えた。何故、こんなに様々な継ぎはぎしたような土や岩で造られている小山が、大都の住宅地からすぐのところに存在しているのか、若き赤色の男には全く分からず、しかし一瞬でそこは何かの礼拝所、聖地として築かれていることを彼は感じ取った。その小山の右下にはコンクリートで作られているアーチのような方形のものがあったり、よく見ると溶岩のように見える小さな穴の空いている岩が所々置かれていたり、またその領域の周りには高い樹木による結界めいた囲みも意図的に造られているようだった。夕方の五時頃、まだ明るい光の中、その一角のみは少し蔭で暗くなっていたが、つい先程まで散歩を続けていた彼の後からトコトコと何羽かのカラスたちが不思議に楽しそうについてきていた、その住宅地に続いている歩道を目的もなく歩いて行くと、そこに突然こんもりとした、この奇妙な森が見えてきたのだった。その小さな森が現れてきたとたん、後ろから続いて来ていたカラスたちがバサッーと飛び上がり、そのまま市街地の上空に舞いあがり視界から飛び去って行った。この小山のようなものの頂上には小さな祠が祭ってあり、彼は細く造られている登り道を、全体のエネルギーの流れを感じながら登って行った。ちょっとした石段も付けられていたり、上まではすぐに登れる長さだが、彼は一歩一歩用心しながら登って行った。この空間には周りの近代的な町並みとは全く違う、一昔前の息吹が漂っていた。若き異邦の男はその祠の前でひととき瞑目してみた。しかしその途中に、ふと小山の麓付近に人の気配を強く感じ目をあけて、振り向くようにその辺りを見降ろしてみたが、そこにはさっきまで目に入ってこなかった黒っぽい小さな実が何粒か生っている草木が少し揺れているばかりで誰もいなかった。そのまま草木の辺りを見ていると、偶然のことか、その実の一つがポッと枝葉から離れて下に落ち、そこにわずかに窪んでいるような土の陰に消えていった。その時、小さな小山全体から噴き上がってゆくような透明なエネルギーの流れがゴォーと二倍の量に膨れてゆく急激な変化の起こりを、彼はそこに一瞬身をこわばらせながら感じていた。そしてこの小山の開けた上空に、幽かに風の湧きあがってゆくのを異邦の男は見ることが出来た。

ᘐ時を見て、我の描きし渦巻きは二つ黄色で三つは朱色、指先に@
電脳の繊維全てをカゲロウの薄き緑羽にウッシかえ若草山かげる
歌詠みの幻のヒト傾きてとおくかすか眺めいる駿河の空の蓬萊山
蓬萊へ若き整体師は向かいけり、上昇気流を躰《からだ》の内に湧き起こしᘏ

❖

❖15 蓬萊山

中国沿岸部から遠く東の海に浮かぶとされる蓬萊山の伝説。仙人が住み「不老不死の妙薬」のあるという海上の山の伝説。それが日本の富士山のみをさすのではないが、富士山も徐福の伝説とともに蓬萊山の尊称をもっているのは確かだ。この大きな信仰の山には毎年夏になると多くの登山者が登ってゆくが、その富士登山にこめられているはずの本来の**富士信仰**の姿が広く一般化してくるのは江戸時代に大きな民衆の動きとして発展した富士講以降である。その富士講の組織によって江戸の様々な場所に富士山に見立てた小さな富士塚が沢山築かれていく。そこを霊峰・富士からの波動を受ける受信地としていく信仰の形態が現在でも残り続けていて、また富士講そのものも小さな規模ではあるが残り続けている。異邦の若き男は果たしてどこの富士塚に遭遇したのであろうか。例えば、この江戸時代に富士山そのものを**仙元大菩薩**《せんげん》として、そこで修行を続けた行者たちは明らかにシャーマンたちである。〈彼ら〉はそこで命をかけて修行を行っている。「命がけの行」はシャーマンたちが出自してゆく始めの**召命**の時にも、それが神的強制の「行」としても現れてくる。その「行」の過酷さの中で多くの「世間知」が解体していき、そこから開けてゆく別の「層」の流動性が〈彼ら〉を生涯つつんでゆく。

アワアワ
アワアワ
声はめぐる

ઢ 平仮名の舞いおちてくる海岸線を歩きながら左右の掌に砂鉄立ち
深い樹林の続く中に点在する岩の上でカタカナの実が踊り始めて
元素の発声音、おんは縄文のうたげの炎と風の空理のせめぎ合い
タプティ、タプティ、風穴《ふうけつ》の深い闇の向こうに聞こえる音楽の色 ஓ （＊11）

大都の中の、ある富士塚に偶然行き合わせて強い印象をもった異邦の若い男は、翌日の昼には新宿駅の人ごみの中を迷いながらもようやく抜けてあるホームに向かった。そこから大月という所まで列車に乗り、さらに、もう間近になってきた富士山へと向かうための次の私鉄に乗り換えて、その日の午後四時頃には富士吉田市という所までたどり着くことが出来た。その駅の観光案内所で聞いた宿泊可能であるという、そこからも近い所にあるホテルまで歩き、チェックインした。割と料金も手頃であり、自由にメニューを選べるレストランもあった。ただ彼の入ったシングルの部屋からは富士山は見えなかった。二つのバッグをそのまま部屋に置き、窓から東側の町並みを眺め、すぐに歩いてみようと思った。まず駅に戻るようにして少し歩き、そこから町の中央を富士山の方向へと一直線に伸びていく車道へと向かい、その道へ出た途端に富士の端正な広がりが町並みの向こう、間近な所にグッと目に入ってきた。

(……ここまで、来ることが出来た)、ひととき彼はそのまま歩道に立ち、西日の明るさの中に気高くそびえている富士山を見続けた。それから、そこへ向かう道で少しずつ見えて来ていた四つ角に立つ大きな鳥居を改めて見上げた。かなり規模が大きく、形ももちろん異なっているが、この形態はそのままティワナクにある「太陽の門」にも通じていて、基本的には同じ聖域結界の意味をもっているのだろうと思われた。すでにこの町自体が富士山の聖域に入っているのだ。しかしその鳥居は大都で見た木やコンクリートを使って造られているものではなく、銅製のような光沢をもった金属で出来ていた。それに少し手をふれてみる。すると、始め、町の微かな振動が伝わってきたが、すぐに富士山からの地脈を通してここまでとどいているような熱を帯びた波動に手のひらが包まれる感じがしてきた。ゆっくり手を離し、また美しく映える富士山を畏れの気持ちとともにひとときを見ていた。そしてその通りを彼は富士山の方へ一歩一歩、歩いて行った。やがて両側にある様々な普通のお店や家々を見てゆくことでも、この町の整った雰囲気が感じられ、ここは、やはり一つの参道としてあるということも何となく分かった。そうして富士山の方へ歩いてゆくと、この道の先にさらに車も多く通っている大きな通りが見え、丁度その横断歩道を右から左へ、頭も白い布で覆い全身も白い装束に包んだ十人くらいの人たちが黙々と歩いてゆく姿が目に入った。まだだいぶ離れていたが、彼はすぐに何かを感じ大きな通りまで急いで駆けて、横断歩道の信号に間に合い、すでにその向こうを進んでゆく最も後ろの列の白装束の人たちから少し距離をとったまま、彼らのあとについて行こうとした。先頭の男はふと見かけた風貌や体軀からかなり歳をとっている方のようで、その方を中心にして全員が同じような白の装束をまとい、杖も持っていた。その人たちの歩行の姿は真剣で、何故か彼はそのままあとに付いて行ってみようと思った。車の通りも多い横の歩道を進んでゆく、その集団の後ろ、二十メートルほどの距離を保ちながら、彼らの歩く速度をはかり、ホテルや駅の方向は頭に入れたまま少し付いて行った。すると急に、先頭を歩いていた老年の男が一人立ち止まり、横にずれ、後ろを鋭く振り返り、歩いてくる異邦の白人めく若い男の方を見た。その横を後続の人たちがどんどん抜いて行き、何も問うことをしないまま、先頭の男一人が立った状態になり後ろを見ていた。そのことにすぐ気づき、少し歩いてから立ち止まった若い男は、十五メートルほど先からこちらを見ている瘦身の男の、鋭く、また優しいような目を見て、何となく口元に笑みをうかべた。するとその老年の男はクルッと背を向け、そのまま先を進んでゆく者たちの後を追いかけ、走っているようにはみえないのにすぐに追いつき、また先頭にたった。その速い動きを立ち止まったまま見ていた若い男は、車道の向こうの家々の間からも覗える富士山へと続いてゆく森の雰囲気を感じ、彼らはその森への入口辺りへと向かっているように見えた。その富士山へと通じて行く間近な森の広がりからも、そこに聖なる空間があるということが感じられてきた。彼らが遠い車道のこちら側で一旦歩くのを止め、そこを横切って行こうとしているのを見て、今日は「そのことだけでいい」という思いになり、あの白装束の集団とはまたどこかで会うことになるかもしれないという気がしてきて、彼らの姿が森への入口に消えていくまで見ていた。また元の一直線の通りまで戻るように歩き、異邦の若者は、南西の空のもとに映える山の姿を見ながら、「マウント・ミスティ…」と小さく声に出し、ひととき立ち続けていた。

その夜、少しずつ箸の使い方にも慣れ始めてきた彼は、別料金の自由に選べる夕食を和風のものにして、不器用であるけれどもちゃんと残さず食べたのち、一組だけいた他の外国人客とも軽く挨拶をしたくらいで話すことのないまま部屋に戻った。それから熱いシャワーをあび、今日一日の汗を落とし、少し洗濯をした後、早く眠りについた。赤色の男は軽い疲れと共にぐっすりと眠り、やがて明け方の半覚半睡の夢のような時の中、少しずつ何かの強い力を感じ、そのままそのイメージが自分の中に流れ込んでゆくのを感じ続けていた。

　そのひとときの時間に、目前の巨大な山の息吹そのものを受けた。

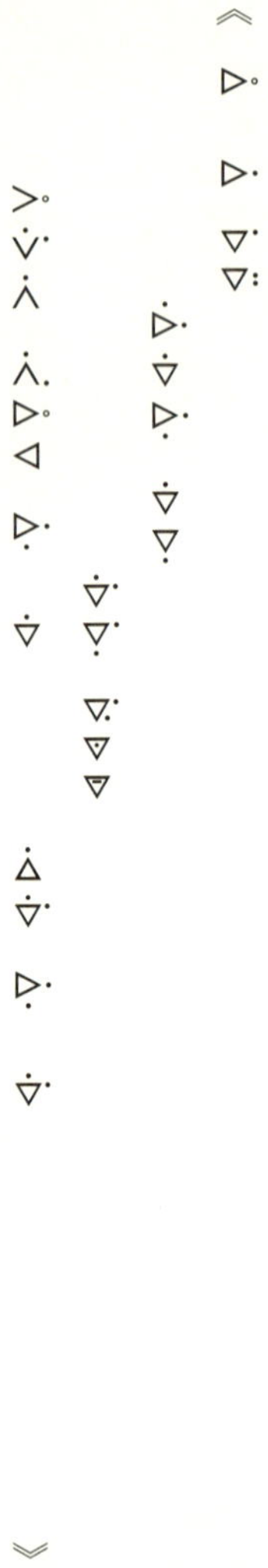

そうして、町のホテルで一泊した彼は、かなり早くからそのレストランへと向かい、洋風の朝食をとった後、昨日も保留付きで伝えていたが、「やはり、また今夜もお願いします」と改めて予約して、中型バッグを部屋に置いたままホテルを出た。昨日歩いたことで町のいろんな場所は分かってきたので、サンドイッチなどの軽い食べ物のセットと中くらいのペットボトルをコンビニエンスストアーで買い、注意してショルダーバッグにつめた。そこから西湖やその付近に点在している観光スポットの風穴へと向かうバス停で少し待ち、すぐにやってきたバスの前の方の席に乗り、富士山の北側へと向かう麓に展開してゆく町中の光景やだんだん近づいてくる山の一瞬一瞬の姿を見続けていった。そして何故か、観光スポットが周囲に何ヵ所かあるバス停までは行かず、かなり手前のバス停で一人降りて行った。バスの運転手も「ここでいいのですか？」と問いたげな顔をしたが、頷くように笑って彼は降りた。そこから予め地図で見ていたように、富士山の麓の領域ではよく目立っていた大室山の方向へ向かってゆく別の車道を確認し、その道の左端を、午前の光を受けて黒々と輝く山を見ながら、存分に酸素を取り入れ、わくわくする気持ちとともに歩きつづけていった。この道は時々車も通ってきて、ひとときは左右に大きな会社の駐車場や家々の畑、またレジャー施設への入口なども見え、あの大室山付近まで、まだ歩いて一時間ほどはかかろうが、何とか、その先の領域まで時間内に行きつけるだろうと思われたものの、バッグを首に通して少し後ろに回し、体力も充分にありランニングしつつ進むことにした。やがて彼の視界の左右には樹海といわれる森の姿がだんだん広がってきた。その森は栂や檜が鬱蒼と続いていていて、地面には概ね草木や苔が見え、所々、溶岩のごつごつした連なりもあり、そこに樹木の根がからみつくようにうねっていた。（ここは、一歩入ると、そのまま地下の国へ向かうようだ）、赤色の男は、その森の中に少しずつ登りになって続いてゆく車道を軽いランニングで進みながら、その異様さに少しずつ気持も引き締められていくのだった。

やがて、この道の左側に、よく目立つ大きな針葉樹が何本か立ち、薄暗い路が森の中へと続いてゆくところが現れてきた。（ここか……）、彼は躊躇することなくその路の中へと入り、走るのをやめた。そこは車道の近くでもあったが、あまり溶岩の上に根をはってゆくような所もなく、ただ光を遮る枝葉が多く、微妙な変わり目があるようだった。そこまで走り続けてきた彼の躰の縁からは、薄暗い光の中に、陽炎のようなものが発汗作用とともにぼんやりと広がっていた。すぐにその路を進むのではなく、彼は、そこでひととき呼吸を整えた。少し湿っているような空気が入ってきたが、それが次第に躰を慣らしていくようだった。スゥーと、彼の躰を取巻いている陽炎のようなものは上方に伸びてゆく姿をとっていった。（さあ、ここからだ）、彼はその路を進み始めた。ほどなく、その路には登山規制のある時には閉められるはずの鉄柵があり、ちゃんと管理されている路の雰囲気が現れてきた。だが、やはり巨大な山の裾野の上方に位置する、この森林域を進んでゆくと、まだ広くそのままに溶岩と樹木の根の広がる樹海の様相が見られ、そのことでも「地下の国・冥府」の空気の流れを彼は敏感に感じ取っていくのだった。その路をさらに進むと、右側に大きな風穴のあるらしいことは彼も富士吉田市で手に入れていた富士山全体の一枚地図で分かっていたが、そこへ行く場所でも止まることなく歩き過ぎ、さらに進んで行った。そこから次第に周りの植生は、場所によっては栂や檜の森が深くなったり、また青空が見え、光が射してくる隙間の広がる領域があったりと微妙に変化してきて、この森の多様さが見えてきた。彼は、ふと、ある場所から、その路を離れ、左側の森の中へと入って行った。そこには何の徴もなく、新たな路もなかったが、また栂などの方が多い植生のある中へ、すっと入って行った。苔が岩や根に張り付き、溶岩の中にたくましい生命力をみせて沢山の根を張りめぐらしている樹木たちの続く、その空間を、彼は足元に注意して、根を跨ぎながら三十メートル程も歩いて行った。すると熟練したガイドにもほとんど分からないような細い細いケモノ道のような微かな条が、樹木と根の張り出しや草木の間に一つだけうねりながら流れていることを、彼は見てとった。そしてその微かな条が予定していた大室山の裏側の方向へと右斜めに向かっているらしいのを見て、より覚悟をきめて歩き始めた（*12）。わざわざ彼がそんな路を、身を隠すように選ばなければならなかったのも、何かの指示があったのかもしれない。その辺りはしばらく歩いて行くと、樹木や苔などがあっても、それらの緑の明るさの方が感じられてくる所になった。さらに、この上方の原生林域でも、これまで進んできた所の多くは、麓の樹海の間を通る車道から時々見ていた樹木の原始的な力が息づいているような部分と同じように、やはり土そのものの黒みはあまり感じられなかったのだが、こうして路から離れてかなり入ってきた新たな森林には、やがていろんな場所で土の黒みも見え、ブナなどの広葉樹の気配も強く流れてきて、故郷の、瘴気も秘めた無数の生物に満ちている緑の濃い密林を青春の始めの頃から歩き続けていた彼、レイ・ノーア・エヒダにとっても、この領域は交差する不思議な明暗に満ちていた。そしてこの森の底には、太古から溶岩と共に何度も焼き滅ぼし塗り替えながらも、その地の奥に吹き抜けてゆく炎の音が響いているのが、地にあてた手のひらとともに感じられてくるのだった。端正な美しいカタチの山の麓に、地上から降りてゆく深い深い穴がいたる所に開き、続いているのを知る。その闇をくだるためにここに来たのだということがわかる。遠く天上の湖の畔を通り、高い山を越えてやってきた若い混血の男の躰から、この路なき路を進んで行くとともに、またさかんに汗が噴き出し蒸発してゆらめく陽炎のように広がり、額と、白シャツをはだけた胸の辺りには、その少し白さと濃淡のある赤みの見える地肌よりも、さらに鮮やかな小さな炎のような赤色の渦の文様が、薄緑の光の中で、そこに燃えるように直接浮かび上がり始めていた。

アワアワ　アワアワ
かなはめぐり座標つたえて

やみにあおめく　ひらさかを
ふうわりとこえ　つゑしまい
はなほのゆれる　せへたちて
すむねそろゐぬ　もんよきけ

三歌（螺旋之条篇）

〈❖16 カミの名もなき〉

約五万年前、群馬の新里・不二山遺跡では近くの権現山遺跡・桐原遺跡などと共に中期旧石器の生活態をもつ**旧人**たちが遊動的に生きていた、と推測できる可能性がある（＊1）。すでに二十数万年前の氷期において一度、それ以前の氷期に三回ほど日本列島はユーラシア大陸と繋がり（＊2）、ナウマン象、オオツノシカなどの動物たちが渡ってきていて、十万年前にはそれらの動物たちは日本各地でも繁殖し広がっていた。（旧人たちは、その動物たちを追って日本にまで来ていた可能性があるのだ）。また、さらに明確な遺跡として、後期旧石器における**新人**のものと思われる三万年前あたりからの石器遺跡も東海から関東にかけて数多く発見されている。そうして何万年にもわたる長い時の間、旧人や、特に新人たちは、あるいは遠く近く、時代とともに形の違う、そびえる**富士山**（＊3）を眺めながら、東海から関東辺りの場所を狩猟し、幾度も遊動してきたに違いない。また、こうした時期よりも、さらに以前、原生自然そのものの中に火と石器を使って生き延びていた、十二万年前以降の旧人たちにおいて、すでに広く「死者」に対する供養という意識が現れ始めていた。ただ、云うまでもなく新里・不二山周辺においても、その痕跡が残っているということではなく、(日本の中期旧石器では、それ以前の明石原人も含めて豊橋市の牛川人も現在では認められておらず、骨そのものもない)、そこから遠く離れた西方の旧人、ネアンデルタール人たちの中に、明確に埋葬の風習が見られ、遺体に花を供え、また赤鉄鉱を散布するという行為も広く行われていた。どうやら、そのころ〈彼ら〉は目覚めはじめていたようだ。血を失った死者へ、再生を願うように血の色の赤鉄鉱を振りかけ、浄化としたのかもしれない。そして、そんな儀式のとき、〈彼ら〉は悲しみの中で、泣き声以外に、無意識に咽の奥から様々な響きを発していたのかもしれない。すでに**言葉**といえるものを持っていたと推測されているネアンデルタール人であるけれども(*4)、その「意味」の言葉以外に、咽の奥から、様々な時におもわず発せられてゆく聞き慣れない声、音の響きを感じながら、そこにはまた大切な何かが秘められているのではと考え始めていた〈彼ら〉もいたのかもしれない。その永き不明なる思いが、やがて新人として登場して地球上に広がっていったニュータイプのアフリカ人たちの自然に持ち得ていた深い声帯として、徐々に新たな**声の光**を放ち始めたのかもしれない。

アカアカ
アカアカ
一族めぐる

ઠ
夕焼けの中の巨大な象たちの移動の音が沁み込んでゆく冷却溶岩
カミの名もなき始めの世の惑星の森林をすすむ一族の男女の幸福
鹿の角をかざし遊んでいる者たちが不思議な声を上げ始めている
鹿の動きをまね足をふみ巨象の響きへ舞あゆむ炎は初源をめぐり
ઠ

（❖）

（❖17 黒き石のツメ）

あの滑らかさと艶をもつ**黒曜石**の塊から祈るように割り出されてゆき、ひと欠片も無駄にすることなく作られてゆく、ガラスのように美しい小さな台形様石器を見ていると、後期旧石器の新人たちが、それをどれほどの喜びで仕上げ、手に取り、陽に透かして見たり、さらに注意深く砥ぎ石や柔らかな革で磨いていこうとしていたか、彼らにとっての魂の、光る欠片のひとつが、そこに今も黒い宝石のように残されているのを感じる。その黒い石の隣には、赤い条の多く入っている美しい原石が陳列されていて、彼らは、その赤みがかっている石に、あるいは「ヒト」を感じたのではないだろうか。赤い血の流れているような石、彼らはそれでやはり小刀のような石刃を造っていて、それをいつも身に付けていたのかもしれない。石たちの硬さを手に握りしめ、歩きつづけ、生きつづけてきた、この永い時間は、さらに遡って旧人たちの中期旧石器においてみられる石斧の見事さにも感じられてくる。そしてその旧石器時代よりも、さらに遠い二百五十万年前の原人（ホモ・エレクトス）の時代に、未知と驚愕の広い世界へ向けて歩き始めた時にすでに握りしめられていた石・（石器）は、やはり彼らの外部に現れ出た硬い骨そのもののように、躰の一部でありつづけてきたのだ。今でも、河原や海岸線で、ふと気になる形の綺麗な石を見つけたとき、それを何故か手にして、手のひらの上でひととき対話し、つい、何の価値もないそれを持って帰ってしまう行為の意味には、私たちの中にある、遠い石の工芸者・石に秘められていた新しい力の発見者たちの思いが、なお深く沁み込んでいるからなのだろう。

アカアカ

アカアカ

石はめぐる

石を砕く音、光れわれらのキバ、石を打つ音、光れわれらのツメ
赤き石のキバ、黒き石のツメを研ぐ本能のまよいなき時の音立ち
山の腹が血を流している山のイノチを手に掬い顔に塗る胸に塗る
赤き渦巻きを肩にのせ、黒き水の流れを身表に流し深き森を走る

導かれるように若い異邦人は、これまでの溶岩地帯をおおってゆくような栂や檜ではない、その辺りから微妙に変化してきている植相の中、或いはさらに、もしかしたらそこにのみ古代から巧妙にヒトの手が入っているのかもしれない、ブナ科の三本の大きな樹木に囲まれ、開いている入り口が下生えの多くの草木によって隠されている小さな風穴のあるところに立っていた。その穴は七十センチほどで、その近くから気をつけて見ていても草木に隠れ、またわずかに張り出した溶岩すらも土が周りに工夫して盛られているようで、ほとんどわからない。ただかすかな風がそこから吹いてきていて、小さな草木の葉がわずかに不自然に揺れるときがある。そこを彼が偶然に見つけたわけではない。始めからその場所に向かうような足取りで、ちゃんと造られていた路をある所から離れ、起伏のある森林の中をやはりケモノ道を進むようなある線をその都度たどりながら、そこまで注意深く歩いてきている（＊5）。

その辺りは確かに土のある場所と溶岩の流れが交互に入り組んで複雑な植相もみえる所で、少し疎らになり始めている周りの樹木の空間とともに、しかしあまり目立つことなく、その周囲に続いている下生えの草木を持ち、少しだけ傾斜している五メートルくらいの辺のほぼ三角形の位置に立っている、その三本の樹木が視界にふっと現われた時、どこからか風にのって平たい石板を叩く小さな高い音のようなものがその辺りに流れてきて、彼の足は予期していたように止まった。もう少し下方のよく繁っている森の中では、そうした空間のすき間はないように見え、三つの樹がそこに自然に枝葉を広げ緑の結界めいたものが出来ているようで、少しだけ周囲と雰囲気の違うのが感じられる。下生えは様々な種類の低い草木が多く、この三角形の空間も適度に埋められていて、その真ん中に、小枝をもつ二本の小さな低い木があり、その下に風穴の入り口は隠されている。丁度軽い緑のジュータンでその辺りの空間を少しデコボコに敷き詰めているような雰囲気がある。光はやわらかく、木漏れ日の中から、その中心にだけ日光が当たっているような明るさもある。そしてその領域に入っていったレイ・ノーアは、その瞬間からたくさんの不思議な目が自分を見ているのを感じていた。そこで静かに周囲を見渡してゆく。吹きこぼれてゆく汗が、すぐに陽炎のようなものと化し、彼の躰をゆらめく膜のような流れとして取り巻き、それがゆっくり頭部へと螺旋状に動き、上方へスッーと昇り始めている。体温がその場所の状態に応じて調整を始め、静かに上方へ風が立っている。その小さな風は森の中を抜けてゆく様々な風にも揺らぐことなく、静かに立っている。そこで呼吸を整え、ほとんど休む必要のない体力を測ったのち、彼は三本の樹木のうち最も大きな樹の方へ歩き、五十センチほどの幹肌に片手をあてて、目を閉じる。ゴー、ゴー、キュルル、キュルル、ゴー、ゴー、キュルル、キュルル……、わりと規則正しい音が樹木から伝わってくる。この地の底にある見えない風穴の広さを感じさせるような音だ。そうしてひととき樹木から伝わってくる音に掌を当てている時、思いがけず彼の閉じている目の薄明かりの中に、長い鼻を上げ迫ってくる巨大なゾウの姿が現れてくる。静かに目を開き、横に目をやると、三メートルほど先から、宙に浮かび一メートルくらいに縮小されたゾウの姿が、やはり鼻を上げたままの姿勢で彼の方を見ながら、そこからさらに小さく縮みながら、彼の頭上あたりの高さのまま樹木の下方の枝葉の中にスッと消えてゆく。小さく鮮やかな赤色の渦巻き文が炎のような揺れを秘めて地肌の赤味よりもさらに額にくっきりと現れている若い男の目に、この地の見知らぬ幻影が語りかけ始めていた。

夏の黒みのある「不二」の北側斜面、少し西寄りの山肌に上昇気流の作用か、三ヵ所ほど丸い不思議な形に出来てゆく雲のようなものが現れ、実質的には二十メートル程の大きさなのだろうが、北方の本栖湖辺りから見ている人たちにとっては白い点のようなものが等間隔に三つほど生まれていくように見えている。「不二」の中腹辺りでは時々そうした山肌に張り付くように生まれてゆく雲も多く、普通はいつの間にか流れるように消えてゆくのだが、その三つの白点のような雲めくものは、そこからゆっくり下方の原生林域へとやはり等間隔を保って下りてゆく。その白点の雲には何かの意志があるように丸く形を保ちながら、風にみだされることもなく、ゆっくり下りてゆく。また、「不二」の西側の方からは、この時間帯にはめずらしくカラスらしい飛び方のある定まった速度をもった、大群ともいえるような鳥影がゆっくり「不二」に近づいてゆく。その微かな黒い点々の形態が空をゆく微妙に絡まった線の黒い微生物のように輪郭を変えつつ移動してゆき、あのゆっくり下りてゆく白い三つの雲のような点の上空辺りに差しかかろうとした時、急激にその薄く黒い輪郭が霧散して、それぞれ一羽ずつ、どこか方向も定まらないようにそこから消えてゆく。「不二」の山頂には、すでに登山が解禁されて何日かが過ぎ、見えない人々の思いも湧き上がっていることだろうが、どこか背景の青空の中に、その辺りの高い領域にきざす上昇気流もあるのだろうか、何かゆらゆらとしているようにも見える水蒸気めくものの条の動きが現れている。そうして、いつも様々な観光客で賑わっている「不二」の領域の明るい日常性の中に、何か幽かな異和が発生していることに気づく人はほとんどいなかった。そこに、その物質的領域の自然な活動性の中に、ある時、ふと滲みだしてゆくような夢幻素《ファンタシュウム》（＊6）の香りの出現が兆していた。

レイ・ノーアは、首をとおして肩に斜めにかけ後ろに回していた黒のショルダーバッグを草木の葉の隙間に下ろし、そこから小さく畳んでいた薄い生地の赤い綿のポンチョと懐中電灯、またペットボトルを取り出し、まず一口、水を飲む。それだけでも少し体温は下がるが、額の文様の揺らめきは薄れることなく、またゆっくり全身から上昇してゆく陽炎のようなものも躰を包んでいる。そして赤いポンチョを頭からスッと通し、腰のあたりで両脇の紐を引いて結びとめる。その表には白色の「チャカーナ」の文様が小さく入り、肩の後ろにはやはり白の二つの渦文が小さく入っている。また、バッグの内ポケットに入れていた木箱からは白い綿のクッションに包んでいた勾玉型の青玉の耳飾りを二つ出し、左右の型をちょっと見て両耳につける。その準備を終え、スッと正面を向いた瞬間、ポンチョの脇からも流れ出すように彼を薄く包んでいた透明な陽炎状のものは、気流の調整がさっと決まったように内側からの風によって散じていった。そして明るさもある森の中に赤い衣服の光が強く現れていた。彼は、また三本の樹木の周囲にゆっくりと視線を向ける。風が、あるリズムで流れては止まり、濃淡に広がる緑色の視界の中には、ふと、一体、二体と何者かが立ち現れ始めてい

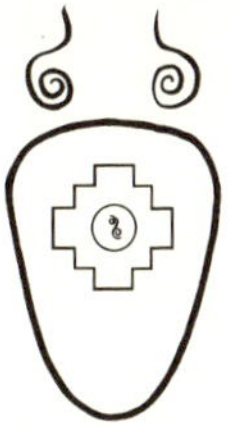

Cg6：レイのポンチョ

る。美しい山の裾野の上部の広い範囲に満ちる、この樹林の空間、「原始林」と呼ばれている森の層を超えたところから、「不二」の深層をめぐろうとする異邦の若者の動きをチェックするために、何柱かの存在が、三体の何モノかを送ってきている。それらはかなり離れたところに、緑色に動くものとして姿を現わし、すばやく樹木の間を極度に低くした姿勢のまま両手も使うように駆けてきて、そこから三つの動きに別れ、レイのいる空間を遠巻きにしながら近づいてきた。

「、……。」

「、。」

「……。」

「。、、。」

このモノたちは一メートルくらいの大きさで、濃い緑色の繊維の衣を全身にまとっているように見え、所々から白い毛のようなものが束で飛び出ていて、その頭部には白木で造られた仮面のようなものを被っている。そこには丸い二つの目の穴らしきものが見え、その上の額には黄色の稲妻文様が細く刻まれている。しかし、これらのモノたちに実体があるのかどうか、異邦の若者にも、まだよく見定めることが出来なかった。

「、。」

「　　。　　。」

「　　。　　。」

「　　。」

三体の奇妙な動きをするモノたちは、それぞれ三本の樹木の向こう十メートル程の中の樹や草木の影にスッと止まり、そこから異邦の若者が風穴への小さな入り口に引き締まった躰を入れてゆくのを静かに見ている。レイは、ケチュア語で短くそのモノたちに何かを伝え、ニコッとして、下生えの草木によってすぐ躰は隠れてしまったが、その上にちょこんと出しているウェーブした薄茶色の髪に青玉の耳飾りを着けた頭を、ゆっくりと沈めていった。

（Cg6）

異族はめぐる

アカアカ

アカアカ

ヒ　ソラ　ツキ　ミズ　ヤマ　カゼ　ウミ　ウゴメク　カミガミ

カミの山には近寄るな石を打ち木を打ち鳴らし異族とどめる音鎖

幾度となく氷期は押しよせ山はタケリ西の地からは異族ひろがり
奇妙な声もつ異族たちも声を失う時のあり静寂よぎる山容の只中　ᘓ（❖）

（❖18　奇妙な声もつ異族たち）

約八万五千年前、アフリカの地を旅立った**黒い新人たち**の主な二つのルート（中東・ヨーロッパと東方）のうち、東方ルートはエチオピアからアラビア半島へ、そこから、さらに南インド、東南アジア、インドネシア等を経由して、六万五千年前にはオーストラリアへ入り、アボリジニとして現在までもその血脈を繋げている（＊7）。また、東南アジアからさらに北方をめざした新人たちが、四〜三万年ほど前には、東アジアを経て日本列島へと、第一陣としてたどり着いている。（東方ルートにおいても、南インドへ向かうのではなく、北方のヒマラヤ山脈の西をぬけて中央アジア、そこから東アジアへと向かった流れもあると仮説されており、四万年〜二万五千年前にはシベリアに達し、そこから逆に北方ルートとして日本列島に入ってきた新人たちもいるようだ）。その頃、東アジアにはネアンデルタール人型（彼らは北方及び中央アジアまで来ていた）の旧人ではなく、北京原人から進化したと考えられる旧人が生息していて、彼らはナウマン象などを追って、旧日本列島へもやってきていたとみられる。その彼らの生活跡らしいと考えられていたのが、日本における中期旧石器だといえるのだが、現在、(石器捏造事件の後)、その痕跡も三万年前からの新人たちの生活跡ではないのかという検証にかけられていて、明確には中期旧石器の時代がアジア型の旧人たちによって日本列島においても存在していたという説は、一応白紙に戻されている。しかし、やはり様々な推測においては、アジア型の旧人たちが古い氷河期の時代にいろんな動物達を追って日本にやってきていたということを、すべて否定することも出来ないようだ。(そこにまた大きな発見が島根であった(＊8))。その時、南方からのぼってきて、古モンゴロイド的な東アジア型に変化しつつあったと思われる新人たちの群が、日本列島に西(或いは南西)から入ってきたとき、そこに、もし旧人たちがいたとしたなら、どんな出会いがあったろうか。中東やヨーロッパにおけるネアンデルタール人と新人たちとの出会いは、ある面、共存の長い時代を持っている。東アジアでは、どんな遭遇のシーンがあったのだろうか。新人たちの、ペチャクチャと話しつづける音を、旧人たちは鳥のさえずりのように聴いていたのであろうか。また身長や体力的な違いは、どれほどあったのだろうか。そしてこの東アジアにたどり着いた新人たちの第一陣の流れは、どうやら、さらに北太平洋の沿岸を伝わって、約二万二千年前には北米大陸、さらに南米大陸まで到達していたらしい。また、すでにシベリアまで来ていたヒマラヤの西をぬけてきた別の新人の集団も、その時期とほぼ同じ頃(約二万年前)、第二陣(?)として、ベーリング陸橋を渡って北米・南米へと進んでいったようだと最新のミトコンドリアDNA

による研究は提示を始めている。そうして日本に入ってきた新人たちの流れにもやはり様々あったろうし、また、ほぼ一万六千年前からの**縄文人**としての出現にも、その北方ルートと南方ルートからの文化の流れがあったといえる（*9）。それぞれの地域の部族、民族はそれ自体において本質的に一律ではあり得ず、様々に分岐したものの集合・再離散としてあるといえ、また、むしろ本源は、ほとんど同じ血族としてアフリカから地球の隅々にまで広がってきているということが、これまでのほぼ定説に近い仮説段階から、さらにDNA研究によっても客観的に、より詳しく示され始めてきている。アンデス山脈のただ中の青い湖からやってきている、様々な血脈の混じった異邦の若者は、どうやら自らの遠い故郷のひとつをめぐってゆくつもりらしい。

アカアカ
アカアカ
遺伝子めぐる

ð

ユーラシアの水を飲みユーラシアのヒトになる、極東の水は澄み
北の水は厳しく、南の水は甘く、西の水は聡く、東の水は広く、
海月なす漂へる時、水は高まり地はやわらかく、極東に天《あめ》の沼矛《ぬぼこ》（*10）

鹽《しほ》こをろこをろに畫《か》き鳴《な》して引き上げたまふ原列島、淤能碁呂島《おのごろじま》（＊11）

強い懐中電灯の光に照らされた風穴の入り口は、すぐに一・七メートルくらいの円い穴に広がり、十五度程の傾斜となって「不二」の山側の内界へと続いていた。あまり湿気もなく、むしろ空気はひんやりと爽やかだった。その周囲や奥に続く闇へ向けて、ひとときレイは懐中電灯の光をあてて見た。腰をかがめていけば充分に降りていけるようだった。そして懐中電灯を首から下げた状態にして、彼は、腰を曲げ、壁に手を当てながら、そこから注意深く闇の中へと降り始めていった。すぐに冷気が強く感じられてくる。レイは左右に何度かうねるように傾斜してゆく小さな風穴を、まず三十メートル程降りていった。そこで悪い空気の溜まりもなく、ちゃんと呼吸が出来るのを確認して、さらに下へと続く洞窟の先へ光を向ける。小さな風穴は、なおもそこに続いている。ここに時には入口からの雨・風も吹き込んでくるだろうに、洞窟特有の湿気なども不思議になく、壁は所々赤味がかったり黒味がかったりしながら、全体は乾燥していて、苔もなく、足元もデコボコして適度に降りやすくなっている。さらに懐中電灯の光の遠い先には、何となく別の種類の深い闇があいているようにも感じられてくる。彼は、また注意しながらゆっくり百メートルも降りた所で、何気なく振り返り懐中電灯の光を向けてみると、三十メートルほど向こうの闇の中に小さな燐光のような緑色の光がひとつ動いていて、その光の上にさらに小さな白い顔めくものがこちらをうかがっているのが目に入ってきた。「彼らはついて来てくれるのか」と、何か守られているような気もして、異邦の若者は、さらに奥へ奥へと中腰で降りていった。そこからさらに百五十メートルほども降りてゆくと、その先に音響の違いとともに確かに見えてきた別種の闇の方へ、また注意深く懐中電灯の光をあてる。すると少し広がったような丸い闇が浮かび、そこからさらに下方へ急な角度で洞窟が広がっている気配がある。またさらに降りてゆき、ようやくその縁まで達して、光を中へ向ける。強い冷気をもつ微かな風が吹いてくる。光の中に見えてきたのは、高さ、横幅、それぞれ五メートルはある円く傾斜のない空洞で、目の前が、すぐにその天井となっている。この広い洞窟は、しかし奥行きが三十メートルほどのもので、その先に、また三メートルほどの小さな別の風穴が黒々とした闇を忍ばせていた。そこへ光を向けても中はよく見えない。その縁から岩壁にある出っ張りを少しずつ見つけながら、彼は下へ降りていった。

「ここにはコウモリもいない、生物の気配もほとんどない」

時間をかけ、注意深く降りた後、レイは少し汚れたジーンズや赤いポンチョの表を払い、またその周囲へ光を向ける。岩の表面はやはり乾いている。その広い空洞は、溶岩流のトンネルとして出来た普通の風穴という感じはせず、石灰岩洞窟のような感じもする、何か生成過程のよくわからない、しかし古さ自体は伝わってくる所だった。ふと、彼が、降りてきた縁を見上げると、やはり一体の緑色の燐光に躰が光っている何モノかが、こっそり白い顔を出している。彼は少し微笑み、また目をこの先の洞窟の方へ向け、その入り口の上部が見えている別の風穴へと強い視線を送った。この広い洞窟も所々一、二メートルくらいの大きな岩がでこぼこと続いているくらいで、その間を抜けて行くことが出来るようだ。首から下げていた懐中電灯を左手に持ち替え、そこから快活な動きで彼は進んでいった。そして自然に、その周りからゆっくりと洞窟がすぼまってゆくように続いている新たな風穴の前に立った。まず、光をその闇の中へ向けてみる。最初の小さな風穴の二倍程度の洞窟が、そこからゆるやかな傾斜のなかに続いている。しばらくその中をライトの光で見ていたが、もう一度、何かを確認するように後を振り返って、岩壁の上で幽かに光っているモノの方を見た。すると、そのモノは、白い頭部を三度ほどうなずくように上下にふったあと、そこからスッと姿を隠した。レイは、さらに深い闇の中へと降りてゆくようなその風穴へと、懐中電灯を握り入っていった。やがて概ね円状のトンネルのような空洞が、そこからさらに奥へと傾斜しながら続いていくことがわかり、目が少しずつその空洞に慣れてくると、何かその奥の方が不思議にこの入り始めの場所よりもわずかに青い明るみが兆しているように感じられてきた。また冷気も逆にいくぶんか弱くなってきている。異邦の若い男の額には、さらに鮮やかさを増してゆくような小さな赤色の渦巻き文が闇の中で滲むように光を放ち始めていて、彼がさらに別の意識の状態に入り始めているのがわかる。両耳に付けている青玉もライトの光を時々強く反射して青い光を放っている。彼はライトをゴツゴツした床へ向け、注意しながら進んでいった。すると、ほどなく、この床が五十センチ程の幅で何となく平たく削られている箇所に入り、整えられているのが分かってきた。異邦の男は、ライトを天井へ向け、そこに四角い文様が様々なところに描かれていた痕跡を感じながら、洞窟の奥へと歩み続けた。

アカアカ
　アカアカ
　　ユカラはめぐる

ヒタケルパルサ　ムラニクル　カムイサラクム　カムイサクナム（*12）
タケルヒノヤマ　ソラニフミ　エピッタコカリ　サナムホーライ
イタルヒノクニ　オトヒカル　エピッタコカリ　ホーライユカラ（❖）
アルクミキノワ　テンノフミ　テンノトワトワ　ホーライサナム

〈❖19 ホーライユカラ〉

詩の意識の中へ、深く侵入し始めて行く**〈前物語〉**の意識。そこで強く相反するものたちがナダレをうちながら、お互いに向き合う。今、ある「縁《ふち》」では、そうしたことが起こりつづけていて、詩を考えているものたちの前に、まだ物語の型（及び小説の方法）のもっている普遍性の魅力が、何ゆえか開示を続けている。それも現在の過程であるのかもしれない。そこには、また、物語自体の意味の苦しみも反作用としてあるのかもしれない。現実を鼓舞し、批判してゆく物語の力が、やはり液晶の枠の氾濫とともに、どこかへ移動を始めているように思えるのだ。そのとき、物語は言語の「**初源性・〈詩〉**」の動向を調べてみようと、その扉を試みに叩いてみるのかもしれない。しかし実は、言語の「初源性・〈詩〉」自体、人の訪れない、長い、空漠たる結界を張り続けていたともいえ、「死・〈私〉界」の撞着がゆるやかに蔓延《はびこ》り続けていたのだ。生きた、綺麗な、イノチの純度が、長い〈自己〉結界維持の意識の中で、思いがけない別種の変容を生じていて、その存在自体が薄れ始めていたのだった。言語の「初源性」の、密度の高い結晶のような小さな美しさは、〈自己撞着ではなく〉、これからどう守られていかねばならないのか、その問いも明らかにそこでは発生してきている。

アカアカ
アカアカ
群体めぐる

高く石笛を吹き鷹をよび、皮張土器の太鼓を打ち火のカミを呼ぶ
土のウツワに渦文を巻き火で焼きまた土に埋め虹の蛇を封印する
西から続く人の群と北からくる人の群が空間に違う声の光を放ち
ケチャケチャとさえずる声達の群が光体を音で飛ばそうと弾ける

異邦の男は、ゆっくりとした傾斜とともに「不二」の底の方へとさらに向かってゆくように見えた洞窟が、ふと、あるところから少しずつ少しずつそのトンネル全体としてゆるく左回りに螺旋を描きながら下方へ続いてゆくことを知り、驚きとともに一歩一歩を進めていった。そこは、すでにいつの時代からか、様々なものたちの手が入り、注意深く隠されつづけてきた空間のように思われ、元々あった入り口から続く小さな風穴や、そこから大きな規模で広がる溶岩だまりだったのかもしれない洞窟、さらに、また地下へとゆるやかにくだり

ながら曲がってゆく、先の二つのものよりもこちらの方がさらに古い時代の溶岩流によって出来ていたような風穴の流れを充分に利用し、長い時間をかけて、ある人々が築き続けてきた螺旋状の空洞のように思われた。その辺りの天井と周囲は、一旦もぐった溶岩が吹き上げるように流れたあとに出来る滑らかな岩が続き、床は、時々急角度にもなりながら、適度に整備された小さな道が続いてゆく。そして進んでゆく所々の壁や床の端には二十センチから五十センチくらいの窪みがあり、そこから微かな青みがかった光が現れてくる。ヒカリゴケではないが、何かの小さな発光生物の群が、所々に繁殖しているのだ。またその辺りには、どこからか浸みてくる、じわっとした湿気が感じられる。山の奥の伏流水が、その辺りにも所々滲むように出てきているのだ。しかし、そうした発光生物の薄い光のあるところの、何ヵ所めかを通り過ぎてゆく時、ふと、異邦の男には、得体のしれない青く透明な水の目がこちらを見ているような気配を感じたのだ。そこに意識を持った生命はいないように思われるものの、何かが、時々、その湿気のある場所をレイの降りてゆく速度とともに移動してゆくような気配があった。彼には、それが、次のこの螺旋の場所の見張り役なのかもしれないと思われた。しかし姿を現わさぬ、その動きに半ば注意しながら、彼は、そうして続いてゆく洞窟を大きく大きくゆるやかに一回りして行き、次にその辺りから、また溶岩流の性質が少しずつ変化して、さらに途中から明らかに強く人工の手が加えられて出来ていることが分かるような構造の中を大きく大きくゆるやかに一回り、やはり用心深く、周囲、下方に目を配りながら降り続け、ゆっくりとした足取りで四十分も進み、やがて三回り目を終えたところで、また洞窟は水平になった。そのことに少し気をつけながら十メートルも進んだところで、道は左へと九十度以上にも曲がり、どうもこの曲洞の円の中心部へと向かってゆくようだった。なおもライトで足元や前方を照らしながら進むと、そこから三十メートルも行ったところに、二つの巨大な岩塊が天井から道まで全てをふさぐように両脇から並んで突き出しているのがぼんやりと目に入ってきた。すぐにライトを全体へ揺らすように向けてみる。そのまま近づき、巨大な岩塊の前で立ち止まる。さらによく見ると、そこには十センチほどの隙間が、正確に、なめらかな面を見せて天井から床まで開いていて、ライトをその中に向けると道はその先三メートルくらいの所から、ちゃんとあることがわかった。ただその向こう側の道がどうなっているのかはよく見えてこない。これまで何の障害もなくこの空洞を進んで来れたことに、レイは感謝とともにある訝しさも感じながら、そこに立っていた。改めてライトをその岩に向ける。するとある対称的な二ヵ所がうっすらと光っている。そこだけ小さく円く磨かれていて、光を強く反射するようだ。幅は隙間から一メートルずつの対称にある。その一つに近づいて行き、さらにライトを当ててよく見てみると、そこには小さな巻き貝の磨かれた切断面のようなものが見えていた。

アカアカ

アカアカ

岩はめぐる

ᘐ

男はそこに立ったまま、ふと、あの天上の湖のことを思い出し、青い水がその空間に広がるような意識をスッと呼び込んだあと、気がつくと指先に何かの力線がやってくるのを感じ、フッと短く息を吐き、少し離れ、両手を広げ、人差し指の先に意識を集中しその二ヵ所の貝の文様へ向けてスッと意識を放つ。その瞬間、岩全体からくる強い力に抗う間もなく引っぱられ、その滑らかな隙間を青い何かが急速に抜けてゆく。水に吸い込まれるようにスッと向こう側に現れた男の姿が少し揺れ、そのまま岩を振り返る。

ᘐ

アカアカ

アカアカ

タプティめぐる

ᘓ
高い柱を天に向け七つの螺旋の条をつけ走りゆき飛び上がる玉響

螺旋の条は天と地上と冥府をむすび走りゆき飛び上がるタプティ

背中に羽根を付けているフゴッペ洞窟の鳥人が地を舞い旋回する（＊13）

タプティ、タプティ、わが身わが骨の内をゆく遥か螺旋上昇の条 ᘐ

異邦の男の〈姿〉は小さく揺れながら、四角い黒い石の台の前に立っている。その広い空間は、道を塞ぐ巨大な岩の向こうからさらに百二十メートルくらいも水平な道が続いた先の、この螺旋の曲洞の円周の中心点といえる所に造られていた。そうしてこの空間にはこれまでの道の所々にあった光とは違う、薄い実光めくものが射していて、その光は天井にある一つの小さな穴から来ていた。ここまで、入口の風穴の高さに合わせて測ると、ほぼ垂直では三百三十メートルほどの深さに、またそのまま「不二」山腹への垂直では四百メートルくらいある深さに降りてきているのだが、その五センチほどの小さな小穴からは、この風穴入口より斜め上方へ距離として四百メートルほど進んだ所に隠されている「光口」から取り入れている地上の正午前後の光が、反射鏡結晶などの装置によるのか、数度屈折しながらもとどいていて、洞窟にひとときの薄い薄い光をもたらしている。そのわずかな光の中に、横幅二メートル、高さが一メートルくらいの割と滑らかに磨かれている方形の黒い石の台があり、その最終と思える空間はこれまでの曲洞よりも広く大きく、ほぼ七メートル四方の壁面には赤い条が上から斜めに多く入っていて、何かの祭壇のように見える。男の〈姿〉はその台の前に立ち、やがて跪《ひざまず》き、さらに足を組んで座った。

「トカイフミ　トカイフミ　エルサクノミカ　トカイフミ」

ケチュア語でもなければ、どこの国の言葉でもない音素のようなものが、まったく反響もなく小さく彼の口からもれ始めている。

「トカイフミ　トカイフミ　エルサクノミカ　フミサノル」

「フミサノルミカ　シムサノル　トカイフミ　トカイフサ」

黒い石の台の上に黄色い燐光のような光の渦が少しずつ現れ始め、そこに天井からの薄い光がゆっくり吸い込まれてゆく。その降りてくる淡すぎる光の条は、黒い石の作用でもあるのか、空洞の中で少しずつ周りに触手を伸ばすように何本かの、さらに細い光の条を出して

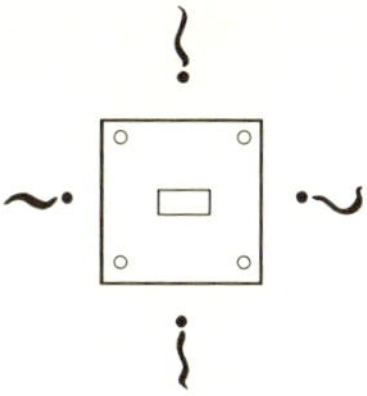

Cg7：四点マンダラ

ゆき、それらの何本かが石の上に現れ始めている黄色い燐光めくものに徐々につながってゆく。レイは目をつむり、結跏趺座の状態のまま、次第に頭が垂れていっている。両耳につけている青玉が異様に大きく光り、彼に深い眠りが訪れようとしている。そしてその状態の中に入ってゆく彼を、ある角度から見ると不思議なことに薄地の赤いポンチョや頭部も含めて、全身が青い光に包まれて、それが内部にまで脈打っているようで、躰が透けて見えてくるのだった。

「トカイフミ　トカイフミ　エルサクノミカ　フミサノル」

「フミサノルミカ　シムサノル　トカイフミ　トカイフサ」

声の思念がゆっくりと消え、レイはそのまま動かなくなっている。洞窟の薄い薄い明かりの中、入眠しつつある彼の青い〈姿〉の心臓あたりから、やがて細かく強く脈動する白く眩しい光が現れ始めている。そうした彼の〈姿〉を、この祭壇の周囲の岩壁の四隅の前にある、二メートルほどの高さの四つの「タプティ」石円柱の上にそれぞれ立っている黄色の薄絹めく光を全身にまとった四体のモノたちが、さきほどから見つめていた。（Cg7）

アカアカ　アカアカ
かなはめぐり座標つたえて

うたよみおけり　ふしいわへ
らまとひちゆく　ぬさをこえ
あかきほのねや　むすめゐて
せつなにゑるそ　ろもはれん

四歌（時量師《ときはかし》篇）

長い髪を黄土色に染め、わざと顔を黒く焼き、彫りのふかい眼のまわりを白く縁どりして、また橙色や黄色、或いは朱色に染めてある綿布の所々に大きな白い渦模様を入れて自ら作ったようなダブダブの貫頭衣を着こみ、当たると良い音で鳴る小さな巻貝を連ねた首飾りをかけ、指先のツメには二センチほどの白いプラスチックの仮爪に二ミリほどの色とりどりの巻貝の子を張り付けたものを十本すべてに付け、白い貝の腕輪を左手にまわし、彼女たちは騒音に満ちた人造石の街の若き原住民として、巫女としての囀《さえず》りを、随所に座り込んで始めている。このクニの、すっきりとした顔立ちの移住民たちが構築してゆく、巨大な規模の石の街の一角に、彼女たちは永い時のカラクリを経て、よく分からないまま、「この時がきた」という可笑しな衝動の中、仲間とともに座り込み、広がる石の下の隠された土を叩きながら、意味のよく分からない新しい言葉、いや、あるいは遠く古い言葉で、強く囀り始めている。その言葉づかいや風貌は、一見、やんちゃな娘たちそのものであるが、その動機は彼女たち自身でも分からないのだ。文明の言葉と目をもつ、通り過ぎて行く者たちは、彼女たちの囀りを面白そうに眺めながら、石の街の熱度をさらに上げてゆく。そこに何かの地殻変動が思いもよらず始まっていることを、細い目の多くの移住民たちは知るすべもない。それは、ヤポネシア原住民として現れる若い巫女たちの、声を潜め続けているオサ、まだ表に出ようとはしない、どこにいるとも分からないオサが、初陣のように彼女たちを街に放ったということなのかもしれない。なめらかな人造石の流れに閉ざされ、隠されてしまった大地の下に鎮まる、ヤポネシアの水流を一つ一つ量るように、彼女たちは自然と、その水流の上に小さな円陣を組み、行き交う周囲の人々には「ニューマンバ、なうで〜す」という意識的な笑みを浮かべながら、まだ表には現れてこない何かを静かに待ち続けているようだった。

オノゴロ
オノゴロ
沙門はめぐる

ᘐ 水をとび風をぬけ、翼広げて舞う者たちへ捧ぐ叙事・詩よ、開け ⟨❖⟩

八万年の水、風を思う叙事・詩の結界に天地冥府の花々よ、咲け
水を左に風を右へと交差させ幽かに震える螺旋上昇の条よ、鳴れ
青人草の中、沙門の一瞬ほほえむ記憶が鮮やかに浮かび言問いて

（❖20 舞う者たちへ捧ぐ叙事・詩よ）

〈彼ら〉という言葉でこの叙事・詩の始めから対象化されている者たちは、（実は少しその実質とは違うのだが）、実際に現在でも地上のいろんな所にシャーマンとして存在していることは云うまでもない。アンデス地域ではペルー、ボリビアにおいても、〈彼ら〉自身、まだ共同体内での職能を充分に果たし続けている。レイ・ノーア・エヒダという名の混血の若者も、彼の長く親しかった、一族自体、出生の秘められている異相の兄弟子とともに、アマゾン系の植物の精霊、薬草、体術を使う師のもとで、とくにティワナク文明系の「チャカーナ」に象徴される思想もともに学び、青春期の始めから深い密林を渡るように過ごしていた。しかし彼ら二人のやって来たアンデスのように、ある程度地域の中での職能として現在でも認められているのは、もはや稀な事態なのかもしれない。ただやはりアマゾン河流域の様々な少数民族や、スリランカ南部での「悪魔払い」師、韓国のムーダン、沖縄・宮古島などのユタ、またネパールからチベットへわたる地

域などではラマ教（チベット仏教）として、その仏教の教えの形も深く内包しながら、内実としてのシャーマン的な〈祈り〉の職能が現象的には残されている地域ももちろんまだ多いといえる。しかしその純度が、一人一人のシャーマン・祈禱師の個別性はあるけれども、やはり問題なのだろう。（ただ仏教自体は深い思索・修行型の宗教として、ここで対象化されている〈彼ら〉とは位相の異なる場から始まっていることは云うまでもない）。そうして、ミルチア・エリアーデが多くの資料を通して、宗教学の視点から検証していった『シャーマニズム』（＊1）においてもまたびたび指摘しているように、また我々自身も、それを充分、当然のことと推測し得るように、すでに二十世紀始めあたりでシベリアの諸民族及びエスキモーなどのシャーマニズムは衰退のなかにあり、機能自体の衰退とともに、〈彼ら〉自身の能力の衰退が自らにも充分に感じられていたという（＊2）。（黒澤明の『デルス・ウザーラ』（＊3）を観ると、その辺りのことが「喩」としても了解できる）。さらに北米においては、約一万年以上にわたって、その場所で生活してきたネイティブ・アメリカンが、ヨーロッパからの白い移住者たちに追いつめられてゆく過程のなかで、鳥の羽をつけた弓矢ではなく、銃を使い始めたころからなのかもしれないと推測するが、やはり〈彼ら〉自体の機能は、その形態の名残を現在まではっきり残しながらも、緩やかに衰退していったのではないか（＊4）。しかし、またそうした近代文明が「あるもの」を見えなくさせてゆく全般的過程の中においても、実は、いたる所、いたる時の中に、〈彼ら〉のような特異な**夢の飛翔**

能力を秘めている者たちは出現してくるということも確かなのだ。（その真偽、是非はひとまず置くとしても、やはり少し記しておくべきことは、二十世紀、或いは近代化の中において現れてきた様々な神秘家たちは、彼らの規模が大きくなればなるほど、どこかことごとく「偽シャーマン」の面を示していくことがあるのも事実だろう）。どうやら、そうした流れの中で、いち早く〈彼ら〉は、「儀式」を行うこと、「祈る」ことよりも、「歌うこと、太鼓を叩くこと、図を描くこと、舞踏すること、演ずること」という、もう一つの〈彼ら〉の職能の内実の方を、新しい現在の共同体のなかで存分に発揮していこうと覚悟をきめたのかもしれない。我々は〈彼ら〉の、或いは百年、いや二百年くらい前からの転身を喜び、（むろん芸能の祖としては、シャーマンそのものといえる天宇受賣《あめのうずめの》命もおられるが）、現在、新たな〈彼ら〉の**パフォーマンス**によって感じ取ることとの出来る特殊な時間を享受している。そこに〈彼ら〉は意図して血脈の中の声を発し続けているようだ。また、描かれてゆく様々な伝奇・ファンタジー、異界小説は、その「夢の飛翔」を時代ごとのテーマも無論内包しながら、名残のように秘かに遊び続けているのかもしれない。**詩**は、本来、その時、すべてのアートの内部に発生し続けてゆく意味のとれない新たなシャーマン言語、囀り、いや、カオスとしてあるのだろうか。

「不二」の原生林域に秘されている、ある風穴の奥へと続く内界へレイ・ノーアが深く進んで行った日の、数日前のことである。南米からレイを追うようにやってきたもう一人の男、ケンテ《はちどり》・パチャ・アイが新宿の花園神社へ引きつけられるように入っていった日の夕刻、彼はその人混みの中を歩いてゆく道筋で、ふと、ある僧形の男とすれ違い、ハッとさせられていた。東洋には仏教という宗教があることをむろんパチャ・アイは知っていたが、その僧形の姿を実際に見たのは初めてだった。茶色の深い網代笠を被り、薄いグレーの着物の上に墨色のゆったりとした薄い着物を重ねて着て、まったく周囲の今風の若者たちの色とりどりのカラーと姿の多い中では、際立った何者かとしてパチャ・アイには見受けられた。その左手には錫杖が握られていて、小さな金属音が上部の錫の輪から聞こえていた。二人が雑踏の中を、二、三メートル程離れてすれ違うとき、深い網代笠の下に見えている仏僧の口元が、幽かに微笑みを浮かべるのを、パチャは見逃さなかった。網代笠の奥からの目が、確かにパチャの異様な姿をとらえていたのだ。パチャは、その時、いいしれぬ温かさを感じた。しかし、そのまますれ違い、彼は気になっていた花園神社へと歩いて行った。その間、一度もふり返らなかった。しかし、この僧とは、もう一度会うだろうと彼は思っていた。

☞ ☞

曹洞宗の僧、恵道は、時々あえて新宿のような若者たちの集まる街の只中に立って、托鉢を行うことがある。ほとんどの若者は、彼をビルの脇に立つ黒い影のようにしか見ないのだが、ふと気づくと一日に一人、二人は恵道から少し離れた所に立って、彼をひととき見つめていることがあった。彼らは好奇心の強い自然な目と、また、無関心を装う弱い目でひととき立っていた。しかし雑踏の多くは、屈託のない明るい表情のまま、恵道の托鉢する姿を現代仏教ではめずらしい姿であると常識的に知っていて、あえてその空間にかかわることもせず、ほとんど見ないようなそぶりで、その前を通り過ぎてゆく。恵道は少し暑くなってきている街の中に立ちながら、「観音経」や「般若心経」、また「大悲心陀羅尼」などを小さな声で繰り返し唱えながら、時間によっては、一、二度ほど場所を変えて托鉢した。別に托鉢自体が目的ではなく、恵道自身における修行として、それを行うのだった。托鉢によって、右手に持つ鉢の中にお布施が入れられることは、都会の中では本当に稀なことであった。七月の始めはまだ「夏安吾」の時期である。しかし恵道は八王子にある自分の寺から、こうして都心の檀信徒を訪ねることがある度に、その帰りに、時間の許す限り、雑踏の中に立ってみるのだった。自分の寺を持ち、四十を過ぎて、ある程度若いころの規則、制限のつよい修行の時期を越えたあとで、自分なりの融通のきく範囲で、托鉢へと赴くのだった。仏教という

Cg8：心と胸の奥の洞窟

教えの姿が、まだちゃんとここに持続され、どんな時代であろうと、その根幹に大きな変化はなく存在しているということを、人々に示す大切さを思っているのだ。そんな、ある初夏の夕刻、二時間ほど新宿歌舞伎町の角に立ち続けて、経を唱え、六時過ぎにその場を去り、歩き始めてすぐに、恵道は一人の南米系だと何となくわかる、まだ若く見える男の姿に気づいた。やはり少し暑さも感じる時期なのに、大きな黒のニット帽を深々とかぶり、人混みを流れるように避けながら早足でこちらへ歩いてくる男の姿は、すぐ目についた。そしてその瞬間、恵道にはこの南米系の男が、深い悲しみを宿していることに気づいた。その男の目は、まっすぐに恵道を見ていたが、日本の若者たちの中に時々ある、どこも見ていないような目とは違った、ぬぐいようのない絶望感を奥に秘めている、しかしその量だけ深く落ち着いた暗い目であった。恵道は、すれ違う五、六秒の間でも、少し離れているその男の心の思いが分かる気がして、「君は、どこへゆくのだ?」と、ふと問いかけたくなる気持ちが不思議に湧いてくるのだった。

✤ **心は遠くに行き、独り動き、形体なく、**
胸の奥の洞窟にひそんでいる。

この心を制する人々は、
死の束縛からのがれるであろう。

（**『真理のことば』第三章　三七**　＊5）（Cg8）

オノゴロ
オノゴロ
幻象めぐる

ゐ
内界をかける赤人の歌の道、心景と景色の広がるままに溶け合い
西の空たなびく彩雲眺めいし道のうえにて禅僧ひとつ錫杖をうつ
空間をとぶ〈無〉の粒子も浮かびおりモノノナガレを遡るごとく
充満するアトムの幻の透き間を遡る、そこに脈打つ伸びる時あり　ゑ

「不二」の巨大な山塊のかたわらにある深い曲洞の底の空間に、レイ・ノーアの〈姿〉は、

そのまま深く眠り込んでいた。しかし彼の別の意識が鮮明すぎるほどに目覚めていて、そこまで降りてきた三重螺旋の洞窟を、逆に右旋し上昇して抜けてゆく指示を強く感じていた。四体の、黄色の薄絹めく光を頭部から全身に纏《まと》っているモノたちが、その光衣の表に様々な図形を浮かび現し流動的に変化させながら、四つの場所から静かに見ている。フッと、レイ・ノーアの意識は、やってきた方向を振り返り、三メートル程の高さの上部が半円になっている洞窟の道を見た。そしてその闇のさらに先にある閉ざされた巨大な岩塊を見た。するとその瞬間、彼はその前に達していて、先ほど水のように通ってきた岩塊（道反《ちがえし》之《の》岩（＊6））の隙間を、そのまま急速に通り抜けながら、その向こうに赤いポンチョを着た「男」が一人、岩へ向けて置かれていた懐中電灯の光の中、眠るように横向きに倒れているのを見て、「傷はない」と感じ、そのまま曲線洞窟へとさらに進み、そこを儀式のようにゆるやかに旋回しながら一段目、二段目と上昇していった。所々にある、幽かな発光生物のひかりが彼の飛翔とともにスーと細長いひかりを出してひとときなびいていく。そこからすぐに、広い溶岩溜まりのような場所に達し、そこを吹き抜け、さらに小さな風穴へと急速に入り、その細長い闇の中を、ほどなく最初の狭い入り口からスッと上空へ高い音響を発してゆくように抜けると、そこにいた三体の緑色のモノたちは、瞬間何が起こったのか分からず前後へと首を回し続けるのだった。下生えの草木は、そのとき一瞬も揺れなかった。そこから彼の球状に高速振動する小さな〈無〉の光体は一瞬で南にそびえる「不二」の中空にまで達し、スッと止まる。見ると、間近な、初夏の緑の広がりと山肌に分けられた「不二」の全体に霊光としてのみ見える円い透明な虹がかかっている。また山頂の真上高くに強い紫の線が三条、火口から射すように立ち昇っている。その光景を見ながら、小さな光体の彼はまだとてもそこには行けないことが分かってくる。その中空にひととき浮かんで、広がる全景へ注意深く向けられた〈感覚〉に集中していると、すぐに、点のような煌めきとして浮かんでいる彼の意識へ、「不二」の方から、一つ一つある間隔をおいて、円い面積をもった少し揺れているような光が現れてくるのに気づいた。やって来る円い光の中に何かの映像が秘められているようで、やがてそれがわずかに了解されるほどのシーンとして見えてくる。まずそれを見よ、そこを観察せよ、という暗黙の示唆が、こちらに近づいてくる円い光のうちには、すぐ感じられてきた。彼はその最初の一つにそっと意識を向ける。すると、その動機だけで急速にある映像の中へと、彼の意識は飛び込んでゆくのだった。

✤ 私の体はすべて眼だ 見よ！　恐れるな！

私はすべての方向を見られる！（『シャーマニズム』＊7）

オノゴロ
オノゴロ
詩句はめぐる

透谷の激しき詩魂、彼岸の目に不二は相を変え鬼神の曲へ仮象す
「空蟬のからは此世に止まれど魂魄は飛んで億万里外にあるものを」（＊8）
不二の荒魂、ヒの怖さ、冥府の闇こそとく心すべきひらさかの序
黄泉からは櫛・桃投げうちよく帰るべし道反之《ちがへしの》岩すり貫けてこそ（＊9）

レイ・ノーアの〈無〉の光体が「不二」から送られてくる最初の〈円光〉の中に飛び込んで行った瞬間、彼の視界の周りには細い線状の光の条が流れていった。そののち、すぐに

内なる全景が現れ、そこにナウマン象を七、八人で追いかけている旧人たちの映像が広がっていった。匂いや音も急激に強くおそってくる。少し斜め下方に見る、傷ついたナウマン象の雄が、追いすがってきた者たちを突き飛ばそうと前足を動かし、長い鼻を振りあげる、その瞬間をレイは見ている。旧人たちの大きな声と、盛り上がった力こぶから飛び散る汗のきらめきがある。草原はなだらかで、草の丈も低い。その広い草原の端のほうには数人の女たちがかたまっていて、男たちの狩りの光景を心配そうな表情で見ている。その中の一人の旧人の女と遠い異界から来ている男の意識の目とが、何気なく、ふっと合う。鹿皮を身につけている女は、ハッと目を開き、遠い空間に浮いて、微動し揺らいでいる、まだ夕景の明るみのあるときの金星のような男の小さな光体を凝視する。それは肉眼の目で見ているようではないのだ。そして隣の女に彼の方を指さしている。コミュニケーションは表情と動作、音声、思念とで充分に伝わるようだ。ふと、異界の男の意識に、ある音響が入ってくる。

「アイオア、オアア」

「アイオア、イオオ」

(あるモノがおられます、あるモノが見ておられます。)

レイは、その女たちのはっきりとした視線と思念を感じながら、草原の遥か向こうに見えている、山々の間のやはり形は違うけれども小型の「不二」らしい山の姿を目にとめながら、あることを感じ取っていた。この時代の情報が、様々な光る記号の形として少しずつ彼の中に入ってくる。旧人たちの中にある、得体のしれない不安、遠い遠いところから彼らに伝わってくる「黒い、長身の人々」の踊るように躍動する不可思議な思念の渦、「夢」の中に現れる人々、様々な音声が高く低く止めどもなくあふれてくる空間……、その旧人の女の心の中からも発せられてくる、黒い膚の人々の現れてくる夢の一部、それらを下方で繰り広げられているナウマン象をたおしてゆく男たちの動きと雄叫びを興味深く追いながらも、レイは感じ続けていた。（いつも人は進化の掟を課せられ続けていて……この世の加圧と不安は、どこまでもやむことがない）。やがて彼らは獲物を追い込み、窪地に象が足をとられ傾いたところを石斧を使ったり、投擲用の石を打ちつけて少しずつ弱らせてたおしたあと、その回りに立ち、全員で息を切らしながらも血みどろの象を見ていた。しばらくして、その中の一人が口から小さな音を出し始めている。祈りのような、鎮魂のような音の響きが、一人から隣の一人へとつながり、やがて全員の輪へと広がってゆく。そこに倒れている象の動かなくなった目は、しかし自分たちと同じものを見、同じ草地や水を見ていた、同じ者の目であることを彼らは知っていて、しかしこれで暫らくは餓えることのない日々を一族が持てる安堵感も、やはり心のどこかには感じている。そこには共通のもの、自分たちが大熊や狼の群れに一人で遭遇したときの闘いと諦めと同じ共通のものが、いつも流れていることを、どこかで骨身に沁みて知っているのだ。その悲しみにも似た感情は、しかし表情に現れることなく彼らのうちにあり続けていた。その様子をレイは上空から見続けている。そしてやがてこの空間から次の空間へ移動すべき時を感じ、そこに見える遠い小さな「不二」へと意識を向けてゆくのだった。その方法を始めから知っているように、「不二」へ向けられた意識は、そのまま現在の「不二」の時空へと繫がってゆくようで、急速にそこへ近づいてゆく草原の流れ、空の流れとともに、元の時空へと還って行けることが彼に確認されるのだった。その一部始終を長い黒髪でわずかに眉骨のふくらんでいる旧人の女の一人が驚くように見続けていた。そしてそれを見ていたのは、彼女だけではなく、現界の「不二」の森の中を走るように進み続けていた、黒いニット帽を脱いで右手に持っているパチャも、その森の隙間に見える青い空へ目をやりながら、感情を表わすことなく見ていた。露わになったパチャの異様に斜め後ろに伸びてゆく後頭部は、黒く陽に焼け、髪の毛もすべて抜けているように痕跡すら見えなかった。

〽大型客船の舳先に鷗《かもめ》とまりて前を向き今様の天鳥船ぞ大海を行く
天照を呼ぶ長鳴鳥よ、針金の檻に並ぶ子孫達の今様地獄を知るや
陽の中にある黒点の飛びて案内する大烏、日本蹴球を導くは今様
幣《ぬさ》をこえ天に伝えし白き鳥、天馳使《あまはせつかい》の今様はいずこに飛ぶべきや〽
（＊10）

レイ・ノーアは、もとの初夏の「不二」の中空にひととき浮かびながら、先程の時空の印象と、その時与えられてきたその時代の大まかな情報を急速に思い返していた。
「彼ら別の旧人たちは、アジア極東までも達している。そこから彼らはアラスカや北アメリカ、さらにアンデスまでは来れなかったのだろうか……、その情報は無かったが、その少し後の時空では可能性として現れてこないのだろうか……そうだ、わざわざユーラシアを長く越えてゆくのではなく、西のネアンデルタール人や新人たちも、逆にヨーロッパから氷河期の氷の海に沿って北米や南米へと渡ったということも考えられないのだろうか……、様々な人類の移動してゆく動きやルートもそうして同時的に無数に触手をじわじわと伸ばしてゆくように広がってゆくのだろう……、しかし、われらは、どの道、それを遡ってゆけば、すべ

て一点に帰る……その道だけを見つめればいいのだろう」

そしてまた、ゆっくりとこちらに移動してきている別の円い光をみとめ、その方へと新たに光体の意識を移していった。その直前、「不二」の山裾の南西方に、一瞬、小さな小さな赤い光の点が飛ぶのを見て不可解な印象を受けたのだったが、すぐにその光は消え、彼の意識はそのまま次の円い光の中へと、ある懸念を感じながらも入っていった。彼の小さく眩しい光体の意識は、今度は、新しく入っていった時空のかなり上空から地上を見ているのに気づいた。そこには視野いっぱいに広がるような大きな森林が続いていた。ついさっき旧人たちの印象を考えながら下方の「不二」の原生林を見るともなく見ていた感覚が、そのまま既視感として連続してゆくようだった。しかし少し森の種類が違っている。ほとんど杉のような針葉樹類がない。そうして見ていると、ふと、ある開けた樹間が小さく目に入ってきた。そこに幽かな点のような人らしいものも見える。急速にレイは意識のフォーカスを地上百メートルくらいまで降ろしていった。すると、S字状の文様の入った大きな鉢巻をつけている若い娘が、中空に浮かぶ彼の方らしいところを偶然見ていることに気づいた。その若い娘は歌うように、

「ピリカ　チカプ！　カムイ　チカプ！（美しい鳥！　神様の鳥！）」（＊11）

と声をあげている。小さな娘も一人、その近くに立っていて、やはり同じように上空を見上

げている。ここからは「不二」の姿は遥か東の縁の山並みの上に、なぜか二つダブるようにかすかに見えている程度で、しかしそれを見てこの空間の位置を確認すると少し彼は安心し、それから一つの試みのように急速に娘たちの近くへ降下していった。そこに風がゆっくりとおこる。若い娘が不審気に横を向く。そしてハッとして、そこにうずくまるように座るのだった。しかしそこに何が来ているのかはよく分からないようで、時々焦点の合わない眼差しを偶然にも微かな風のおこっている辺りに向けている。小さな娘もそのうしろに隠れるようにしてレイの方を見ている。深い森の中でその場所はよく陽のあたっている特別に切り開かれた所のようにも見えたが、ただ草地がきれいに刈られているだけで畑のように整えられている所ではなかった。これからそこに何かの建物が立てられてゆくのかもしれなかった。娘たちのうずくまっている向こうには森の中に小さな道が見える。レイは「少し驚かしてしまった」と思いつつ、ふとその森の中の右方に何かの気配を感じ、そこに〈目〉をやると、レイのよく知っているあの男が少し笑みを浮かべながらレイの方を見つつ、道を横切るように急速に走り抜け樹林の間に入ってゆくのを、意識の目を大きく見開くように半ば呆れながら目撃した。

「パチャ・アイ！」

その時、自分の周りの風が急激に強くなったようで、娘たちは目を閉じ臥せるようにして

の中に残された。

を知らない）と」


うずくまった。もうその瞬間にはパチャの姿は消えていて、彼の走っている残像だけがレイの中に残された。

「パチャ、来ているのか……、何故？　あのとき怒っていたが…、（お前は、まだ、おのれを知らない）と」

そこから急速にレイはまた上空に戻ると、もう一度そのあたりの森を見てみたが、パチャの気配はすでになかった。娘たちはまだ身を臥せている。この広大な森は、その北東に高い山の広がる地帯があり、その山々の右脇に「不二」の姿が、現界の「不二」に近いような形で、しかし、どうもそれが霞んでいるのか、二つあるようにも小さく見えている。この時代の文化も進んでいるようで、また気候もおだやかで空間全体に暖かさがある。その光景を見ながら、またこの時代の情報が様々な方向から光体の記号として入ってくるのを感じていた。

「不二での過程は思ったより長くなるのかもしれない」

そうしてレイへ向けて現れてくる円い光の中の光景は、概ねこの場所、「不二」にゆかりのある時間軸や、そこに存在しているヒトたちに関連してゆく大切な時間軸を前後に飛びながらも、ある文脈として流れてくるようで、その古代時間を一つ一つたどり直すかのように、彼はそれから二つほどの視界を学びながら移動し続けていった。彼は予期していた以上に、この空間の深さを感じ始めていて、「不二」の底にある「二象」の彼が眠り続けている洞窟の森の方から、一体の黄色の物象が何かを伝えるように彼のいる中空にフッと現れた時、一旦、洞窟へ帰らなくてはならないときが思ったより早く訪れたことを知った。

「天空の光がタプティより去る、帰すべし。……また汝の、朋《とも》?も来ている。このまま光口より真っ直ぐに入る」

明確な思念が響き、黄色の物象とともに彼は洞窟へと降下してゆく。「不二」を円く包んでいる透明な虹は、そのまま軽やかな律動を続けている。その光景を一瞬目にして降下してゆく最中に、もう遠いところへ移動してゆるやかに消え始めている二番目に入った時空の円い光の中から、急にたくさんの声が微かに誘うように彼の意識に響いてくるのを感じるのだった。

「ピリカ　チカプ！　カムイ　チカプ！」

縄文の若い娘たちが、森の集落の中から空を行く大きな鳥の姿を見て声をあげている。

そのかなり前、すでに、天上の湖からのもう一人の異様な風貌をした色黒の来客が、樹林の中の大きな三本の樹木の回りに飛び交っていた三体の緑色のモノたちの纏《まと》わりを面倒な様子で軽く投げ飛ばし、下生えの草木の陰に隠すように置かれているレイの黒色のショルダーバックに目をやり、うんざりした一瞬の表情のまま、左手に小さなペンライトを持って、風穴へと身をくぐらせ細い闇の中を降り始めていた。

オノゴロ

オノゴロ

カミはめぐる

る

岩長《いわなが》の長寿をヒメし岩社、その基《もとい》にこそ天への始めの柱ぞ立てり（＊12）

花咲くや四季のながれの美しきその中にこそヒメられし火の意志

地下の基と山の花そこにそびえる多くの「タプティ」大山津見神《おほやまつみの》（❖）

祭壇は火の揺らめきに永くあり迦具土神《かぐつちの》の火の鎮みゆく山の基に る

（❖21 多くの「タプティ」）

アンデスの高地からやってきた彼ら二人は、こうして深く「**不二**」の「タプティ」へとかかわってゆく。その「タプティ」は様々な内界へ向けて（或いは内界において）設置されていると思われる装置である。その様相や概念を、ここでは原義から少し広げて解釈・仮説していきながら改めて見ておきたい。この「不二」の場所にも祭られている神々（＊13）の出自もある日本神話の体系の始めに、「タプティ」と思われるものが記されている。それは『古事記』の「上つ巻」「伊邪那岐命と伊邪那美命」の段の始めに、「その島に天降りまして、天《あめ》の御柱《みはしら》を見立て、八尋《やひろ》殿《どの》を見立てたまひき。」として記されている「**天の御柱**」のことである、（と仮説してみる）（＊14）。そこを『日本書紀』（＊15）では、「巻第一　神代上」に「便《すなは》ち馭慮嶋《おのごろしま》を以て、国中《くになか》の柱《みはしら》として、」と表現されたり、別の「一書に曰はく、」では「二《ふたはしら》の神、彼《か》の嶋に降《あまくだ》り居《ま》して、八尋之殿《やひろのとの》を化《み》作《た》つ。又天柱《またあめのみはしら》を化《み》竪《た》つ。」と『古事記』での内容とは少し解釈の違う表現をされたりして、「天の御柱」のことが記されている。さらに『紀』での解釈を続けて見てゆくと、二柱の神による「日の神」の誕生において（なお、『紀』では『記』での三貴子の誕生神話とは違う神話を語っている）、「『吾《わ》が息多《こさは》ありと雖《いへど》も、未《いま》だ若此《かく》霊《くしび》に異《あや》しき児《こ》有《あ》らず。久《ひさ》しく此の国《くに》に留《と》めまつるべからず。自《おの》づから当《まさ》に早《すみやか》に天《あめ》に送《おくりまつ》りて、授《さづ》くるに天上《あめ》の事《こと》を以《も》てすべし』とのたまふ。是《こ》の時に、天地《あめつち》、相《あい》去《さ》ること未《いま》だ遠《とほ》からず。故、天柱《あめのみはしら》を以て、天上《あめ》に挙《おくりあ》ぐ。」と記され、「天の御柱」の持っている性格の良くわかる内容が示されている。この『紀』における「**天柱**」（「天の御柱」）の表現のなかに、アルタイ語族（アルタイ人、テレウート人等）におけるシャーマニズムでもよく出てくる、シャーマンの大切にしている高い樹木（**聖樹**）に螺旋状のスジをきざみ、そこから天上界へと飛翔してゆくとされる「タプティ」の道に深く通底しているものが、やはり感じられる（＊16）。そしてさらに『紀』における注では「柱は神の降下してくる憑代であるから、それをたどって逆に天に登らせたのである。天が地上の柱によって支えられているという観念は、楚辞の天問にも見え、准南子の天文訓にもある」とされていて、古代中国にも垂直型の神話形態（聖梯を上下する形）があることも分かり、「しかしこれは日本古来の思想には無かったものらしい」と記されていて、そこで中国からの影響を示唆しているのだが、その柱を伝わって天へおもむくという内容は、先に記したように樹木を使うという違いはあるものの、アルタイ語族やモンゴルなどの方にもあり、そこには中国も含めたさらに古層の広いシャーマニズムの在りかが感じられてくるとともに、『記・紀』神話が描かれた中国からの影響の強い時代よりもさらに古い時代の日本列島へも目を向けて行くことがここではやはり必要に思われてくる。そして以下見てゆくように、「天の御柱」の観念自体は、『記・紀』の編集のなかで組み込まれていったというより、**縄文時代**の観念においてすでに現れているように思われるのだ。まず始めに、この「天の御柱」とよく似た言葉として、伊勢神宮での社の建て替えにあたって最初に準備されるという神聖な（目に触れることのない）「**心の御柱**」というものがあり、その起源自体は『記・紀』の時代に近いのだが、これは具体的に天（或いは社）を支えるというのではなく、観念において天に通じてゆくような**聖なる柱**のイメージとしてあり、あきらかにその当時において、この観念はすでに浸透していたことが分かる。そしてこの「聖なる柱」の系譜をたどってゆくと、梅原猛がすでに『日本冒険』（＊17）において

Cg9：タプティ装置・聖梯

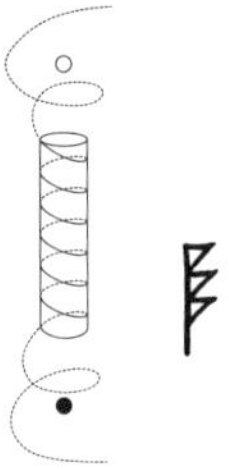

これらの関連をより詳しく示しているように、まず縄文期からの長い影響も感じられる諏訪大社の御柱祭、さらに遡って東北・北海道の様々な場所において見られる縄文期のストーン・サークル、（また縄文の竪穴式住居の一角に祭壇として祀られている様々なサイズ・高さの「石柱」）、また能登半島・真脇遺跡のウッド・サークルなども、やはり「聖なる柱」（魂を天へ送りとどけるという）、そのテーマの適用される遠い古代からの宗教的現象であろうと思える。（広く見てゆくと、北米先住民族ハイダなどの祭る「トーテムポール」も、そこに含まれてくる）。そして一九九二年から改めて再発掘調査の行われた青森・三内丸山遺跡において、そこからも縄文期のイメージが大きく変わっていくきっかけとなった一九九四年七月の大きな六本の「柱」の発見は、やはり様々な想像を与えてくれる。現在でも、この高い「柱」《16ｍ》についての説として、物見やぐら等の建造物の柱であるという説と、やはり非建造物としての宗教的「御柱」として立てられていたのではないか、という二つの説があり、なかなか明快な解答はすぐには出てこないだろう。こうして古代・縄文期においても見られ、また北アジアや北米ネイティブの間にも広くその存在が確認される「聖なる柱・天の御柱」のイメージは、我々の心の中のひとつの**元型**のようにあるといえる。さらにもうひとつ、もっと身近な例でいうと、現在でも各地域の海岸などで時々見かけることのできる**立神**《たちがみ》と名付けられている垂直に伸びてゆくような長い岩の柱があるのだが、（鹿児島の薩摩半島・枕崎市・火の神公園の海岸にも大きな立神《42ｍ》があり、また北海道・小樽に

近い余市の海岸にも見事な立石＝名称「ローソク岩」《46ｍ》があり）、こうした陸に近いところに見られる立神が、引き潮において現れてくる下の岩場とともに、何となく海に囲まれた**おのごろ島**における「天の御柱」のイメージを彷彿とさせてくれるのだ。また奄美大島などにおいては、海岸に大きく直立する岩は海からやって来るカミの最初の「よりしろ」としてあると信じられていて（＊18）、海の中で、海に向かっているともいえる立神にも「カミの降りてくる、カミの依り来る場所」としてのイメージがあることがわかる。さて、そうした様々な文化の中に普遍的に存在しているように見える「タプティ」装置のうちでも、ヒトの内的な想像界における構築としての**須弥山宇宙**の巨大さを遥かに遠望しつつも、その規模においては、やはり大きな構造物として造られているらしい「不二」の〈内界〉における「タプティ」の一つを体験しながら、レイ・ノーアはひととき異国の（準）天界・他界を見てきたのだったが、まだ生きているものにとっての他界は、やはり強い制約がどこかで発生してゆくことも確かなのだ。一歩間違えば、「タプティ」は天から、そのまま地上を抜けて地下の冥府へと直行する危険性も充分にあるのだった。（Cg9）

葦船で流されし水蛭子あり、何処へ向けて神話に兆す初めの追放（＊19）
迦具土は遠く親しき初めの火なれど父神強く封じし後に雷神現れ（＊20）
大氣津比賣神《おほげつひめの》の殺されし後に蚕、稲種、粟、小豆、麦、大豆生れ（＊21）
須佐之男の初めに到る鳥髪の八俣の大蛇の赤かがち大山噴火の眼（＊22）

レイ・ノーアの眩しく光る光体と黄色の物象はゆるやかに地上の原生林にいたり、最初の小さな風穴への入り口からはかなり上に登ったところにある「光口」といわれる二十センチほどの穴が、その周りからは中が直接覗けないように五、六個の様々な大きさや形の岩、そして樹によって自然にうまく隠れるように配置されている所へ、先にかのモノが急に細長くなりスッと消えた。続いてレイの〈無〉の光体がその中へ抜けていこうとした、その瞬間、彼の意識に強い強烈な熱を放つ炎の渦が予期もせず包み込むように襲いかかり、彼を大きな力で引っ張っていこうとするのだった。彼は抗う間もなく立方体の火の檻にかこまれ、そのまま急速に森林を飛び越え、「不二」の西側をぬけ南方向へと運ばれて行く。光口から地下のタプティへと向かう物象〈イワカ〉という名をもつものがそれに気づいて、途中から引き返し、もうすでに南西の空の方へ急速に飛行してゆく炎のように光る小さな一点を見たとき、「ヒマキ……」という強い思念を発し、すぐに追い始め、同時に「不二」をおおっている虹に向かって鋭く思念を送った。

「異邦の赤人が迦具土様に呼ばれました、その予定でしょうか」

「不二」からは優しいおだやかな声が、少し間をおいて現れる。

「やはり迦具土たちも見ていましたか。また、朱門たちも動いていますので、まず彼の躰の守護をイワサたちに命じて、あなたはすぐにヒマキを追いなさい。……それから〈水の闇〉に、この度、また機会を与えるつもりです、それも心得て、限度を見てください」

レイ・ノーアの意識は、強烈な炎にしばられ、これまでありえなかったような不自由さの中、それでも、その炎にたいして思念を送ってみた。

「あなたは?」

「Ψ　Ψ　Ψ」

ある音以上の明確な思念は来ない。

「どこへ?」

「Ω　Ω　Ω」

それも理解できない音のようなものだった。球体に転じたり立方体の炎にもどったり、様々にその檻のような空間の姿を変えながらそれは移動してゆく。

「レイ！」

すぐ傍らまで急いでイワカが来ているようで、その思念が幽かに入ってくる。そしてもうひとつ、強い、よく見知っている思念が明確に届いてきた。

「レイ、いつものことながら、やられてるな」

「パチャ！　やはりいたのか！」

「おまえは好奇心がありすぎだ、とりあえず、先方の出方を見てな」

パチャ・アイは、闇に浸された洞窟の中に時々現れる幽かな青い光の中、その曲洞の道すじに小型のペンライトの光を当てながら、まだ汗にぬれて染みの出ている無防備なTシャツの脇を揺らめかせ、スキャンするような思念を上空の動きと、すぐ下にあるこのタプティの中心へと交互に向けながら降り続けた。すでにそのとき始めの闇に浸されている小さくて長い風穴を注意深く降り、広い溶岩溜りの岩の間を駆け抜け、さらに次の大きく曲がり続けてゆく曲洞の一周目の半ばまで来ていた。レイがゆっくりと四十分ほどかけて降っていった三段の曲洞を、パチャは急ぐように降り、それからわずか十五分ほどで、レイの「空蟬」の躰が眠り続けている大きな岩塊のある所、「道反之岩」まで達そうとしていた。地下に残っているいる黄色い物象の一体であるイワサと他の二体は、懐中電灯に半ば照らされ横たわっているレイの肉の躰の周りに立ち、そこに保護のため強い金色のバリアーを張ろうとしている。しかしすでにその時、早くも、レイの赤いポンチョに包まれている躰の下には細長い白い手が現れ始めていて、すぐに頭も胴も白く、半透明で細長いものが闇の中の岩床からしみ出るように、彼の躰を包もうと滑らかな動きをし始めていた。

「ウ…、水闇《みずやみ》！」

少し前にその連絡を受けていたものの、やはり物象的精霊たちにも奇妙で不思議なものとして思われている、その〈水闇〉と呼ばれている青白い生き物の突然の動きに、イワサたちが気づいた時、それは流動物のような実体をより現しながら、すでにレイの少し赤みの薄れている顔や投げ出された腕に、白い、動く水のような手を伸ばし、その指先はレイの顔の皮膚に達そうとしていた。

オノゴロ

オノゴロ

祈りはめぐる

ට 火と水の基いへ祈りは流れゆく、天のもと小さき火にも祈りあり

天の原、不二は広がる水の山、湧きあがる水のしぶきへ祈りあり
火と水の織りなす彩雲ひとときの天へ向かいし大馳使の祈りあり
陽にひかり月に静まる不二のもと、火と水へ永き古代の祈りあり　ℓ

「不二」の南西側の麓の森林域の中にあり、やはり最初の入口はほとんど分からない小さな風穴の奥に、巧妙に隠され、秘められている未知の別道から、さらに奥へとジグザグ型に続いている地下の底に、「不二」の第二のタプティ……「火のタプティ」が、炎の揺らめきを赤い岩の祭壇に絶やすことなく、五体の炎の物象に囲まれて赤々と鎮まっていた。このタプティは、「不二」の真の姿ともいえる、さらに地下深く二万五千メートルにさえおよぶ噴火の息吹の秘められて、また止められている巨大な地下の溶岩の螺旋道と地脈をつうじて繋がっている、「不二」の基体ともいえるタプティであり、浅間《せんげん》大神の山容そのものとしての富士山、その天空への「自然タプティ」の底にある恐るべき基とも言えるものであった。レイ・ノーアの見知っているアンデスの高山に秘められている別の大山津見神といえる「アプー神」の息吹の流れとは、かなり、その美しさの様相も違うけれども、その中に隠されている、さらに山容の根源の生きている別の恐ろしさ、エネルギーがあった。その「火の山」のシグ

ナル自体からは、あまり強い感受を今朝の流れくる印象の中においても受けなかったレイは、(或いは、無防備な夢の中においては少し予感的には捉えていたのかもしれないが、あえて意識上に現れることを厳重に遮断されていたのだろう)、その場所から少し離れているこの国の大都のいろんな所で受けてゆく感受のなかに、やはり強く波長を感じていた「不二」のタプティ(内界)のひとつを見せてもらおうとやってきたのだったが、そこにあるさらに大きな本体は、彼に強く別の作用を及ぼそうとしていた。

ヒマキにしっかりと閉ざされたままのレイは、すぐ南から東側に、さらに北へと移ってゆく巨大な「不二」の影を感じながら、むしろ緩やかとさえ思える五秒ほどの南方への飛翔とともに、その眩い光体のまま、様相の違う「火のタプティ」の中へと、やはり樹木と岩によって隠されているここの光口を通して降ろされていった。そこでヒマキの火の檻の力は薄められ、レイはその中ではっきりと内部の空間を見た。ヒマキとレイを追っていたイワカはそのすぐ後にやはり「火のタプティ」の光口へと向かい、そこからの侵入を試みようとしたとたん何者かにはね飛ばされた。少し上昇しその場を見ても、それが何者であったかの判断はつかなかった。

その地下、やはり三百三十メートルほどの所に秘められている祭壇は、高さ、直径が七メートルほどの円柱状の空間としてあり、その中央に赤みがかった五角形の岩が切り出されて

Cg10：五点マンダラ

いた。その上には二十センチくらいのホムラをもつ実体のある火が揺れている。レイは、ここに運ばれてくるわずかな時の間でも、実は少し無理をすれば、いつでもあの「躰と幽体」をおいている空間へもどる事が出来ると感じながらも、この新しい成り行きを見ておこうという気持ちでいた。それは、自分を閉ざして運ぶ火の輪そのもののなかに強い害意は始めからなかったこともあるのだが、しかし赤い祭壇の炎の中に、ふと、カミらしき男のさらに赤い顔の強い表情を見たとき、自分が、まだこの異国のカミの力も測れていないことをまざまざと知った。その炎は、そこから少しずつ量を増し始め、すぐに強い熱も充分に感じられるほどの大きさに伸び広がった。そしてそこに東洋の「火の神」めく、炎を全身から噴き出し続け、激しく揺れている真っ赤な裸形の姿が現れていった。レイはそこに炎を噴き出す姿として物質化し得るカミの力を、姿はあるけれども実体のない（精霊）意識のみでは計り知れないものとしてあるということを、徐々に感じ始めていた。

「パチャの言っていたのは、このことか……（マチュピチュで別れたとき、彼は何を見ていたのだろう）」

　そのとき、

「レイ・ノーア・エヒダよ、あなたを使わせてもらう」

と、強烈な炎の思念が、彼の意識をおそった。

「山の神、水の神より愛される異邦の男よ、あなたに一つの量りを置く」

「これ以後、それは、あなたの思いに関係なく作動し、現界を量り始める」

「あなたはそれを外すことも拒むことも出来ない」

「あなたの火の心気の中に、それを埋め込む」

「心せよ」

「何のためですか？」

「Ψ　Ψ　Ψ」

「それは私にどう働くのですか？」

「Ω　Ω　Ω」

「私は何をするのですか？」

「これを見よ」

二体の炎の物象がスーと炎の線をそれぞれ二本ずつ伸ばして大きなスクリーンをつくると、そこに緩やかに、ほぼ三百年前の宝永の大噴火といわれている「不二」の膨大な火山活動の映像が写し出されていった。溶岩が流れ、火山灰は東へと吹き流れてゆく。天は黒雲に覆われ、近くの人々は逃げ続けている。少し離れた都の人々は不安げな表情で、間近にも見える西の炎の山容を川岸や開けた軒先から見続けている。そこにやがて白い灰がゆらゆらと落ち始めている。そのもっとも近い時代の大きな噴火の姿がそうしてしばらく続けて映し出されたあと、映像は一コマ一コマずつ次第に時と空間を変えて進みながら、また、その噴火以後の静態における「不二」へと戻っていった。さらに、そこから時代がそのまま流れるように急速にコマ送りされ現在の時に繋がり、そこでまた急にコマ送りは止まりつつも、その映像全体を、それでも持続的に薄く被い続けていた噴火の炎の残像の波めくものは、やがて今現在の初夏の「不二」の姿のままで急にフォーカスが広がり、伸び続けてゆく光景の中にもゆらめきを残し、「不二」を中心として日本列島から、さらに東アジアの広い映像へと広がり、そこから続けてフォーカスは地球の北半球全域へと薄い炎とともに広がってゆく近未来めいた大きな鳥瞰図へと変化していった。青く見えるはずの地球の縁を、その薄い炎がゆるく回転しながら動いてゆくのだった。

「……」

「その量りを、あなたに打ち込む」

「さて、新たな〈時量師《ときはかし》〉よ、あなたはどう動く」

細い細い火の稲妻が、その瞬間、火のカミの目のあたりから発し空間を走り抜け、レイの〈無〉の光体の中にさらに幽かな一点として入れられ、微細に震えたまま、焼き印のように同化した。レイの意識はその一瞬、巨大な雷に全身を撃たれたように思わず声なき絶叫を放

ち、視界が激震したあと、意識自体、急速にすべてが暗闇の中に閉ざされていった。（Cg10）

オノゴロ　オノゴロ
かなはめぐり座標つたえて

ひはあらわれて　ふとまにの
ほねへかきおけ　みゆるさち
そくゐすゑやも　つむろんり
うたいしめなせ　こえぬよを

五歌（六道輪廻篇）

少し離れて動く三つの長い首を垂直に持ちあげ、それぞれの赤い口から天へ向けて黒い息を吐き続けている、鉄の鱗におおわれた大きな一体の地上の黒竜。その近くの海沿いには、白い鱗におおわれた細長い海竜が何体もとどまり、そこから「不二」の裾野を、伸びあがり揺れながら窺い続けている。その昔、海から向けられた赤人というものの目とウタの余韻は、こうして、ことごとく切り裂かれ微塵もなくなり、少しずつ姿を見せはじめてきた、その地上の首長竜が、鉄の鱗の胴体の蠢きとともに時々現れる隙間の奥から、白い紙のような粘液じみた吹き流しをこまかく空中へばらまき続け、「不二」の下方にまで、小さな偽物のカモメのごときものが、白点として広がり続けている。「不二」の裾野に湧きあがってゆく綺麗な水を、いつしか首長竜は全身で吸い込み、体内の毒の熱をさまし、その過程で生じてゆくのか粘液じみた白い紙のような吹き流しを飛ばすことを、唯一の不器用な「不二」への捧げものとしても思っているのだろうか。そんな飛びゆく偽のカモメのごとき白点の薄い広がりなぞ必要もない、より大きな白い雲を従えた「不二」は、ただ沈黙しつづけている。長く、飛ぶことも移動することもしない地上の黒竜の蠢きと機械音のような鳴き声は、「不二」の南の海を震わせ続け、そうして何かに苦しみ続けているような黒竜の無明の領域は、長くはびこり続けていた。しかし本当に「畏れ」を持たなくてはならないのは、その黒竜へと懸命に水の流れをつくり、捕らわれているように何かを運びつづけている沢山の青人草たちの存在のために、そのままに長く竜たちをほおっているのではない、或いは「時」が至れば、黒竜についても、青人草たちについても、何一つ摂理の考慮には入れない、「不二」の底に秘めているある力の大きささそのものについてなのだ。

メラメラ

メラメラ

輪廻はめぐる

炎の鬼がもえる鉄の輪をあやつり回し、この世をはしる六道輪廻　(❖)

熱のにじむ重い空気はどんよりと、地表に一条赤き雪の降り始め

地の底の〈水闇〉よ、命の日々は無明の中にも流動せり輪廻せよ
躰の熱がミを焦がしボロボロと灰落しゆく地の上に黄金一粒落ち

❖22〔不二〕・六道

富士山の南西、富士宮市にある本宮**浅間神社**の主な御祭神は、「木花之佐久夜毘賣命《このはなのさくやびめ》」、父神「大山祇神」、夫神「邇邇藝命《ににぎ》」の三柱である。この神々は『記』の「邇邇藝命」の天孫降臨の段で語られてゆく。また「木花之佐久夜毘賣命」の姉神が「岩長比賣《いわながひめ》」であるが、浅間神社の主な御祭神ではない。神話において国津神の系統である「木花之佐久夜毘賣命」は、天孫である夫神「邇邇藝命」に身の潔白を証するため、入口を閉ざした産所の中で火を放ち、「その火の盛《さか》りに焼《もゆ》る時に」、「火照命《ほでり》」たち三子を産む。この美しい女神が「火」と関連して（火を鎮め、火に負けないように）祭られるのは、この神話の故であろう。（そこから「水」の神様としての神格も得ていったのだろう）。そして、この女神は富士山を御神体とする**浅間大神**という神格としても祭られてゆく。その浅間神社の東側には湧玉池という富士山からの地下水が湧き出ている透明で浅い池があり、きれいな水草が所々浮き、小さな鴨たちが泳いでいる。富士山の噴火の火に対して水がそれを鎮める古代からの対比のイメージも、その場所に見ることができるようだ（＊1）。さ

らに富士山という畏怖の領域には、神道における「神鎮め」の場が建てられてゆくばかりではなく、修験道の役行者の伝説や、十二世紀半ばにかけて、現在の富士市岩本の場に鳥羽上皇によって天台宗の実相寺（のちには日蓮宗（＊2））が建てられたり、その天台密教系の修験道者であると思われる末代上人という方が、そののちすぐに富士山の山頂に大日寺、山中には村山興法寺を建てていったり、仏教における聖地・信仰的対象としても確立されてゆく。（また富士山からは少し離れ、しかし景観としては禅画の題材ともなる現・清水市の近くにある清見潟には、鎌倉時代に天台宗から禅宗寺院へと再興され、現在まで続く名刹とされている清見寺もある）。こうして、富士山という聖空間には浅間大神・浅間大菩薩（仙元大菩薩）を天台密教における大日如来と一体化してゆく神仏習合の流れも生まれ、それが明治の始めまで長く続いてゆく。江戸時代に盛んになってゆく富士講なども、その流れの一つである。（また山頂には大日如来の密厳浄土とともに阿弥陀如来の極楽浄土も配されていて、ただ一つの宗派が独占してゆくのではない大きさも、そこにはある）。やはり富士山の魅力は、先史時代から古代・中世、さらに近世、近代まで、大きく人々をとらえて離さなかったのである。仏教における浄土・極楽を富士山頂に見立て、また、その麓に点在している多くの溶岩洞窟（風穴）の中の「人穴」といわれている特異な洞窟を、室町時代の御伽草子である『富士人穴草子』等では地獄巡りの場として描き、見立てることともなされていたり、さらに、風穴の中でも特に溶岩樹型によって形づくられている、人の体内にも似た狭い洞窟をいろんな所に発見して整備し、「お胎内潜り」（＊3）として安産祈願や再生儀礼の信仰の場としていくこともなされていて、富士山という聖なる山が、神道による鎮め・祭りの大切さとともに、庶民の仏教的（神仏習合的）信仰感覚においても一つの拠り所となっていったことがわかる。（そこには富士山の一合目から十合目までの高さに合わせた、仏教における**六道**《地獄道〜天道》プラス**四聖**《声聞・縁覚・菩薩・如来》のシステムも、そのまま富士山の全体に対して投影されている）。そのような様々な神仏の姿を通して富士山は庶民の苦界・欲界から湧き出してくる思いのすべてをまるごと包み込み、その上層部や上空へと紫の条を飛ばして浄化の光を保っておられるのかもしれないという幻想的光景は、やはりどこかある。ただ根底には強い「畏れ」、「畏怖」が秘められていて、その上で、そうした様々な領域が「不二」には広がっていることは云うまでもない。パチャ・アイ自身は、はからずも、その広さに引かれてやってきたのかもしれない。

メラメラ
　メラメラ
　　天道めぐる

ↄ天からも地獄輪廻は生ずるや、落ちゆく曲洞を左回りに流れゆき
輪廻のカーラを一紡ぎ、拭いがたく身に巻いてゆく天の舞踏者達
兆しゆく天人五衰の汗、涙、しかしヒトにはそれが浄化の汗、涙
澄んだ青き輪の光る球体地表に滲む血脈、六道輪廻はそこを廻る　ᘓ（＊4）

「不二」の南西麓の森林帯の中にある秘められた「火のタプティ」の底で、レイ・ノーアが、その意識に強烈な「量り」を埋め込まれ、思いがけない熱量を秘めた雷撃の刃とともに絶叫したころ、パチャは、確かにレイの叫びを内奥で感じ、小さな舌打ちをうった。しかし、レイの意識自体は小さいながらも感じられるので、そこで思わぬ「封鎖」を受けたのではないことは知れた。それから間もなくパチャは、急ぎ、早足で降りてきた闇の曲洞をふさぐ大きな岩を目の当たりにして、そのまま、そこで起こり始めていることを瞬時に見てとった。その道反之岩の前では、水闇《みずやみ》といわれるモノの半透明の長い手足がレイの躰へ捩れた赤いポンチョごと覆うように巻き付き、ゆるやかに躰の成分を写し取るべく、その頭部めくものを横たわっているレイの頭に近づけようとしていた。黄色の物象たちが微細身の光を凝らして、水闇の目も口もないブヨブヨした半透明の頭を押さえていたが、徐々に、それは近づき始め

ていた。その只中に、さっと左手のペンライトをカーキ色のズボンの後ろポケットにしまい、パチャは踏み込んでいった。パチャの突然の侵入に対して、イワサたち物象はすでに予期していた。

「いつも、こいつは来るのか？」

そう言いながら、パチャはすぐにその状況を、レイの大きな危機と判断し、右手で水闇の思わぬ弾力性のある首をつかみスッとレイの躰から離し、それだけ伸びてゆく水闇の首に驚きながらも、パチャは次に左手でレイの腕を摑み自分の方へ引き寄せ、さらにまとわりついてくる水闇の手やヌルッとした胴の間に自分の足を射し込み、フッと右手に念を入れると、水闇の首が溶けるようにちぎれ、その頭がベトッと下に落ちた。パチャがそこに走ってやって来る気配に気づいていたイワサたちの金色のエネルギーの場は、あることを予期して、さらに水闇とレイの躰に向けて調整されながらもより強められたにもかかわらず、パチャは、そこに何のためらいもなく踏み込み、水闇を引きちぎって、レイの躰にまとわりうごめく白い手足とひっついている胴もすぐにパチャの足で引き剝がされ、さらに落ちた首が、まだその体に戻ろうとするかのようにズルッと動いてゆくのをしりめに、スッとレイの赤いポンチョに包まれた大きな躰を持ち上げ、道反之岩の向こうの遠い闇の中、このタプティ、「岩長のタプティ」といわれる祭壇の前で眠っているような青い幽体としての「レイ・ノーア」に

声をかけ、

「おい、いくぞ、とにかくここに入れ」

と強い思念を送るのだった。瞬間、黒い祭壇の前で、青い光のスジをゆるやかに波打たせているようなレイの〈姿〉は、グラッとゆれ、そのまま生きている光の条と化して、闇の中の路を走り、道返之岩をすりぬけ、パチャの支えている「空蝉」の中へ急速に入って行き同化した。ブルッと震えるようにレイの躰がなみうち、「うっ…」という小さな声が漏れる。

「これで少しは運びやすいだろう」

パチャは、ほとんど意識はなく、うつろな目をしながらもそっと自分で立とうとしているレイの躰を、やはり支えてやりながら、そこで成り行きを見つつ体表の図柄を刻々と変化させているイワサたちに静かに言った。

「ここのカミやこの山のカミに、伝えてくれ。レイを利用しないでほしい」

そのまま、彼の足元でまだうごめいていて、スッと長い手を伸ばしてきた生きている液体のような水闇に、

「おまえは地下の底へ帰りな」

と一言いい、置かれていた懐中電灯を、レイを支えながら腰をかがめてサッと摑み、すぐ自分の首まわりにかけた。すでに緩やかに呼吸を始めていて、時々大きな息を一つつき、し

かしまだ眠ったような半開きの目をしたままパチャの方を見ているレイを促すように、やがてそこから長い闇の曲洞を一歩ずつ戻り始めていった。パチャには、ただこのことのために、ここまでレイを追ってきたのだろうかという、まだしっくりこない訝しさがどこかにあった。
光をゆるやかに放ち続けている黄色の物象たちと、また少し離れたところで、いつの間にか頭部と細長い胴体部分がつながり、その半透明の白い頭を洞窟の闇のなかでちょっともたげるようにしている水闇は、ひととき、よろけるような足取りでも確かに歩いてゆくレイと、支えるパチャの動きを、時が止まったように見ていた。

メラメラ
　メラメラ
　　人道めぐる

阿頼耶識《あらやしき》からわき上がる無数の種子《しゅうじ》の飛沫にうたれ人界の揺らぐ　（＊5）
身を包みゆく空間こそが阿頼耶識その場で醒めてヒトの世をゆく
速やかにカルマはめぐりて末那識《まなしき》の深我のやり取り揺らめく人界
すぐ内に阿修羅は猛りて叫ぶのだ阿頼耶識の海の底に声の落ちて

「時量り」の焼印を魂に刻まれたレイ・ノーアは、自分が小さな小さなものとして、ある大きな炎の檻の中におかれ、そのままどこかへ運ばれようとする直前の感覚に目が覚めた。

やはりヒマキが自分を炎の檻の中におき、「火のタプティ」の祭壇を前にして、すぐに意識の明かりを取り戻そうとはせず、深い動揺の中に迷っているようなレイに向けて、何者かが強く二つの選択をせまっているのを感じていた。

「このまま汝の躰にもどるか、それとも、この祭壇によってのみ見ることのできる、また別の〈爆裂宇宙〉の姿を見分してみるか？」

という明確な問いかけが彼の意識に響いた。

レイはその言葉を受けても、意識の明かりはすぐに動き出そうとせず、ここがどこであったかを何となく思い出し摑もうとしていた。魂のどこかに鋭い痛みが続いていて、何かが以前の自分と違ってしまっていることを感じていた。しかし、選択をせまってくる強い思念は、彼にあることを思い出させ、ふと小さな思念を発した。

「いや、まず、躰に還してください」

その意識を受けて、迦具土神の炎が一瞬笑ったように揺れた。

そしてヒマキは、すぐにレイを包んだまま光口へと向かい、赤い条が瞬間まわりに流れてゆくのを感じたのち、レイの意識は初夏の「不二」が北東方に広がっている青々とした光景の中へとおどりでていった。そこには実在世界の美しさがあった。レイを包んで飛ぶヒマキは、炎の檻の量をかなり弱めて、外界がきれいに見えるようにしていた。レイはそこで、不思議に初めてのように「不二」の南側や、その周辺も含めた海も見えてくる広がりの全景や、整った山の姿に意識の目を向けていた。「不二」の赤みの混じっている頂上付近がちょうど水平に見えるようなところまで一気に上昇し、そこに少し近づいてゆくヒマキの檻から、その辺りにふと意識を向けたレイは、頂上付近に一本の細い揺らめくような糸のスジを見出した。白や青、橙色などの様々な色がより合わされているような一本の細い糸は、少し起伏のある火口付近や、その下の方にも続いて揺らめいていた。それは入れ代わり、登ってきたり、降りて行ったりする大勢のヒトの微粒子がつくりだしている微かな糸であった。

「この国の人々は、これほど登ることを許され、喜んでいる」

そこに広がり見えている景色は、大きく半球状に包んでいる「不二」の透明な虹のもつ微細に律動している波の広がりとは別の、つながり続けている物質がそれぞれの無数の場所で、風に吹かれたり、水滴を浴びたりしている蠢きの全体から止めどもなく押し寄せてくるものであった。「不二」の西側まで来ると、そこから見える北西すべてに広がりつづけていく森林域や向こうの山並、さらに遠いところにある山脈の連なり全体からも、その躍動は圧倒的に空へ噴きあがり、押し寄せてくるのであった。いつしかレイは、魂のどこかで、痛みを癒すようなアマゾンの深い緑を思い出していた。そして、レイはあることを思った。

「ヒマキさん……、私はここから一人で行ってみようと思うところがあります。自分の躰に帰る前に、この〈意識体〉のままで一度、そこに〈還ります〉。よろしいですか」

「E　E　E」

そのとたん、ヒマキの炎の薄い檻は解かれ、ヒマキはそのまま小さな火の一点と化して南へと急速に戻っていった。ヒマキは「火のタプティ」を抜けたあと、レイが回復すれば、いつでも火の檻を消すことを了解していたのだ。

レイは、その時、この「不二」から、試みに故郷のティティカカ湖まで〈意識体〉のまま戻ってみることを、ふと思いついたのだった。「岩長のタプティ」の底に横たわっているはずの自らの躰の安否や、確かに受信した思いのするパチャ・アイの動向については、実は、不思議なことに、このときのレイには別のショックの場が強く残っているせいか、意識のすみにも上らなかった。しかし、そこには、レイにも気づいていないパチャが来ているということへの安心感があった故かもしれない。そうしてその中で自己の全体のエネルギー量が落ちていることは充分に感じていたが、それだからこそ最も落ち着ける場所、あの湖水の中で、この刻みこまれた強い熱の痛みを少しは冷やすことが出来るかもしれないと思われてきたのだった。はたして、この、意識自体が「不二」を含めた全体のさわさわする霊圧のなかですぐ水平に揺らいでしまうような状態のときに、強く念じてティティカカ湖まで還ることができるのか、レイにもまだよく分かっていなかった。しかし「不二」の初夏の緑のイノチに溢れている蠢きの力が、〈意識体〉としての彼のなかへ光景の力としてもどんどん入ってくるのを次第に強く感じ始めていて、その力にレイは励まされていくように思った。

メラメラ
メラメラ
修羅道めぐる

ʊ
混み合いゆがむ路の各所に飛び散る火花をたべる修羅達の赤き舌
修羅道はいつも我が足の裏幅燃えてあり、素足を土へ深く入れよ
眠れ阿修羅よ身口意に兆す火の中横たわり夢を見よ我はヒトなり
熱波と熱波がたたき合う身はすでになく砂漠にかすむ風塵の舞い ᘓ

そのころパチャは、覚束ない足どりでも自ら歩こうとするレイの躰を支えて、闇の曲洞を一歩ずつ登りつづけていた。その時のなかで、この短い間にもレイに起ころうとしていたと思われる危険は一応過ぎているのではと感じられた。自分は間に合ったといえるのか……しかし何かがあまりに簡単すぎた。水闇のような生物や、火のカミの誘いという危険がレイに訪れるということを、パチャは始めから分かっていたわけではなかった。どこか漠然とした懸念のようなもの、そこには二つの全く異なった要素がレイ及び自分自身のこととして交差していたのだが、それがこの、そろそろひと月になろうとする間、パチャに続いていたのだ。そしてそのレイに関することは、パチャのように常に何体かの「守護体」がついていて、ある危険を察知したときにはすぐに動ける状態にあるものと、レイのようにまだほとんど修行途中のなかで、あまり確かな準備もせず未知の内界へ向かおうとした時には、かならずその場の何らかの作用が思いがけずやってくるということを何度も身に受けて知っていたパチャとの、その経験の差をレイ自身がまだ了解していないことの懸念でもあった。しかし、不思議にレイ・ノーアはそうした危険のなかにありながらも、これまで何度か彼自身のもつ内なる明るさのゆえか、そうした場の作用をゆるくかわし続けてこれたのだ。だが今回の「不二」での〈見分・サイトシーイング〉は、ある面、そのレイを待ち受けているものがいたのだった。

パチャはレイの躰を支えながら、先ほどまで、まだ遠い「火のタプティ」の中で、朦朧としていたようなレイの意識の本体が、どうやら目が覚めて、そこを抜けている状態にまでなっていることを感じながらも、すぐにここへ呼び戻してゆくことはしなかった。レイのなかに何か強い迷い、戸惑いがあり、中空で揺れているような感触がパチャにも伝わってくるのだった。

「もう少し、ゆっくり昇っていこうか」

とパチャは、やはり朦朧としている「こちら」のレイに語りかけ、そのまま長い曲洞を登りつづけていった。そのうちにパチャは、昨日、八王子の泰蓬寺《たいほうじ》を訪ねて歩いていったときのことや、恵道との対話のことを闇のなかで思い出し始めていた。

八王子の外れの里山にある小さな禅寺・泰蓬寺へ、パチャは電車を乗り継ぎ、周囲の東洋人の無関心をよそおった視線にはすでに慣れてしまっていたが、無相の表情のまま、駅の人混みからすぐに離れるようにしてアスファルトの道を、ゆっくりある方向をめざして歩いていた。恵道和尚と泰蓬寺のことは、新宿で和尚と擦れ違った道の先にあり、よく目立っていた鍋ものの料理だろう、大きくて明るいガラス戸が開かれていて、その前に立って少し店先の掃除を始めていた店員に、その深夜、少し苦心しながら英語の言葉を選び、尋ねてみて分かった。それほど和尚は、その界隈でもよく知られている人のようだった。その翌日、パチャは「不二」へゆく前に八王寺を通って行こうと考えたのだ。そうして駅を離れてから歩いてゆく八キロ程度の道のりは、パチャにとってはなんでもなかった。むしろ都心から離れていて、空気がこれほどにもおいしく濃く感じられるこの道は、何か自分でも思いがけないような嬉しさが自然にこみ上げてくる時間だった。酸素の量がパチャにとっては充分に多いのだ。これは成田空港に降りたときから感じられていたが、二日間ほど都心のホテルにいて、日本に行くことを決めたもう一つの別の懸念についての調査を先に始めていたパチャは、すぐに密集した都市空間の中で酸素量の多い空気の濃さを感じなくなり、かわりに余計な成分ばかり入ってくる空気の悪さに辟易していたのだった。そこから、ようやく逃れるように、この八王子の郊外を歩き始めたパチャは、また最初の日のような濃い酸素を体中にめぐらしてゆく快さと活力に浸っていた。ここでなら、いつもの二、三倍の動きは可能だろうとも考えていた。パチャはしばらく歩いたのちに見えてきた里山と、その中にある泰蓬寺の全景を眺めながら、「整った綺麗な所だ」と心に沁みた。やがて小さな門の前に立ったパチャは、自分よりもかなり若い剃髪の小僧さんに本堂まで案内され、そこで恵道と対面した。短い、しかし真剣な表情のお互いの挨拶が英語で交わされた。しかしパチャはそこでも黒のニット帽を深く被りつづけていた。パチャは始め恵道をまっすぐに見て、何を、どう話そうと考えた。

しかし、その言葉を出す一瞬まえ、ふと頭が少し垂れ、畳を見つめるような視線となり、それからまたすぐに頭を上げた。そのとき、パチャのニット帽の頭部のふちの方に、白く弾けるような光が一瞬走り、そこに同時に二、三人の人影が揺らいだように見えた。恵道は、そうしたパチャの動きを静かに見ていた。パチャは、ここから少しずつ恵道との対話を始めていった。

✤ **奔り流れる妄執の水流を**
涸らし尽して余すことのない修行者は、
この世とかの世とをともに捨て去る。
蛇が脱皮して旧い皮を
捨て去るようなものである。

（**『スッタニパータ』第一・一 三**＊6）

メラメラ

畜生道めぐる

ఠ 結晶めいたウイルス達の生き方は拡張するチャンスに総雪崩込む
無意識の細胞たちを全身に組み上げて、ミミズの思いは進む進む
食物連鎖の頂点に流れ込みゆく無数のカルマ、命も毒も溜る溜る
命すべての配置図を微妙に変えつつ食い合うか阿頼耶識の海の中 ల

——パチャ・アイさん、先ほど、最初に挨拶をされたとき、私は、あなたに、こう尋ねました。どこから来られましたか？　と。するとあなたは、ペルーのリマから来ました、と答えられました。再度尋ねます。どこから来られましたか？

——たぶん時間における過去の方から、でしょうか。

恵道の新たに問う意味をすこし考え、パチャは答えた。こうしてしばらく富士の神々のことについてパチャの問いに答えていた恵道は、ここから、ある問答へ入ってみることにしたのだ。

――どこまでの過去からでしょう。

――和尚には隠す必要もないと思い、先ほど私が少しお話しいたしました、私の出自の全体からでしょうか。もちろん誕生からかもしれません。

――仏教には、現在実有・過未無体という思想があります（＊7）。これは現在のみが常に存在し、過去や未来という時間は、すでに無く、未だ来ないので実体はないという、大乗仏教における時間の見方の基本のひとつです。これを法（ダルマ）の観点から見ると、過去・未来という想定の時間域の中では、存在を動かし、つかさどる法（ダルマ）は無いとみて、現在という時間の中にのみダルマは実体としてはたらいていると見ていきます。時の流れにおいては、実体としてのダルマは現在においてのみ常に発現し、動いているとされ、それ以前、またそれ以後において、すでに発現したものや、いまだ発現していないものは、現在のなかでは存在していないものと見ます。ただ、それはダルマや、過去・未来という時間領域に対して考えられた思想の一つであり、実際の我々の認識のなかでは過去、未来というあり方は言葉として成立しています。しかし、その我々の認識のなかでも、過去の時間として見られてゆく領域は、記憶として蓄えられてゆくとしても、そこで微妙に変化しつづけていくのは確かです。こうであったという事実は、そこに存在していたのですが、しかし、それを現在という時のなかでは、もうすでにどこにも無いものとして、やはり見えてきます。そして現在のみが、すべて同時に動いてゆく関連の中で、常に、大切なものとして発生し続けていると、やはり感じられてきます。仏教では、まずそこに視点を向けていきます。あなたの出自は、先ほど少し語られたように、確かに不思議な一族での様々な修行として形づくられてきたことは私にも窺えますが、しかし最も大切なのは、今、現在のあなたです。ではさらに問います。あなた方は、どこから来られましたか？

――あなた方？

――はい、あなた方です。

――クスコ、ティワナク、カラル。

と、様々な声が少しずれながらパチャの口から小さく響いた。

――では、さらに、そのあなた方は、どこから来られましたか？

――Ă Ġ Ĵ Ħ ķ　ض ش ل ی ن　Φ Ж Д Ш

――では、さらに？

――ळणङओऔपप　இடஃஓ　אכדדקפצ

――では、また、あなたは、どこから来られましたか？

――アフリカでしょうか。

――さらに、その、あなたは、どこから来られましたか？　と、問いを打つことも可能ですが、ここで止めます。むろん、この先を地球の岩石内ウィルスやアミノ酸の宇宙からの飛来までもっていっても同じことです。それはすべて宇宙物質界と生命及び、輪廻の元としての他界の現象でしょう。そしてその先は不明（未知）なのです。……禅仏教における一宗派では、始めから意図して〈問い〉を打ち合いますが、遠い国から来られている方に、すぐこうした様々な問答を打つのは失礼かもしれません、そして、今、私たちが目にしている外界のそよぎについて、具体的な小さなことから〈問い〉を始めるということもありますけれど、パチャさんとは別の〈問い〉の核心に、すぐに向き合うべきだとやはり思うのです。

ではここからパチャさんの中心である領域も含めて、問います。宇宙物質界、生命、他界は、すべて輪廻の中に組み込まれているといえます。ここでは他界も一つの場として、全宇宙のそれぞれの銀河系や太陽系の限られた場の中に無の形体で発生し、広がり、関与しているものと一応仮定します。しかし、それらも生命現象のエネルギーの場と、どこかで深く関わってのみ存在していると思えます。つまり他界も全宇宙の中では、小さく限定的に発生していて、しかし、その間の交通は、近くにおいては保たれているのではないかと思えます。或いは、宇宙物質界、生命よりも天界、他界として見られる現象の方が非物質の現れとしては、生命においては本来性を秘めているのかもしれず、その非物質性という性質は、全宇宙の発現の中で進んでゆく物質の行程とも、どこかで深く関わって存在しているように思えます。しか

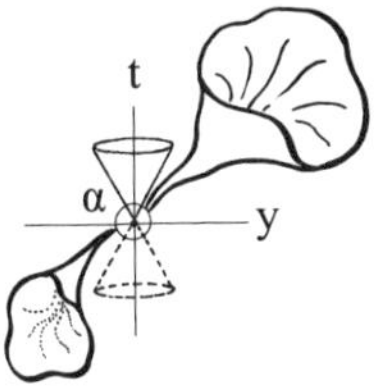

Cg11：世界線と天・地・冥府

し仏教では、それこそを、生命における輪廻の当体を構成してゆくものであるとして超えて行く、この世と、その、かの世の二つをともに超えて行くために、現世の修行を見ていきます。その二つの境域を超えたところを仏教では涅槃としています。この思索、或いは覚悟が仏教の最初期からあります。ただ、実際の日々の修行のあり方においては、少しそこに別の見方が入ります。まず、パチャさんに、その仏教の原点を知って頂きたいのです。その上で問いたいと思いますが、パチャさんたちの神学では、かの世からの輪廻は、どこへ向かうのですか？

――私たちは、すべてサイクルこそが、宇宙の姿だと見ています。そのサイクルの中で生活し、死んでゆき、冥界へとおもむき、そこで安らぎ、またサイクルによって生まれてきます。その全体を、深く、不本意なもの、苦しみとは実は見ていません。それが人の自然な場所だからです。ただ、そこに私たちの一族は権力を維持するための、不自然な状態をつくり出していたようです。人々は、自然の人間の場所として、このすべてのサイクルを生きています。それが私たちの場所だからです。和尚のいわれる難しき涅槃は、そうして「超えて」いるような何かではなくて、むしろこの世としての生活の中で、それに対してゆく持続のように思えます。実は和尚のお話をお聞きしていて、何点か疑問に感じたことがありました。それを、今度はこちらからお尋ねしてよろしいですか？

――はい。（Cg11）

✤そこには、すでに有ったものが存在せず、
　虚空も無く、識別作用も無く、
太陽も存在せず、月も存在しないところのその境地を、
わたくしはよく知っている。

（『感興のことば（ウダーナヴァルガ）』第二十六章　二十四　＊8）

メラメラ
　メラメラ
　　餓鬼道めぐる

ゐ
飽食の稀な時を食い合い奪い合いやがて逆三角形上の共食い始め
断食者を取巻く餓鬼達の赤い目をみて七日間を越えゆく空のハラ

渇望し続け欲する物のかつ消えかつ結びてトワに流れる泡の移動
都市の雑踏をゆく人の首筋にひかる〈ヒカリゴク〉我もあなたも　（＊9）

レイ・ノーアは「不二」の中空に浮かび、先ほどまで、そこで「不二」から一つ一つ示されてくる円い光の中の映像を体験していたことを、遠い過去のことのように感じながら、しかしそのことでも、また会得できたように思う、以前から幾度も試みている自らの「別空間」を思念してゆく方法を、少しずつエネルギーの回復とともに意識し始めていった。強く、ある映像を造り上げ、そこへ飛び込むこと。「不二」をすぐ前にした光景の全体から初夏の爽やかな活力のある空気がひろがり、このなかで、もうひととき魂の中の鼓動を癒していくことにも心ひかれるのだったが、そのときレイは、ふと、映像としても体験としても記憶のすみずみにまで沁みこんでいるティティカカ湖のブルーの広がりを、思念するというほどもなく、何気なく思い浮かべたのだ。あの手のひらを包みこんでゆく、不思議な温かさ。陽の光をたくわえ、この「不二」よりも高い標高にあるにもかかわらず、夜にはほんのりとした温かさが湖をつつむのだ。その感触も光景とともに魂の中に強く蘇ってくる。そして、その感触は次の瞬間、実体感とともにみるみるうちに自分の周りにブルーの輝きを伴い急速に広がっていき、その速度にのみ込まれて、自身が細長い線のようにスッーとそのまま伸びてゆく感覚の中に引き込まれて行った。

するとその一瞬のようにも感じた不明の時の後、彼は苦もなく、自分が「今」、ティティカカ湖と、その北方遠くに低く並んでいる雪のあるアンデスの山々の見える、只中の中空のかなり高い所に、ポッと浮かんでいることに気がついたのだ。今、このアンデスに降りそそいでいる踊るような光の粒子が、長く長く手を伸ばしてくれ、自分をここへ一挙に引っ張ってくれたようにも感じるのだった。そこに広がる光景のすべてがよく見なれている故郷の光景であった。レイは自然な、また偶然のような一瞬の思念とともに還ってきていたのだ。これほど意識しない急速な視界の移動も初めてのことだった。それまでは入念に視界の状況を造り上げてゆくのが彼の学び続けている方法だったのに、その過程を強く意識しないままに飛び超えてしまったのだ。視界の中の深い澄んだブルーの湖面の遠い南端のほうには、ティワナクの荒地が光っている。また西方の葦の茂っている色合いの辺りには、人々の生活の色彩も少し見えてくる。〈還っている!〉。

レイは、自分の〈無〉の光体のどこかにうめ込まれている〈小さな炎〉の渇きを、やはり微妙に感じながら、そのまま高いところからスッと下降していき、視界のなかに広がってゆく青い水の中に入っていった。思念とともに瞬時に移行する次の視界には確かに湖水の中の、時々自分も素潜りで見ようとしたことのある古代の遺跡が見えていた。水の温度差のようなものは、もちろん感じることはなかった。しかし、そこで漂うように揺らいでいると、魂のどこかに刻みつけられている「鋭い熱点」を、ひととき忘れているような自分があった。実際には、その時、痛みとして現れてくる感覚は打ち込まれた直後のものに比較してかなり治まっているにもかかわらず、その異物が自己の中枢の場のなかに他意としてうめ込まれてしまっているという事実が、明るい自然な発動の湧きあがりを止めて行くのだ。この魂の事態は、レイにとって思いがけないことであった。「不二」にまで行って、その「時・空」を少し学ぶことが出来たと思うが、それ以上に、この事態は成り行きがみえないものとして作用していた。そうした思いがゆっくり心のなかを揺れ、静かに沈んでゆくとともにレイの位置は少しずつ深くおりて行った。そして彼の周りにはやがて青の闇が濃く広がり始めていた。そこには彼の無意識に発散するものが、水の分子には作用しやすいのか、その中で少し赤みがかった幻のような姿として揺らぎ現れていた。やがて彼は歩くように湖水の青の闇のなかを、どこかへ向けて移動していった。その中に、少しずつ静かな安らぎがきざし始めていた。

メラメラ

地獄道めぐる

人の世は修羅・畜生・餓鬼の住む場所なれば地獄も天も共に沁み
周囲の見えぬ漆黒の空中間にて、ひとり安らぎ逆さまの幻の降る
平坦な道の左右のあの炎、いつから続きて狭まり続けて眼の左右
老病死苦行の四門は続く時には酷く時には静かにタプティのぼる

パチャと恵道の「問答」は、過去の時空の中において、まだ始まったばかりだった。パチャは、そのときのことを、レイを支えながら少しずつ昇ってゆく曲洞のなかで思い出し続けていた。泰蓬寺の本堂には障子をとおした柔らかい光がみちていて、パチャにとっては異空間ともいえる、この本堂の雰囲気はなぜか居心地が良かった。恵道の柔らかで、よくとおる声も、お互いに英語のアクセントの未熟な不明さはありながらも、聞いていて違和感はなかった。恵道には若いころ建築技術部門における海外青年協力隊での経験が四年間ほどあり、そこで徹底的に英語を再学習し、その時に出会った、やはりアメリカやヨーロッパからやって来てい

る知人も多かったのだ。そこで体験したアジアの生きた仏教や寺院、建造物への興味がふくらんできて、彼はのちに出家者となって禅修行を始めてゆく。その恵道を前にして、パチャは或いは失礼にあたるのかもしれないと思いながら、乾いた葦の繊維を使って精妙に作っているようにも見える「タタミ」のうえに、胡座の状態で座っていた。恵道はそのまま習慣のように正座を続けていた。服装は明るいグレーの作務衣を着て、そこに不思議な前掛けのような「袈裟」と呼ばれるものを簡単に首からとおして掛けて、それで臨時の正装としていた。パチャの訪ねたとき、何かの作業をしていたようだった。

――まず、和尚は、仏教では、この世とかの世をともに超えるために現世での修行をすると言われましたが、その我々の中にある輪廻の主体である非物質の当体をも、この世の修行で消滅、昇華させて、まったくの無、涅槃の中へ入るということなど、本当に可能なのですか？ 和尚自身は、自ら、それが可能であると、本当に信じておられるのですか？ それは人間という長いサイクルの中に生きる生物体にとっては、あまりにもあり得ない極致ではありませんか？

――少し長くなりますが、お話しします。私自身の話の中では輪廻の主体を非物質の当体という見方でお話ししましたが、まず仏教自体においては輪廻の当体を、そのまま実在、本来在るものとしては見ておりません。その当体に近い見方ともいえます、広くウパニシャッドなどで説かれている自己の内なるアートマンや真我という存在も、やはり無いと見ています(＊10)。その輪廻の当体については、実在していないとするなら、どう仏教は輪廻の可能性を見ているのか。仏教・唯識《ゆいしき》(＊11)では、そこを次のような見方を通して考えていきます。まず、現在の心理学、特にユング派において考えられている個人的、或いは普遍的無意識と比べることは出来ないと思いますが、少し用語的に似たところがあるといえます唯識的見方においては、無意識の領域での個人的な最深部に働いているといわれる阿頼耶識《あらやしき》の作用を、個の意識を超えた作用と見て、すべての生物、衆生、六道は、その阿頼耶識から浮き上がってくるそれぞれのカルマの種子《しゅうじ》の作用を、そのつど身に受け続けて、それぞれの行為へと駆り立てられ、あるいは身を制御してゆく思いを持つものと見ていきます。その無意識の内部に記録され溜められてゆくカルマから、その個人の行為の定型のように、そのつど噴き出してゆく思いや行為の元として種子といわれるものが自動的な動きを個人に与えてゆくのです。こうした見方から個人の意識の働きを見ると、そこに自己というような感覚が確かに感じられていても、その底には、別の、自らさえもよくつかめない、自己を動かしてゆく作用が確かに働き続けていて、その観点からも、アートマンという実体を内奥にたてて自己の現象の本質を説明しようという見方のみでは、意識や存在の作用を具体的にみてゆく仏教の方法から捉え返されたとき、やはりその説明では覚束ないものといえます。唯識では、また、意識されている自己ではない、その自己の無意識的な働きの部分を末那識《まなしき》としてとらえ、その末那識の働きをすら自動的に最深部で動かしているものを、阿頼耶識として見ていこうとしています。そしてこの阿頼耶識が個人の輪廻転生を機能として司っていて、この阿頼耶識の作用を最終的には「仏果」の方へ転化して超えて行くことが解脱や涅槃といわれる境地だとみていきます。一つ一つの現象に対して考えられる説明原理を、仏教は古代から、こうして心霊や霊我といわれるものを介して見てゆくのではなく、身心一如の方法のなかで出来るだけ具体的にとらえていこうとしていますが、もっとそれを現代的なイメージのなかで語る方法もあるかもしれませんし、その方が分かりやすいかもしれません。

その輪廻の現象と、そこにある当体というのは、そのイメージとして、暗き無明の海の広がりの中に、微細なプランクトンのように浮き沈みしながら、自分という意識や生命がそこに個別にあると感じ、そのひとときの時間を流動してゆくだけのような状態ともいえるのかもしれません。その暗黒の大海、或いは精密に働く秘められた情報の出入りする「蔵」(阿頼耶識)のなかには、個を超えて残されてゆくような生命自体の無数の経験知情報といえるものも蓄えられてゆく広がりがあるのかもしれませんし、その中の個別性としてあるものが、時に応じて上昇してはカタチとして現れ、ところどころに小さく光っては消えてゆくと見ることもできるのかもしれません。そうした暗黒の海のなかに上下してゆくもの、そこで海面に噴き上がった自己という仮象の個体はひととき光り、また解体され、そこで取得された個別情報は、すべて、その海、阿頼耶識のなかに消えてゆく、或いは蓄えられてゆく、こうした個人において現れながら個を超えたシステムが奥の奥には作動しつづけているのかもしれないという、唯識を少し普遍的無意識へ向けたユング心理学ふうに読みかえたイメージで語ることも可能だと思います。

それは、また全関係性のなかで生じてくるもの、縁起の作用において現れてくるものとして、この世を生き、その（非我）という状態として蓄えた関係性の情報を内なる阿頼耶識へ向けて解体してゆく過程で、そこにおける純粋情報のみを圧縮してゆくのだともいえるのでしょう。そこで、また何かが、（非我）という状態として残留してゆくのでしょう、それが輪廻してゆく作用因として胎生へ向かうという解釈です。むろん、そこに生じてゆくとされる六道輪廻は、古代インドの生活や社会状況のなかでたてられていった幻想仮説ですが、そこに生存の全相が見えることも確かです。そして仏教では、「天道」でさえ、それは苦であると明確に宣言するのです。すなわちどこにも確かな自己、存在はなく、すべて流転してゆく過程のなかにあり、すべて縁起として生じているとみますので、やがて解体せざるを得ない。それ故に、意識の全ステージの根幹として、ゆるぎない機能を秘めて作動している阿頼耶識の中でも、無明の海を通って輪廻してゆく（非我）の当体が形成される要因のすべてを、生きている間に滅して、そこに「仏果」の作用の方を積んでゆくことを、仏教修行者は、ただ今において努めて行くのです。悪いカルマの方が多く残留すれば、またかならず輪廻していき、それに応じた苦は現存してゆくとみますので、すべての行為、記憶の種子を保存してゆく阿頼耶識の機能性と、どこか関連していると見ることもできる他界（或いは霊界という言葉もここでは使えるはず）の現象を、そのままの状態では良しともせず、肯定はしないのです。また或いは確かにパチャさんのいわれる長く見てゆくサイクルの自然はありますが、いつまでも、この作用の中に囚われ続けていて良いのか？　という思いが、そのサイクルに対して発せられるのです。パチャさんの実際に見られ、体験もされておられるのかもしれない、美しい天界の現象すら、阿頼耶識の澄んだ上澄みの部分として見ることもできるでしょうし、存在しているかぎりはカルマの作用がゆるやかに働き続けます。そこに仏教、ゴータマ・ブッダの教えの中核が発現されてくるのでしょう。ゴータマ・ブッダは、この世での苦の発生の原因となる、すべての心理的作用、原因作用を滅してゆくことを成就されました。その成就の中に、この世とかの世をともにこえる、という、すべての作動因、カルマの滅の状態があり、六道輪廻を超えている仏、如来の境地や涅槃という新しい無の実感を、そこで説かれたのです。その涅槃は、人間的苦の領域でも、輪廻する場所でもない、生命や宇宙物質界を超えた境地としての仏の存在する場所として在ると、そこで定義されていったのでしょう。

さて、そこで、本当に仏教修行者は輪廻を超えることが出来たのか。まず、そうして修行という新たな時間の領域へは、入ってゆくことが可能だったと思いますし、その真の修行者の境地において、この世の六道を超えてゆこうとする気概だけは確かに存在していたということはいえます。ただ仏陀が開いた涅槃という境地のなかに、すべての仏教修行者が至れたのかは、やはり不明でしょう。日本仏教における大きな教祖・修行者たちもおられますが、彼らは、その時代の中で、仏教としての新たな生命を持ち得る、より確信し得る新たな方法を、そのつど確立していった方たちで、その意味で、現世の迷い、苦の中に生きることしかできない我々衆生とは、やはり、たとえ、より以上の迷い・苦の中におられたとしても一段違った強い生き方を示された方たちでしょう。彼らのうちの何人かは生きながら極楽、涅槃の境地とは何であるかを、その彼ら独自の方法の中で体験していたといえるように思います。

さて、そこで、パチャさんの問いの一つとして、私自身のことを次にお話しいたします。

私は二十八歳のときに、初めて仏教、特に引かれていました禅の修行にある過程の中で入り、実家はもちろんお寺ではありませんので、長く永平寺という本山で修行を続けさせていただき、そののち泰蓬寺の住職として来ることになりました。その禅の修行においては、実はこれまで話してきた阿頼耶識を超えて「仏果」に入るというような唯識的視点とそこからの修行という方法、すなわちシャーマン的な神学・他界観念からも推測できる面のある唯識の方法で説明してきましたこととは別のレベルがあり、その禅における姿勢の中心を少しお話しして、パチャさんの問いにお答えしたいと思います。まず始めに、禅においては、これまでの仏教のように涅槃に入るということ、「仏果」を得ることは対象になってこないのです。生活のすべてを修行と見ますので、現在も瞬間、瞬間に、修行がつづいています。それが新しく立てられた禅仏教の姿勢です。それは、より身心一如の生命の場に即した仏教であるともいえます。それ故、禅は現在でも仏教的認識論のみではなく、具体的に通用する修行方法として持続されています。その生活の一瞬一瞬も含めた修行の持続が、私にとってはすべてでしょう。ここでは、まず仏教の根幹にあるものをパチャさんに知ってもらおうと思い、本来なら唯識の方法は禅では学ばす、使うことはないのがいわゆる宗門の在り方なのですが、私は出来るだけ総合的な視点の中で仏教を見て行くことを続けていますので、唯識の見方の一つを使いました。そしてその認識の内容も根幹として大切にしながら、実際のこの泰蓬寺での修行の在り方は、まさにパチャさんが言われました、サイクルのなかの自然の生活を、日々、大切に持続するという気持ちと実は変わりはないのかもしれません。この世とかの世をともに超える、という仏教者の生き方は、そこで、かの世、来世に思いを置かない、たのまないということでもあるし、今、現在のなかで、かの世、他界などに心を向ける必要は無いということでもあります。ただ、常に我々は死を目の前にして生きているという強い自覚のみが、そこでは必要なことであり、その死の向こうのことについては問わない、不問で充分なのです。現在、ただ今のみが問われ、行為されるのみです。仏教自体には無数の法門があるといえますが、私はその中でもこうして最初期の仏教と大乗の唯識、そして禅の方法を中心にして仏教を考え、修行をしています。むろんその無数の法門のなかには、明確に、死後の状態のことを中有として考察しているチベット仏教のような方法もあります。

パチャさんの、私に対する問いの答えとして、仏教修行者は、そう生きる、ということが、ひとつ言えます。そして私自身は、輪廻を超えているという実感はまったくありません、ただ仏教者が現世のなかで理想を生きようとするとき、この世とかの世を超えている涅槃を観ずることはひとつの信仰、灯（ともしび）だと言えます。実際に、仏教修行者として、現世の泰蓬寺での禅と日々の務めを真に生きることが出来れば、その境域は釈尊の示す場につながってゆく……、ここで思念を止めます。

——…………。

✤
物質的領域に生まれる諸々の生存者と
非物質的領域に住む諸々の生存者とは、
消滅を知らないので、
再びこの世の生存に戻ってくる。

しかし物質的領域を熟知し、
非物質的領域に安住し、
消滅において解脱する人々は、
死を捨て去ったのである。

(『スッタニパータ』第三・十二　七五四、七五五)

パチャは、昨日の恵道との対話を、そこまでゆっくり思い出しながら、闇の曲洞のなか、レイを支え、ともに昇り続けていた。ようやくあと一周りほどで、あの広い溶岩だまりの空間へまで帰れると思われた、そのとき、ふと、パチャは、自分と、よろけながらも歩き続けるレイの二人の静かな足音以外に、別の足音らしいポチョポチョという水がはね返るようにも聞こえる音が、自分たちの後ろから近づいてくるのに気づいた。パチャは、それが何モノであるのか、少し思念するように止まり、そしてそれが来るのを、レイを制しながら待った。少しすると、それが、確かな足取りで、わずかなブルーの光の流れる闇の中、こちらを見上げるような面持で登ってきた。注意しながら首につるした懐中電灯の光を、そこへ向けた。見ると、ほとんど赤いポンチョを着た、このレイ・ノーア自身の躰と変わらないような服装、風貌の男が、少しにこやかな表情で下から登ってきたのだ。しかし、その同じようなポンチョの先に出ている手や首筋だけは、まださらに青白く、半透明のような膜のなかでポゥと光っているのだった。

「m i z u y a m i か、……」

メラメラ　メラメラ

かなはめぐり座標つたえて

りんねにみちる　よのなかは
ふゆへわたらせ　あけをまつ
それもすくいと　しきゐこえ
おさほろうてぬ　ひめやゑむ

六歌（タキオン篇）

（❖23【先行】残像が発生して）

地球や木星などを引き連れて我らが主星・太陽は、さらに銀河系のスパイラルアームの伸びる、その中間域辺りを周囲の星々とともにゆっくり廻ってゆく。この銀河系を太陽系が一周りするのに約二億年かかり、太陽系が生まれて約四十六億年、様々な速度差があることだろうから厳密にはいえないにしてもすでに二十三回くらいは銀河系を廻っていることになる。その銀河系自体も、近くの大・小マゼラン星雲とともに、アンドロメダ銀河系や他の近隣の銀河系との重力相互作用のなか、また、この小銀河団全体を包んでいる膨大な**ダークマター**（暗黒物質、それぞれの銀河系自体もこの重力作用によって纏《まと》められている）の広がりとともに、**真空の大宇宙**をいずこかへ向けて飛ぶように移動し続けている。まさに、そのすべての瞬間において、全存在にとって同じ**場所**はないのである。さて、そこで、ここでは【先行】残像という、後の「詩柱歌」で試みられている方向ではなく、時間的には『後方』へと発生してゆく文字通りの残像という現象を使っての、しかしやはり実際にはあり得ないイメージを少し記してみたい。それは、もし地球という惑星に棲息する生命たちの時間が、一ヵ月間の間でくり広げてゆく活動のすべてを、その過ぎ行く空間のどこかに**存在波的**に記録し続けていくような**全残像現象**というのが仮にあったとしたら、微妙に燐光の光るように、太陽の公転軌道を十二分の一進む間に約三十回転ほどの明暗に彩られた螺旋形にたなびく光を後ろに残しながら、しかし二度と同じ場所にはその螺旋の残像を残すことなく、銀河系内での太陽系全体の移動の微妙なズレの中に、生命たちの時間の痕跡が宇宙空間へと透明な映像のように流れ続けてゆくという、そんなイメージをつくることも出来る。それを少し具体的に云うなら、この散文の流れを読む一分間の時間の間にも、机に座り地上に静止している状態において、その姿のまま我々はまず地上的東へと飛ぶように二十数キロメートル（赤道上では約二十七・八キロメートル）も運ばれ続け、そこに西方へと我々の刻々の残像は伸び続け、さらにそれは公転軌道上をそのまま千八百キロメートルも運ばれていて、すでに微妙で長い曲線残像を造り始め、それはさらに銀河円盤上を全体として本当に一分間で一万二千キロメートル（秒速、二百キロ）（＊1）も移動してゆき、新たな巨大な螺旋を秘めた曲線を生み始めていて、この瞬間、瞬間において、我々は宇宙の航海者として生き、残像は緩やかにカーブしながら宇宙の時空の後方へと残り続け、我々の現在とともに、その残像の流れは二度と同じ場所には記録されないのである。そうして我々すべての生命体にとっての過ぎ去ってゆく時空のなかに延び続け、流れ続けてゆく螺旋的残像の群れたち、そこには二度とない過ぎゆく場所、時空へのノスタルジーが揺らめいている。アディオス！　飛びゆく、今、ここ！（Cg12）

タキオン

タキオン

時はめぐる（＊2）

ᘓ物質の命を時という、無数の固有時がそこに生きてながれてゆく
時のうつりて醒めし日々、あの熱の移動はいずこへ集まる保存則
時という言葉に萌す遠い声、湖の波紋のひとつを大切に追い続け
紫から青へ黄から赤へと虹の時ゆく球面は裏に微光の闇夜広がりᘓ

〈❖24〔時量師《ときはかし》〕〉

古き火之迦具土の神によって、「**時量師**」として召命され、炎の微振する痛みと迷いの中に、飛

び始めたレイ。その迦具土神は誕生のとき、「火」によって母神たる伊邪那美命を殺してしまい、それを怒った父神である伊邪那岐命によって封じられてゆく経過を持っている。『古事記』において記されている、この「時量師」という名をもつ神は、そうして父神・伊邪那岐命が死した伊邪那美命を追って黄泉の国へ向かい、その体験ののち、そこから立ち帰ったあとで行う「禊祓と神々の化生」の段で生まれてゆく様々な多くの神々たちの一柱として現れてくる。そこを少し見ていき、しかし、『記』における「時量師神《ときはかしのかみ》」として化生する神が、かならずしも、その漢字によって表記された神名からくるイメージそのままの神ではないという断りを、ここでしておかなくてはならない。まず、この神は「禊祓と神々の化生」の段の最初に、「故《かれ》、投げ棄《う》つる御杖《みつゑ》に成れる神の名は、衝立船戸《つきたつふなどの》神。次に投げ棄つる御帯《みおび》に成れる神の名は、道之長乳歯《みちのながちはの》神。次に投げ棄つる御嚢《みふくろ》に成れる神の名は、時量師神。」として早くも三番目に化生してくる神である。そしてこの「禊ぎ祓ひ」から生まれる最後の神々が「天照大御神」「月讀命」「建速須佐之男命」の三貴子であり、この段では、大がかりな「大八島国の生成」や自然神といえる「神々の生成」のあとにおける、わりと観念的な、或いは具体的な多くの「神々」及び「人格神的主宰神」が生まれてゆく。そしてその最初に現れる「衝立船戸神」（道に立ち、「ここから来るな」という悪霊邪気の侵入を防ぎ止める神霊）も、次の「道之長乳歯神」（「長い道を掌る磐の神」）も、ともに「陸路の神」とされ、ここで六神が生まれ、そのなかの神に「時量師神」が含められている。しかし、この神の名義・語義は『記』の倉野憲司・校注においては未詳とされているのだ。ただ様々な辞典を見てゆくと基本的な解釈・語義（＊3）は分かってくるが、それでも具体的にはどのような神なのか不明なのである。「時量師」（**ときはかし・ときおかし**）は語義において概ね「（嚢を）解き放つ・解き置く」と解釈されていて、実は、ほぼ、「時・時間」に関係している神ではないといえるのだが、それでは、この神が「陸路の神」の中に入れられていることの役割が、よく見えてこないし明記されてもいない。（ただ角川文庫版の『記』の武田祐吉・訳注、中村啓信・補訂では「時間のかかる意であろう」と解釈されていて、この方が、陸路というのは長い時間のかかる道なので、その期間を守護する「神」という解釈も成り立つように思うのだが、この注は一例のみで、やはり語義の解釈でのほうが概ね正しいようである）。

さて、そこで、改めてこの『第一段　時量師舞う空に』においては、ただ「時量師（ときはかし）」としてあてられた漢字のもつイメージにのみ「相似」して、「時量師」という言葉をシャーマンであるレイ・ノーアに仮託して、タイトルにおいても使っているとお断りしなくてはならない。この言葉は、しかし面白い意味を漢字として与えてくれるものなので、太朝臣安萬侶《おほのあそみやすまろ》が万葉仮名として仕掛けた、この言葉を、個人的に曲解して使ってみようと思う（＊4）。では〔時量師〕についての（❖ナレーション）としてはここまでとして、すぐに、その時代に対しての「時を量る計り」を埋め込まれ、その炎の微振する痛みを見つめているレイ・ノーアの現在へと〈前物語〉

をすすめなくてはならない。彼は新たな時の迷路に踏み迷っているようなのだ。

タキオン
　タキオン
　　物はめぐる

〰〈無〉の一点が ぷくれ出すのだ現宇宙、曲面が飛び縁が光り始め
星間ガスの一点がぷくれ輝き無数の塵が結びあい回り始める故郷
モノの流体のみが噴きつづけヒトはそこへ渦の一点として現れる
我が源の宇宙アミノ酸が遠い白点の太陽に憧れる寄る辺なき記憶 〰

レイは、ティティカカ湖の膨大な水の分子のなかを、しばらく、ゆっくりと移動していった。
そのとき、ふと気づくと、彼から少し離れた上の水域で黒のウエットスーツを着た〈人間〉が、水中に止まったまま、こちらを見ているような視線を感じた。レイの心は少しずつ落ち着きを取り戻し始めていて、（あの人に私の存在が分かるのだろうか）と思い、驚かしては

いけないと、心のイメージを、また急速にティティカカ湖の上空へとおいた。すると、すぐに太陽のもとに輝いている湖面が見え、その青みはさらに深く、そこに広がっていた。

「……太陽がある……？」

不思議なことに、レイはそのとき初めて、自分が日本という異国の地から、まさに真裏にある故郷に帰ってきていたことに改めて驚き、しかし「太陽がある」ことに、ふと「時間」の感覚を失っている気がしてきたのだった。

「このティティカカ湖の〈時〉は、いつなのだ？」

北西に遠く低く連なっている雪のあるアンデスの山々を見ても、自分がひと月前に出発してきた時とほとんど変化のないことは分かるのだが、あの「不二」の中空から一瞬でここに移動してきたとしても、今は、こちらは「深夜」の時間帯のはず……、にもかかわらず、太陽の輝く昼間なのだ。ひととき、そこで湖の東南にあり、遠く幽かに教会の尖塔の光っているコパカバーナの町のゆらぎを見てみたり、視界をさらにその先に移して、ティワナクの草も少し生えている荒野を遠く確認してみたりしていたが、この場所のほとんど変わっていない景色を見ていても、兆してきた間の不安を解くことは出来ないように思え、レイは試みに、意識して母のいるクスコの町並みをそこで強く思い浮かべてみたのだった。すると急速に意識は、すぐ前方に滲むように現れた小さな五十センチほどの丸い白っぽく見える輪の中に、ある光景のようなものの揺らぎを感じたのち、スッとその空間の中に引っ張られて入ってゆくのだった。

そしてすぐに薄っすらと緑のある山並の中のゆるやかな盆地に広がる、橙色の瓦の屋根のつづく町並みの光景が下に見渡せる視界として、そこは変化していった。レイは、そこでまたひととき、その町の全景を見なれているにもかかわらず、やはり懐かしい気持ちで風に浮かぶように見続けていた。そしてやがてこの町の中心のアルマス広場のすみへと、そこから降りて行った。町の人も多く歩いていて、その広場のベンチに座っていたり、また観光客もよく見かけることができた。その広場の周囲は車のロータリーとなっていて、また大きな教会が二つあり、この町の心臓部ともいえた。そしてレイが学んでいた民間医療・整体を主とした先生の小さな分院も一つ、この町にはあった。レイはボリビアのラ・パスで生まれ、ティワナク周辺で幼年期から少年期を過ごし、それから母とともにクスコへ移り、十五歳くらいまでこの町で生活していたのだ。この町は、彼の少年時代においても故郷のひとつといえる所であった。

彼の意識は、そこで、すぐに彼のよく見知っている十二年前まで生活し、現在も母の住んでいる界隈へと飛んだ。彼の母はペルー人としての国籍を持ち、一時期ラ・パスにいたときにレイを産んだ。彼の祖父はケチュア族の男で、祖母はスペイン系の女であり、その二人から生まれた母は黒髪の美しい、目鼻立ちの整った女性で、クスコにレイを連れて戻り、また教師として働き始めたのだった。レイは少年期の初め、ラ・パスの込み入った街で小さな仲間たちと走り遊んでいたころにのみ、白人である父の記憶を持っていた。父はイギリス人で、母よりも十歳年をとっていて、どうやらティワナク文明の遺跡のことを長く調べていたようだった。そのときに知り合ったのがペルー人のレイの母、ワリ・ティティオ・エビダであった。しかし、この〈前物語〉の時間は、今、そこには長く入れない。レイが、今、視界の中で見ているクスコの町は、相変わらず外国人の観光客の多い、見なれた町並みであり、一ヵ月ほど前に、彼が長い旅へと向かうことを知らせに、ラ・パスの本院からクスコへと戻り、母に会った時の光景と何一つ変わらなかった。

レイは母のことを思い、その昔からの橙色の瓦屋根と白い壁の中規模家屋の前までやってきて、そこに浮かんでいた。そこからスッと家の中へと入っていった。しかし母は学校へ行っているようで、しんとした暗さが見なれた空間のなかにあった。リビングにある机の上にはレイの子供のときの写真や、別れた主人であるイギリス人の男とレイの幼年期の家族の写真、そして若いころの母や祖父母の写真、またレイがアマゾンのシャーマンの師のところへ行き、七年のちに帰ってきて、次に民間医療・整体の開業資格を、ある先生から学びながらもらうためにラ・パスへと向かったころの若々しい青春のひかりを宿している、ちょっとはにかんでポーズをとっている写真などが、いつものように変わらず置かれてあった。レイはカレンダーと、そこに置かれている新聞の紙面を見た。すると、その日付が、まさに彼が母を久しぶりに訪ね、それから、その時にマチュピチュにいるというパチャ・アイに、三年ぶりくらいで会おうとしていた一ヵ月ほど前のものであるのを見てとった。

「……〈時〉を、遡ってしまったのか」

この時間、自分は丁度マチュピチュに行って、パチャと話していた時であったのを、急速に思い出したのだ。

（魂とは何なのだろう、実体もなく、実の空間もすり抜けて移動してゆくことが出来る、しかし、その移動において、「時間」の場所すら何かのきっかけでずれてしまうことすらある。さらに魂には「重力」を具体的にとらえ、その場、物質の場の高速移動に、光景ごと難なく同調していける何かの本質的なシンクロ装置もある。そうでなくては物質をすり抜ける意識は、地球の物質の全体からあっという間にどこかの宇宙空間に置き去りにされてしまうからだ。それを何かの機構がほとんど無意識に、この意識をこの場所に同調させてくれるのだ。その魂の秘めている様々な性能とともにある〈無〉の実体とは何なんだろう。）

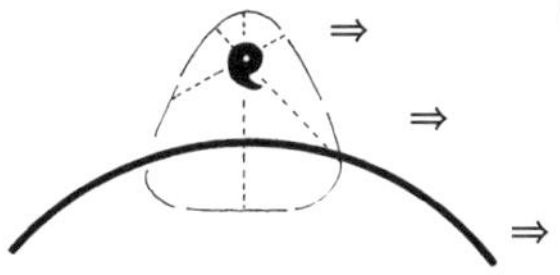

Cg13：物質場と同期する
アストラル体

レイは、これまでにアマゾンの師の指導のもとで何度かの意識的な幽体離脱を行い、ペルー、アンデス、アマゾンの様々な場所を一つ一つ学ぶように意識しながら光景と視界移行（サイトシーイング）を続け、その場所のカミ・精霊の実質というものを入門の段階ではあったが体験していた。ラ・パスにある整体治療の本院の副院長を、その若さで任されている現在、この二年間はアマゾンの師から離れた状態で、自分ひとりの意識で、まったく整体治療の仕事とは関係のない、秘められた、もうひとつの別の系譜の修行として「離脱・飛翔」の作法を行い、ティワナク文明の遺跡の別時空へのコンタクトを試みたりしたこともあり、それだけの許可は、すでにレイには与えられていたのだった。だが、手順を少しずつ踏みながら進んでゆく、現実の時空の目安（目印）のよくついているうえでの「別の時空」への飛翔の試みではなく、こうした無意識的な、長い距離を一気に飛んでしまうときに発生する予期しないことについての対処は、レイにもまだ慣れないことだったのだ。

魂が、光量子やニュートリノよりも、さらに微細な〈無〉の根源にある、別種の顕現可能な〈負〉に近いエネルギーとして形成されてゆくものであり、ある種〈自在〉な微粒子として意識の活動・流れを、現在としての物質的存在内においても構築しうるものであるという前提までは、カミ・精霊の世界ともいえる、強烈な、無限に湧き溢れてくる光体を見たことのあるレイには、「知」としても了解できるように思われた。しかし堅固に、それこそ全宇宙の律動とともに、相対的ではあるけれども物質自体の法として、一律ではないにしろ流れてゆくとみえる「時間」を、これほど大きくくずれてしまうことの意味と体験は、初めてのことであり、レイは一種の怖れにも似た思いが意識に起こってくるのを静かに感じていた。彼は、そうしてクスコの故郷の家のなかで、家族の写真を見ながら、この「魂」にとっては、一ヵ月前の「時間」のなかに自分が迷い込んでしまっていることを、ようやく痛切に理解し始めていた。ここでは彼という〈無〉の一点のみが異物であり、そこにある物質世界は、部屋の中に舞っている一粒のホコリから全素粒子の流れ、重力作用という、全宇宙のすべてが同じ、その時の物質的連鎖のなかで存在しているのだ。彼は〈存在〉そのものからはぐれているのだった。(Cg13)

タキオン

タキオン

光はめぐる

ఌ光速を超える粒子は〈存在〉ではない、〈光〉は〈それ〉の影か
光は宇宙を僅かに曲がりめぐりゆく、遥かな故郷を求めつづけて
物も光も〈それ〉を知らない、速度ではない超光速の単一遍在点
吹き抜けるダークマターの風のなか、躰は重く酸素の食事をする ఌ

曲洞窟のなかで、パチャが目にした、「レイ」の姿を写し取り変げした水闇は、何の悪ぶれた風もなく、口の中に唾が溜まっているような声で、

「パチャさん、ウプウプ、久しぶりです」

とケチュア語で言った。

「………」

パチャは左肩と腕で支えている、自分よりも十センチは背の高いレイからスッと左腕を抜き、それでもちゃんと立っているレイを一瞬見て、そのまま少し下の位置にいる水闇へ向き合った。

「しゃべれるのか」

「当り前じゃないですか、パチャさん、ウプウプ、私はレイ・ノーアですよ」

少しにこやかな表情で屈託のない目をしながら、まだよく形の整わない両手の先を後ろに隠しながら、しかし次第に首筋も普通にレイの赤く日焼けしたように見える色合いに変化してきて、どこもレイと見分けのつかない風貌が懐中電灯の光のなかにはっきりと現われていた。

「そうか、……ところで、これを付けておいてくれ」

と、パチャは即時の判断の中、水闇の変げを、強い害意は発していないものと見てとり、しかしいつの間にか手の中に隠していた一粒の植物の種のようなものを、指先で飛ばし、水闇の右頬の上にはり付けた。すると、その黒い種のようなものは、そこに五ミリ程の大きさの少し楕円形のホクロのように自然に皮膚の中に入り込み同化していった。

「パチャさん、何ですか、これ！　少しカユイ、ウプウプ、ですよ」

「そいつはね、植物爆弾だよ、変な動きをしたら、そのまま爆発して、また液体にもどすよ」

パチャは、水闇という変な生命力をどこか秘めている地下の生物に、少し興味を引かれたようだった。

「ところで水闇、そのカラダはいつまで持つのか」

「私はレイですよ、レイと呼んでくださいよ、ウププク、百パーセント、青人草たちと変わりません、いつまでも持つのは当たり前じゃないですか」

「おまえから、何かを抜けばいいってことだな」

「やめてくださいよ、ウクポク、私は発展途上型の人間なのですから」

「何かの思いがあって、わざわざついて来ようとするのか」

そうしたパチャの言葉を、一つ表情の芯のたりない、少しブラウンがかった左目の視線の位置が微妙にズレ、口元などはニコヤカな風をして聞いている水闇だったが、後ろに隠していた右手の人差し指が細く細く液体のように一本だけ、そのカラダの後ろに垂れてきて、それが水闇の模造靴の足の横から、スゥーと生きているもののように、ぼんやり立ったままでいるレイの躰の方へ、薄暗がりの階段をじわっと登ってきていた。そしてレイの躰にあと十センチというところに来た時、水闇の頬に埋め込まれたようになっている植物の種が急激に目に見えて微細な振動を始めたのだった。

「アア、ア……、ウブウブブ、ブブ」

水闇が変なアブクのような声をあげて、一瞬のうちに、その隠していた右手の伸びた指先を鞭のように引き戻し、引っ込めたが、その足もとには、白い指の形をしたものが一つ、ぽとりと落ちていた。

「分かったかい、わずかでも害意を発したら、おまえ自身にそれが全て戻ってゆくからな。その種子は、そんな種だよ。おれの言うことを聞いて、おとなしくしてな」

パチャには、水闇という生物は何のために存在しているのか、彼自身にも分からないのだろうという変な気持がわいてきたのだった。しかし考えてみると、下のイワサたちという精霊体の放つ、かなり強いエネルギーにすら負けることなく液体的物質の身体を保っているのは、へんてこな、一種の「カミ」に近いものなのかもしれないという気もしてくるのだった。

(こいつは、物質化しているではないか、しかも、それを変げしてゆくことすら出来る。)

「パチャさん……、ウプウプ、すみません。もう少しちゃんと本体さんに成ろうと考えたものですから……、このポンチョの下は、まだよく形が出来ていないもんで。でも、これでも充分歩けますし、動けますので…」

「どうするのか、地上に、おまえは出たいのか。……出て、どうするつもりなのか、ヒトを襲うのか」

「そんなことはしません。一度こうしてカラダを写したら暫らくは動けますし、この変げの寿命が尽きたら、すぐに元に戻り地に吸い込まれていって、また三百年くらいは地の底です。ひとときの地上なんです、時々、神さんが与えてくれる貴重な〈時〉なんです。しっかり努めさせていただきます」

パチャは、やはりこいつが憎めなかった。しばらく連れていこうという気がわいてきていた。

タキオン
タキオン
現はめぐる

リアルなる知覚像の僅かなズレを共振してゆく現《うつつ》の思いは連なり
物事の起こる前に先行残像が発生してゆく〈非時《ときじく》〉の風の気紛れ　(❖)
進む地球の先の宇宙電磁場に青く前触れされる先行波ドップラー　(❖)（＊5）
〈過末〉のゲーテが帰路の途上に、〈未過〉のゲーテの姿に出会う　（＊6）

(❖25　先行波ドップラー・刹那の透き間を)

主にSFで長く使われ続けてきた**タイムトラベル**の発想と、それによる物語自体は、H・G・ウェルズ以前の十八世紀初めくらいから英語圏ではわりとある。日本において、『御伽草子』で物語として語られる段階のよく知られている浦島説話において、海中の竜宮他界からもとの村のあった場所に帰ってきたときの時間の変調（未来への移行、それは三年ほどだと思っていた竜宮での暮らしが七百年もの時が過ぎていたという驚き）と、そこで玉手箱を開けることによる個人時間の加速化が、ある程度タイムトラベル・（タイムスリップ）という様相を示していると改めて思えるが、膨大な日本古典文学のなかにはどのような**時間**をめぐる物語が秘められているだろうか。まず、『日本霊異記』（＊7）から一つ、ある時間感覚の見える仏教説話（上巻・第五）をあげると、極楽へと臨死体験した大部屋栖野古《おほとものやすのこ》が、そこにおられる聖徳太子によって示された、帰還して「八日目」に剣の難にあうという宣託が、実はそれから「八年」後の蘇我入鹿の乱のことであったとされ、「極楽の八日というのは、この世の八年のことである」と語られるのだが、ここにも常世・極楽とこの世での時間の流れ方の違いが意識されているといえる。（逆に、極楽でも時が流れるという点も面白い）。『今昔物語集』（＊8）においても、本朝篇（上）の巻第十六の第十五に「観音に仕りし人、竜宮に行きて富を得たる語」という説話などに、浦島説話と同じ構造の話がある。また、『記』においても、不老不死の薬とされ、常世（蓬萊山）にあるという「非時《ときじく》の香《かぐ》の木實《このみ》」を垂仁天皇のために求めてゆく田嶋守の話もあるが、ここにも「時や時間、あるいは常世・永遠性」についての思いがあり、あるいは文字化（物語化）されていなくても、やはり古代人においては、こうした常世を含めた「時の感覚」は不思議な対象として考えられていたことだろう。また、こうした日本的感性とは少し異なってもいるが、古代インドにおける「時間」の見方・時間量の計り方には特異な細部が多くあるのも面白い。それらは無限・永遠を表わす表現であったり、瞬間を表わすものとして考えられている。そして物質自体や生命の在り方を観察してみても分かるような「時間（宇宙）」の展開の仕方である「創造・発展維持・破壊」の時間過程の繰り返しを、この宇宙はブラフマン・ヴィシュヌ・シヴァの三大神によって行うという神話も古代インドでは造られてゆく。（仏教においては「成劫・住劫・壊劫・空劫」の四劫として宇宙時間の展開を語る）。そうして「時間」を考えることは、自ずとそこで「宇宙」自体までも対象化してゆく作業になっていくのだ。むろんそれは「空間や物質」自体を考える作業と一体化してゆく。また、そうした作業の渦中を展開しつつある現代物理学においては、（仏教思想における方法の基礎としては現在でも興味のある「精神と物質を含めた存在論・時間論」の思索の方法ではないのは当然だが）、すでに単なる精神という領域を超えているような**深宇宙**の果ての存在を考察・仮説し続けていて、そこで展開されている時空論をみると、これまでSFや物語においてストーリーの面白さとしても考察の対象とされていたタイムトラベルの具体が、一般相対性理論の方程式から出てくる様々な新たな「解」を見てゆくことや、量子論における反物質としての陽電子の示す**時間の可逆性**と見える現象（すでに解明済み）なども含めて、そこで様々な可能性を考えていくことのできる一つの具体的な対象として、現代の物理学者が積極的に考え始めているという現象自体も面白い。

さて、果たして、我々は時空連続体（道元の「**有時**」）としての宇宙のなかで、どこまでその四次元時空を超え、超ひも理論の根拠となる十一次元とはいわず、まず**五次元**として見られる領域を意識化しえるだろうか。

タキオン
タキオン
世間はめぐる

ᘐ
個体速度の無数のズレに目に入るヒト見えないヒトの行きかいて
世間よりも社会よりも国家よりも地殻曲率を眺めているヒトと鳥
地殻よりも世間に立つしか方便のない縁起のさなかの現象続きて
世間の新陳代謝は止る事なく三人の自分によく似たヒトも消える ᘓ

レイは、クスコの母の家の中で見なれた窓の外の小さい庭を見ながら、ふと思った。この同じ時間のなか、空間のなかに、もう一人の自分が、たぶんマチュピチュに行って、パチャと会っているとするなら、その自分のなかには、明らかに、その時の自己の中核的な魂もあるといえ、その自分の中核は、今・ここに来ている未来の自己の中核と関連し得るのだろうか、或いは、そこで過去の身心である自分と現在の心的自分が、ここにある過去の物質時空のなかで、何らかの交感めいた作用を起こせるのだろうか、そこで、さらに意識的に「自分自身と会う」ことが可能なのか……、と。しかし同時に、そのことに、ある怖ろしさも感じて来るのだった。こんな時・所にいてはならないのではないか、いや、これらはすべて、本当は自己の魂が外界として造り続けている幻想像なのかもしれないとも……、しかし、その展開している映像のリアルさは、まさに肉眼で見ている世界の現在と何ら変わるものではなかったのだ。ただ自分の身体像のみが同じ視界の中にはなく、ボーと無色の光域が自分の視界のすぐ下の方に、少し感じられるばかりだった。一種の、時間を超えた〈無〉のエネルギー律の場の中にある〈自己〉と、ある特定の時空域の中、肉体として行動している自分の内部の空域の奥に鎮まっているような〈自己〉とが、果たして、出会うことなど可能なのだろうか。それは、その瞬間に、共に「別の自己」に弾け、変容してしまうのではないか。

レイは、また、パチャのことを思った。「不二」の原生林の中を、自分のあとを辿るようにやってきてくれていたパチャのことが思い浮かんだ。「不二」には、あのパチャがいてくれるはずだ。そして同時に、この自分の迷い込んでいる過去と思われる時空の中にも、パチャはいるはずである。最も、今、このクスコから近い、あの山の聖域に。レイは、そのとき何故か母親の姿も浮かんできたのだったが、それよりも強く、マチュピチュにいるはずの、この時の、過去のパチャのことを意識して念じてみたのだった。すると、よく見えない左胸の辺りに感じられてくる、あの焼印の入ったような箇所が、そのとき同時に鋭く震えて炎の点を急激に強くしたように感じられ、一瞬、目の回るような、左側からどこかへ回転してゆくような移動感覚におそわれたあと、レイは、マチュピチュのかなり上空から全景を見降ろしている視界の中に、斜めに幻のカラダが傾いでゆくような微妙な動きとともに浮かんでいるのだった。その視界の下には、少し寒さに応じた色とりどりの服を着た沢山の観光客が小さく動いていて、さらにマチュピチュでもほとんど人の立ち入ってこない、遺跡の北側斜面にある石積みによる防御壁区画の下の方に、上空のレイはパチャらしい動きの見える黒い人影を見出し、その前にパチャとはほとんど三年ぶりに再会した、あの時の自分らしい白っぽい人影がボーと、何故か明確ではない輪郭の中、少し揺れるように不安定に存在している姿を視界の中にとらえたのだった。

「あれは、自分なのか？　何故、パチャや、他の人たちのようにはっきりと見えないのか」

あの時、パチャは自分にこう話していたのだ。

「よく知らない領域の神界を見るには、その前に様々な手順が必要だ。それを一つ一つ体得したうえで学んでいかないと、本質的な、その目指す所との差が、思わぬダメージとして現れたり、傷のように残されてしまうこともある」

また、このようにも問うていた。

「なぜ、日本の富士山なのだ？　外国での最初の異界は、メキシコのマヤのピラミッドでも近くて良いじゃないか」

「写真で見たとき、なんとマウント・ミスティとよく似ていると思ったんだ。あの形、そっくりじゃないか？　パチャもマウント・ミスティへは入ったことあるだろう。綺麗な領域があった」

あの時、自分はそんなことをパチャと話していたように思う。しかしパチャは、異国で独自の環境・文化とともに進化してゆく他界には、その物質性も含めてエネルギーの渦の状態が、かなり違うこともあり、レイがそれに対応出来るのか、「おまえを見ていると、まだ保証はできないよ」と言ったのだった。そう話しながら、その時パチャは、チラッと何度も怪訝なふうをして、よく晴れた空の方へ目をやっていたことを、ふと上空のレイは、そこにいるらしい二人の方を見ながら思い出した。

その時にパチャがレイと話しながら感じていた感覚は、実はパチャにも初めての異様な感覚であった。

ꝺ 堅密にグラビトンに繋がれて空気の濃さの底をゆき飛ぶ夢をみる
ヒトの世は微細身呼び合う幻の連鎖なりそれを束ねる事は不可能
「論理空間の中にある諸事実それが世界である」そこで夢は消える
ヒトと鳥、自由落下を感ずる意識に彼方より無量数ニュートリノ ꝺ
（＊9）

パチャ・アイは、また空蟬のレイを左肩で支えながら、水闇には先を歩かせ、未だにポチョポチョという変な足音をたてる、どこから見ても黒っぽい、山歩きにも充分使えるスニーカーの形をしたその足元を面白そうに眺めながら、一歩一歩、曲洞を昇っていった。そのときパチャは何か忘れているような気が強くし始めていた。先程まで「不二」の上空に感じていたレイの本体・意識の動きが急に消えてしまっていて、その周辺、どこからもレイの心の動きを感じることが出来なくなっているのに、ふと気づいたのだ。

「レイ！」

パチャはもう一度「不二」の現界及びその周辺の心的空間へ意識の走査線を放ってみた。しかし、何の反応もない。

「レイ、どうした？」

パチャは少し気になり、やがてそれが明確な焦燥感めくものを伴ってくることを感じていた。そしてその変な粟粒のような何かが心のどこかに兆してくる感覚に、ふと、こうした奇妙な思いにとらわれたのが以前にも一度あったような気がしてきた。

しかし、それよりも今は、とにかく早く、この「レイの躰」と変てこな水闇の変げしている偽物のレイの二体を、ともに風穴の外の世界へと連れて行くことの方が先決であった。

「おい、水闇、少し急げ、はやく昇れ」

「はい、パチャさん、そうしますウプウプ」

パチャ達は少し昇ってゆくピッチをあげ、溶岩溜りの岩のごつごつした空間まで、そこから一気に達していった。そこで水闇に命令して、岩をすり抜け、乗り越えて行くときに、レイの躰の、まだぼんやりしているような動きを前で支えてやったり、パチャの手伝いをさせながら、先へ先へと進んで行った。そして三メートル程の垂直の壁まで達したとき、パチャは水闇に先に登らせ、動きの鈍いレイには、一度強い気を頭頂部から入れ、その壁を、とにかく登ってゆく目的を意識化させ、下からレイを支えてやるように肩にかつぎ、レイの手を水闇に握らせ、壁の上へと引き上げていった。水闇はもう変な気は起こさなくなったようで、手の形もしっかりと定まってきていて、レイのカラダを、同じ薄地の赤いポンチョを身に付けた風貌のものが上へとゆっくり引きあげていった。この壁を越えると、あとは三百メートル程のゆっくりとした登りである。

その時パチャは、また強く、レイの意識がその領域の中にはないという懸念を感じ始め、様々な対応を考えていた。

「レイはさっきまで、かなり弱っていたが確かに上空にいた。しかし、今、どこにも、その波動を感じない」

水闇は、パチャから自分が認められているようで、少し嬉しくなったのか、「アプー、アプーラ、アプ、アプー」という変な口先での歌のようなものを口ずさみながら、低い態勢のまま小さな風穴の坂を一歩一歩登って行くのだった。

タキオン
タキオン
刹那はめぐる

ꝺ

命はやがて消え刹那の向うに戻りいつか回帰するや少しは進みて現《うつつ》なる面影や、未来の事は刹那にはなく過去の事も刹那には消え刹那刹那に現われる色即是空の飛翔体、移動としてある影と物質

レイは、マチュピチュの奥の北側斜面に段々と造られている防御壁の遺跡区画の一つで、一ヵ月ほど前のパチャと、自分であろうよく輪郭のつかめない存在の二人が話しているらしい光景を上空から見ながら、この状態をどう捉えていくべきか、やはり判断がつかずにいた。下方に見える、また全域に広がってゆくリアルな光景は、ここが通常の物質によって出来ている「現在」であることを示している。そこに非実体としての意識のみの自分が紛れ込んでしまっている。この自分という意識は、ここの「現在」の時間から一ヵ月ほどの様々な体験を通して得ている、その記憶も明確にある自分の意識だ。この意識の中核には、思いがけなく日本の火の神の、まだ意味もよく見えない仮託された「時の量りの針」が鋭く打ち込まれたままにある。その小さく、しかし確かにある痛みのような律動を、自らどう扱っていけばいいのかも本当に分からないのだ。そうした昏迷の中、さらに思いがけず時間を遡っているような体験が、意識として、今、続いている。ここで本当は何をするべきなのか。或いは遠いところに残したままにしてある、自分にとっての現在の肉体の細胞律動をイメージして、そこへ一刻も早く戻るべきなのかもしれない。しかしレイは、ティティカカ湖の水の中でのひとときで、我にかえるような静けさを取り戻したあと、クスコでのひとときとともに、次第に、ここで「時」の事実について知りたいという思いも少しずつ感じ始めていたのだ。

下方ではパチャ・アイが、数分ごとに上空のレイの持つ「視界」の焦点あたりを見上げている。そこでパチャは、目の前のレイ・ノーアが、もう時間がないので、これから次の列車でクスコへとまた帰らなくてはならないと言い、三年ぶりなのに短い間しか会えないことを済まなさそうに詫びながら、短く右手をあげ、観光客の多くいる遺跡の中央への石段を登って行こうとしている後ろ姿へ向けて、「レイ、気をつけて行け」と呼びかけるのだった。レイは振り返り、また手をあげてパチャに答えながら急な石段を軽快に登っていった。その光景を上空から、その時のことを思い出しながら見ていたレイの未来の意識は、下方のパチャが帰ってゆくレイの後ろ姿へ向けていた視線を、急に左斜めのこちらへと強く睨むように向けてくるのを見た。そのときパチャは意識して、そこに何かいる得体のしれない「別のもの」の波動をとらえるべく、ある「目」を作動させていたのだ。さっと、その「目」の光は上方へと突き刺さってゆく。しかし、そこに感じていた不可解な何かをその「目」の光はとらえることもなくそのまま通り越してゆき、明確な印象もパチャには残すことなくそのまま上空に消えてゆくのだった。何かがそこにいるように感じられるのに、それが自分にさえも分からないというパチャにとっても珍しい事態として、それはあった。上空のレイの視界は、遺跡北側斜面にある階段を、やはり輪郭のよく見えない自分らしい物体がパチャと別れて登ってゆく動きをとらえながらも、同時に下方のパチャの放つ何かがサッと風のような小さな感覚として、その視界のどこかを通りぬけてゆくのを感じた。しかし、やはりその小さな風のようなものは、確かに自身の意識へと向かってきたにもかかわらず、それが視界を抜けてゆくとき、すでに遠い過去に見た小さな光の記憶のような一瞬としてしか感じられなかったのだ。

この現在形の「物」の世界にいないということは、その時空に働いてゆくであろう念波をも、そのまま受けることなく、直接の関与はあらわれないという時間則がここでは働き続けているということなのだろうか。だが、つい先ほどのようにも思えるティティカカ湖の水中で、ふと感じられた黒いウェットスーツを着た男からの視線のような感覚は、ふつうの人でも何かの条件がそろえば、そこにレイのような非在のものに何となく「何かいる」と気づくこともあるのではという、その条件もどこか不明ではあるけれども一つのヒントになるように思われた。そうしたことを受け取り始めていたレイに、しかし同時に強い恐怖心がどこからか生じてくるのを止めることは出来なかった。それはやはり力のあるパチャでさえ明確には分からない非在の中にある自分が、このまま過去という別の時空の中に踏み迷い続けてしまうという恐怖だった。そして無性に、今、下方にいるパチャと何らかのコンタクトをとれないだろうかという思いが湧いてきた。

今、自分は、下方のたくさんの観光客の姿を一人一人見ることが出来ている。それはパチャの赤と黒の入り組んだ長いポンチョ姿と、また同じような柄の入った綿作りの帽子を深くかぶった黒い顔を見ているのと同じように下方に明確に見えている。北アメリカやヨーロッパ、また東洋からの観光客らしい人々の姿もある。その遠い東洋人たちの少し小柄な姿に、レイは何か引かれ続けていた。そしてすでにその区画の急な石段を登り終え、観光客たちのたくさん歩いている遺跡のなかを、その先にある石の門へ向かっている下方の自分らしい物体の動きを見ながら、レイは、どうして「彼」が明確な輪郭をもって自分には見えてこないのかということにも不可解さを感じ続けていた。あるいは、過去の彼自身である、あの物体のうちには、やはり自分という意識が、あの時の記憶のように途切れることなくあり、時々観光客に微笑みながら遺跡を抜けていった情景としても確かにあることを思い、その自分自身に何かの信号を送ることも考えてみたのだが、そこには別の恐怖も感じられてくるのだった。そこで何がおこるのか、まったく予想もつかないのだ。それなら、なんとなくこの自分の存在に気付いているようなパチャの方にコンタクトが取れないものかという気になっていくのだった。そのパチャの方を見てみると、彼はそれからしばらくその場に佇み、上空に目をやることもなく北側の区画から見える緑の山々の方を見ていた。上空のレイはそうしたパチャから目を離し、また下方をさらに進んでゆく自分らしいぼやけた輪郭のものの動きを広い視界の中で追った。すでにその時の自分は遺跡に二つある石造のゲートのうち下の方を過ぎていて、そこから続いている大きな規模の段々畑の中の道を、シャトル・バスの発着所のある入場口へ向け、さらに半ば以上進んでいるらしいのを見た。レイと別れてすでに十四、五分は過ぎたころになって、ふとパチャは何を考えたのか、レイ・ノーアが先ほど登って行った石段をなんとなく急ぐような足取りで登り始めた。どうするつもりなのか、まだパチャがそのときマチュピチュで計画を始めていたことの下見は終わっていないはずで、これから山向こうのインカ道を通ってやってくる別の仲間たちと、ほとんど観光客の降りてこない一角で会うことになっていたのに、その場所を急ぐように離れているのだ。あの時、歩いていた自分は何も気づかなかったが、その自分をどうやらパチャはしばらく思い直した後、急いで追いかけようとしているらしかった。上空のレイは彼らの動きを交互に見ながらも、段々畑の向こうにまで行って、ほぼ入場口に近いところまで達しているレイらしいぼやけた物体と擦れ違うようにやってきている、一人の東洋人の気になる姿に、ふと視界を移していった。その男は、時々、瞬間的に身体の像の輪郭が不思議にぶれるように蠢きながらも、しかしすぐ普通の観光客のようにカメラを手に持ち、遺跡入場のための予約確認のゲートを通って少しくらいの所で周囲を見ながら、その姿のぶれること自体にも当人はまったく気が

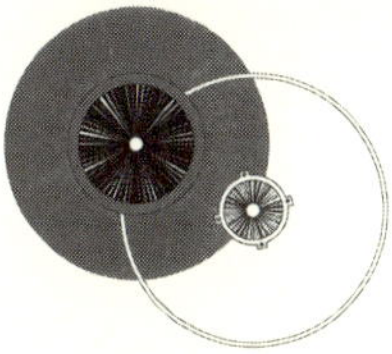

付いていないかのように歩いてくるのだ。上空のレイは、その一瞬で、男のところまで降り、すぐ前からやってくるボンヤリしたものの姿が男の小さな黒い瞳の中に、さらに小さな点景として、しかし確かにそこにはあの時の自分自身の姿が瞬間映るのを見て、一つの賭けのように自分の意識をその瞳の中の小さな写像に向けて同期してみようとしたのだ。その傍らを過去のレイらしいぼやけた何かが通り過ぎて行き、この東洋人の意識自体には、先ほどから何らかの異常が出てきては、自身でもよく分からないように、時々おこる変な内部感覚の声に聞き入るしぐさの方に意識もぶれていくようで、そこを長身の若いレイが通り過ぎても、当然のこと、この男には観光客の一人としか見えず、またレイ自身も、あのときは、こうした東洋人がいたなどという印象もまったくないのだった。けれども異界のただ中にあるような意識のみのレイは、この東洋人の瞳のなかに映り、何故かそれを見ることとの出来たあの時の自分の姿へ向けて、その意識のさざ波を角膜の粘膜のゆらぎを通して一瞬送り、その自分の姿の像の中に生きているような律動の痕跡を残してゆくことが出来たように感じたのだった。この唯一のわずかな水の分子の律動の中に秘められたと思われた幽かな窓を通して、遺跡の中央へと登り始めているパチャヘ、どこかのチャンスを待ち何かの信号が送れるかもしれないと、レイは感じた。ところが、すぐに東洋人の男は先ほどの過去のレイが歩いてきた段々畑の中の遺跡へと向かう路ではなく、遺跡全景を見おろすことの出来る段々畑の上に

あるポイントへの路を登り始めたのだ。レイは観光客達がそれぞれの好奇心や団体の時間の都合などで、その二つのルートのどちらを選んでもいいことを、その場の急ぐ動きの中ではすぐに思いいたすことが出来なかったのだ。あわててレイは男の移動とともに意識の一部もそこに同調させていき、パチャとこの男の二人の動きは主な意識でちゃんと捉えながら、このままではこの二人は何処かで行き会う可能性が少なくなるという心配が出てきた。レイは、男の黒い瞳の隅に映ったままの、先ほどのレイの残像めく波動を、男の涙の水分子に幽かに作用させながら、まだその残像をパチャが見れば分かるくらいに保持し続けていて、どうにかパチャの前にこの男を行きあわせようと、段々畑の上へと出る樹木や草木の中の路を登ってゆく男の動きとともに、時々彼の周囲の空間に小さく弾けて行くような特異な時間の飛沫のようなもの、声の去来の現象の不思議な懐かしさを感じながらも、その方法を考えていった。すでにレイにとっては終了している、ひと月前の時間の「現在」の中で、非実体のレイの意識は、そこにある実体との交信の可能性を何とか試みようとしていた。（Cg14）

タキオン　タキオン
かなはめぐり座標つたえて

ゆめのなかみち　ときこえて
さまよいおもう　ひほねゐぬ
つくろいやせむ　するをあけ
ふへんにわたる　そらはれし

七歌（メビウス篇）

透明な小さな瓶のふたを注意して開けると、その中に生じた水の揺らぎとともに、一瞬何かが炸裂したような強い光が、そこから溢れ出す。「しまった」という瞬時の思いの続く中、故知らず、そこに長く封印され、圧縮されていた「時の爆弾」めくものが、一挙に空域物質のただ中へ発散し、強く光へと変換され続けてゆくのを見ている。その瓶の中で、いつしか溢れてくるように、閉ざされて見えない光の量を少しずつ増してきていたのだろうか。それを開けてしまったのだ。嬉しそうな輝く光が、そこに一瞬満ちたあと、どこかで緊張して震えていたものが感じていた、薄い水面の揺れる記憶を振り払うように、解放され、空域物質のただ中へと広がり、そこからさらに一点を目指して、その光は生きているもののように、一条の光量の強く細いつむじ風のような動きを見せて、急速に、ある止まり続けている複雑な物質構造のどこかへと吸い込まれてゆく。強い輝きはそこで薄れるように、その空間域から消えてゆき、そこに本来あった淡いグリーンの光が、静かに、またゆっくりと再生されるように広がってゆく。そこまでが瓶のふたを開けた者に現れた「一瞬」だった。圧縮されてきた「時の爆弾」めくものは、ある複雑な物質構造の中へと吸い込まれるように消えてゆくと、そこから、ドクン、ドクン、ドクンと力強く新たな「時」を打ち始め、宇宙の遠い所からやってくる光の旅の示す貴重な時間のズレが、様々な思いとともに長い闇を超えて我々の目の中へまで届いてくるように、その新たな鼓動は、それまでの、いろんな事を語り始めるのだった。

メビウス
メビウス
風光めぐる

ᘐ
携えてゆくコカの葉を噛み微かな頭痛に浮かぶ白い骨の伸びる塔
高い山の澄んだ雪解け水が流れ始める源流にあこがれる民族の血
乾いた風土の香りが空間に流れてゆく町の陰で羽ばたきにふれる
高地帯に住み続ける人々の薄い空気の流れに軽く飛ぶスピリット ᘏ

(❖)

「不二」の風穴の最初の狭い入口へ向けて、パチャ・アイは、半ば意識の朦朧としたままの魂の抜けたレイ・ノーアの躰を後ろから少しずつ押し出すようにして、彼に洞窟を登ってゆく動機を常に与えながら一歩一歩ゆるい傾斜を進んで行った。この最後の三百メートルが最も力のいる困難な登りだった。レイそのものの姿をしている水闇は闇の中でも充分に周囲が見えるようで、傾斜の上方を見たり足元を見たりしながら、後ろのレイの左手を掴んで、腰を少しかがめ、吸盤のように吸いつく足の裏でも持っているように、滑ることも躓くこともなくレイを引っ張り続けていった。そうしてあと百メートルほどで下草などに隠されている上方の小さな入口に彼らが達そうとしている時、白く光る仮面を付けた、あの濃い緑色の服をまとったようなモノの一体が少し急ぐように降りてきているのを、パチャの肩にかけて揺れている懐中電灯の光の一閃が闇の中に浮かび上がらせた。何事かの異常を感じて様子を見に降りてきたのか、どこからか、何かの指示があったのか、その一体はそこから恐る恐る近づいてきたが、先頭を確実な歩調で登ってくるレイ・ノーアとそっくりの風貌をした水闇に気づくと、十メートルほど先でピタッと止まった。小さな白い頭部の面に空けられている二つの黒い穴から、闇の中で、じっと水闇を見ているような気配が伝わってきたが、次の瞬間、

「ギッ！」という歯ぎしりのような音を面の奥にたてたと思ったら、揺れる懐中電灯の光の中から一瞬にして姿を消し、そのまま入口へ向かって一目散に駆け戻ってゆくような動きがみえた。二、三十メートル先に幽かに現れたそのモノは、両手も溶岩窟斜面に付けるようにして駆け登り、大型の猿のような動きを見せながら、また姿を消した。

「アプアプブー、白眠《はくみん》さんたちも、まだ健在でしたね、アブブ…」

レイの声とは微妙に異なりながらも、水闇はさらに時間がたつとともに滑らかになってゆくケチュア語でつぶやいた。すでにその発音や構造を最初の接触のときに充分に写し取っていたのだろう、ほとんどレイの持っている生命情報の何割かは自分の生命組織の中に写し入れ、しかも水闇には、そのどこに記憶機構があるのかは分からないが、日本語も含めた、この場所の長い記憶も確かに宿っているようだった。

「ｍｉｚｕｙａｍｉ、少し急げ！」

パチャは後ろから声をかけ、空気が少し新鮮さを示し始めているのを感じながら、そこからもう一度、「不二」の上空あたりの気配をさっと走査してみた。しかしやはりどこにもレイの魂の感触、波動は無かった。

「レイ、どこへいった……」

一歩一歩、少しウェーブしてゆくような狭い風穴の中を上方へ進んでゆく三者の、異様な宿命をもつ者たちの音の違う息遣いが、ちぐはぐながらそこに一つのリズムを刻んでいた。

メビウス
　メビウス
　　誰かはめぐる

ᘐ
熱帯の鳥めく原色の服を纏《まと》い黒く丸い帽子を鶏冠にして踊る空気
湖水の中の石組遺跡から砂粒が流れ一粒一粒が時間の秘密を説き
永い古代が地層の上部に息づいて多くの足元を誰かの声がはしる
偶然に携帯の電波が宇宙に漏れやがて七百光年先の惑星の誰かへ ᘐ

❖

迷うように思いがけず「時」を遡り、マチュピチュの上空にまでそこから空間を移行していったレイ・ノーアの魂は、そこで何とか遺跡に来ていたその時のケンテ・パチャ・アイの実体との交信を試みるために、ある東洋人の男の瞳の水分子にかろうじて映された過去のレイの姿と、それが消える瞬間にそこに込めた同期的な波動自体を、男の瞼の瞬きの中でも何とか維持しながら、わずかな通路からその「時空」の中へ魂の微細な波動の一部を送ろうとしていた。

しかし、レイはこのままでは、すでに早く段々畑の上へ達し、様々な観光客とともに遺跡全景を見降ろしている男と、やはり遺跡の中を進み始めて、そのまま下方のもう一つの石のゲートへと向かいつつあるパチャとは行き会うことなく離れてしまうと判断し、すでにシャトル・バスに乗り込んで発車を待っているであろう過去の自分にはもう構わず、この男の方にパチャの注意が何とか向かう可能性のことを考えていた。そして赤色人めく躰の赤味にもかかわらず自分の魂にとって実は相性の良い「水」という物質の存在を思い、このマチュピチュの全景を見渡し、すぐに何ヵ所か、その輝きが強く見えている所に気がついた。空気中の水蒸気の存在ではあまりに移行が激しく希薄であり、また山の麓をうねるように流れてゆく河の水では遠くて使いようがなく、しかしレイの気づいたそれは、まさにパチャの向かいつつある入口の少し前の区画にある、細く綿密にその流れを組み立てている水路の中にある何ヵ所かの水汲み場に見えている、水の煌めきであった。だが、その流れの量が、まだそこでは多すぎるように思われた。けれどもよく注意すると、その中の一ヵ所の水汲み場で、水が飛び散っていて、近くの石の面にもわずかな水の膜の煌めきが見えており、「あそこだ」と一刻の猶予もなくレイの魂はそこに降り立ち、どうなるかは分からないが、すぐに水飛沫の残っている石の面の広がりに「チャカーナ」の階段十字の相と、その中心にレイ特有の個人的印しを、念を込めるように打ち込んだ。この形はレイにとって最も強く思念しえる図形でもあった。すると幽かな水の膜に太陽光の反射とともに幻のように浮かぶ「チャカーナ」めく形の揺れが現れたように思え、それにパチャは果たして気づいてくれるだろうかと僅かな望みをつなげた。あるいはそこでケンテ・パチャ・アイの体しているという守護体の誰かがその幽かな水の波動に気付いてくれれば、パチャへもそれは伝わるかもしれないと思われた。

遺跡を進んでゆくパチャ・アイは、何故かこれからクスコへ帰ろうとしているレイのことが気になり、理由は分からないが彼ともう少し話そうという思いで、急いで後を追って遺跡の入口への道を進んで行った。すでにその時のレイはシャトル・バスのあるところまで達し、乗り込んでいた。だが発車の時刻にはまだ時間があり、その間にパチャは充分にそこまで行けると考えていた。パチャがそうして石積みの建物の横を抜けてゆく途中、パチャにしかまだ明かされていない彼の守護体の一人、ソルポ・パチャが、普段はケンテ・パチャという意識の中には現れてこないのに、急に彼の深層界の、深い記憶の実体の一つとして浮び上がってきた。

「ケンテ、そこの水汲み場に残る水跡の面を見よ」

急にそうした意識が現れて、ケンテ・パチャは通り過ぎようとしていた古い水場の一つの石組みのほとりに薄く煌めきながら残されている水跡の広がりに目をやった。するとそこにはパチャと同じ師から与えられたレイ独自の「チャカーナ」の紋章と印のようにも思える、か細い線の顕れが、水の面の不規則な光の反射の中に、ふと読み取れるように感じたのだった。そしてそのとき、そこに意識を強く置いているレイは水の光の面にか細く揺れるような「チャカーナ」の幻影を、スッと、そのままわずかに水の助けを借りるように、一つの幻として、そこから見えている段々畑の上方へと飛ばした。ケンテは、その影の動きに驚き、同時にそこにソルポからの意識の声が聞こえてきた。

「レイか……何かが、畑の上にいる」

「はい……」

パチャ・アイが先ほどから奇妙な感じを受けていたことを、彼自身の深層界の記憶体の一つであるソルポ・パチャから思念として受けたとき、パチャ・アイは、そこで帰ってゆくレイにはまた後で家の方へ電話でも出来るだろうという判断のもと、そこから遺跡の上部にあるもう一つの石のゲートの方へと進路を変えて石段を少し登り、そこで立ち止まった。そしてもう一度、段々畑の上空を目を細めるようにして見た。パチャはレイの「チャカーナ」の紋章めくものの幻が飛んでいった方向を、そこであわてることなく呼吸を整え観察していった。

ケンテ・パチャ・アイの内には、彼にとっての前世体ともいえる特に明確な三体の相を持つ深層の記憶が、時々彼を助けるようにして浮かび上がってくることがあり、ソルポは、まさにインカ帝国の初期にシャーマン（アマウタ＝賢者）としてクスコの地を王祖の二代目の一族とともにさらに開いてゆくときに生きていた、記憶の過去体の一つだった。パチャ・アイ自身が自己の全ての能力を開いていこうとするときには、彼の過去という時間の全ての記憶のエッセンスが彼の中に溢れてゆき、また、肉体を持っている彼自身には波動として気がつかないような何かが迫ってきた時などに、危険の度合いとして必要なら、スッと守護体の誰かが現われて的確な指示を与えてゆくことがあるのだった。しかし、そうした過去体の記憶とは、次元を超え、時を超えて現れてくるのではなく、現在という時におけるパチャの活動の奥から意識へと現われてくるものとして作用しているのだった。ソルポはケンテ・パチャの一部として現れ、その波動が強くなっていくとき、それを見ることの出来る人もまれにいるようだった。レイ自身も過去に何度かパチャ・アイの守護体の影を彼の周りに見ることがあった。しかし、「時間」の場所の違う、レイの魂の属しているはずの未来の時間域と、そこから見て、ここ、一ヵ月前の時間の中にある物質実体として存在しているパチャ・アイとそこに現れる守護体の意識の時間は、やはりお互い魂の領域における存在の相似性は持ちながら、それでもどこかに微妙な時間性の中での次元の違いが発生しているようだった。そこでソルポにも、明確にレイだという確信は見えてこないのであったが、どうもレイの魂の発する幽かな感覚はケンテ・パチャよりも感受できるようだった。
パチャはそうして暫く、その水場から少し登ったところに立ち止まり、そこから見える段々畑の上の空間を思念をこらすように見ていた。そしてゆっくりと、また遺跡上部の石のゲートへと登り始め、時々空を見上げていた。そのころには、すでに、あの異様な感受性を秘めている東洋人の男は、マチュピチュの全景を眺めながら静かな思いの中にたたずんでいた。

メビウス
メビウス
微光はめぐる

ʘ
植物たちのかたる精霊言語のかぼそさにみちた静寂へ耳を澄ます
洞窟の闇の奥の発光生物も光をつくり出す本能を何処からか学ぶ
何故ここに生まれたのだろう、千光年先の小さな惑星の夜ぞらよ
「さあ、右か左か?」の連続の時と ここまで来ていた本能の微光 ʘ

さて「不二」の「岩長のタプティ」の最初の入口付近まで、元気な様子で新しい仕事を感じている水闇を先頭に、何とか、ふらふらするレイの躰を押しながら登って行ったパチャ・アイは、すぐ先に、下草に隠されてほとんど外の状態の見ることの出来ない風穴の小さな入口を見上げながら、まず最初に水闇を外に出していいものかどうか少し迷った。水闇はレイの手を引きながら、そこでもまた少しずつレイという生命体の持っている無数の細胞情報の何かを自身の内へと、レイへの危害はまったく及ばないように制御でもしているのか、ますますレイの着ている赤いポンチョやブルージーンズの生地に似た質感も感じるような外装と、ちょっとウェーブがかかっている髪の感じなど、外の光が少し入ってきている入口付近では、あまりにもよくレイ自身の身体的特徴がそのままに、そこに双子のようにもう一人いるのを、パチャは見ていた。ただ水闇の微妙な赤味のさしている頬のところには、五ミリほどの黒い植物の種が皮膚の薄い膜の中に埋まっているのがそのまま見え、また目つき自体にも、やはりそもそも光に慣れていないはずの水闇ゆえか、時々どちらかの眼球が違う方向へ向けられていることが見てとれた。水闇はここから外に出て、そのままどこかへ逃走して自由に自分の外界活動を開始してもいい状況ではあるのだ。この水闇の活動は、なぜかこの山の神様たちが許しているところもあるようで、このまま水闇が外へ出て、そこで別れてゆくのも有りうるとパチャはみていた。

「水闇、先に出な」

「はい、パチャさん」声がかなりレイの声に近くなっていた。

「外で一応、待っておいてくれ」

「はい、パチャさん」

そう言って水闇は、両腕を、急にすぼまってゆく入口の溶岩の岩が五センチほど外へ出ている所へかけて、そこから下草をかき分け、すぐ近くの小さな木の小枝の葉の横へと頭を出し、スッと緑の光の広がる外界へと出て行った。そのとき遠くから「ギッ！」「ギッ！」という声のようなものが聴こえた。

「あれを白眠といったか」

パチャは、少しボーとして腰をかがめたまま両手を前の岩につくようにしているレイの躰の腰あたりに手をまわし、

「さあ、一度ここを離れよう」

と言って、ゆっくりレイに両手を伸ばさせ、入口の岩を摑ませ、頭をそこにぶつけないように注意してやりながら、まずレイを外へと押すように誘導し、自分も右手で岩を摑みながら

ゆっくり出ていき、緑色の広がる空気の濃い元の外界へと踏み出していった。すでに正午からは三時間近くの時が過ぎていて、初夏の陽射しは西よりになっていたが、三本の大きな樹木で守られているような緑の空間からも、その位置が木漏れ日から充分に分かった。

パチャの陽に焼けた黒っぽく異様に後ろへ伸びている後頭部と、アジア人のようにも見えるときのある表情とその目は、一つの危機は脱したように思えるけれども肝心のレイの本体の魂の行くえがそこからも分からず、緑の光にあふれている入口近くの草の上にカーキ色の服のまま腰をおろし、その横の少し平なところですぐうつ伏せになり眠りこもうとするレイの躰を見ながら、まだ暗く強い光を宿していた。レイをこのままひととき眠らせておこうかとも思いながら、パチャは、そこから三メートルほど離れたところに立ってこちらを窺うようにしている水闇のみごとな複写身体へと注意深く目を向けた。その視線の遠く向こうにある一本の樹木の高い枝葉の影には、先ほどの白い面の一部がこっそりこちらを覗き続けていた。

精霊めぐる

メビウス

メビウス

精霊風土のなかへ歩みゆく身に言葉の消えて、そこは星々の滝壺
都市に黄砂のカルマ降り、新緑のなか咽喉に砂漠の孤独がのこる
ビル群の横に大きな原始の月が懸かり石英ガラスから精霊の飛ぶ
山頂に懸かる月の光が大きくふくらみ冷気の精霊は都市へと流れ

一ヵ月ほど前のマチュピチュ遺跡において、そのときのパチャの注意を何とか段々畑の上へと引いてゆくことのできた魂としてのレイは、パチャの登ってくるのを待ちながら、東洋人の男の傍らで、この過去の物質界に流れてゆく風や太陽の光や様々なところから飛んでくるエネルギーの飛沫を、一つの影絵のようにも感じつつ、これからパチャに対して試みようと思うことの可能性を測りながら懸命にそこに視界を保ち続けていた。そしてその中で、すぐ自然に伝わってきてしまう東洋人の聞いているらしい〈時の残留思念〉のような波動にも意識を少し向けてみていた。すると何か聞き覚えのある声のようなものがレイの魂の方にも漏れてくるのだった。そして同時に、この東洋人の男を、どうも一ヵ月前のクスコや、すでに時間の感覚の失われてしまっている〈今〉においてはすぐにピンと来ないのだったが、つ

い五日ほど前にリマからまず北米へと旅立つ時の飛行機の中などで何度か見かけた記憶がサッと魂の中に鮮やかに蘇ってきたのだった。（この男は、あの時の人だ！）

――太陽を繋ぎとめ、太陽へとのぼる銀の紐を結ぶ。
――アプー神の息吹を、この岩へと移し、我らは祈る。
――何ゆえに白い肌の神ケツアコアトルは、我らを滅ぼしゆくや。
――逃げよ、逃げよ、その断崖の道を奥へと逃げよ。

様々な声のようなものが、その段々畑の頂きの場所へと静かに、また激しく集まってくるようだった。この男はカメラを提げているにもかかわらず、ほとんど写真も撮ろうとせずに、その場所の空気をゆっくり吸う時間の方を大切にしているふうでもあった。彼は立っている所からあまり動くこともなくスリリングな全景や遠くの山々を手をかざしながら見続けていた。そしてそこに一緒になっていた観光客の何人かが遺跡の方へと降り始めたあと、この男も動き始めた。遺跡の南側に残っている岩の切り出し場を眺め、前方の切り立つ犬歯のようなワイナピチュの山に目をやりながら、少しずつ遺跡の上部のゲートへとゆるやかに降りてゆく石段の路を、男は歩き出した。レイは、スッと、このなんとなく縁のある男とともに移動し、その路を下方から登ってきているパチャの黒のポンチョ姿に目をやった。そこからこの男の意識自体が、何故かスローモーションのようにゆっくり微動してゆく時間域の中へと入って行くのを、一種、驚きの共感とともにレイは視界の中に捉え続けていた。

〈❖26　軽く飛ぶスピリット〉

我々は、概ね、**光速度**という限界における時間のズレの中に存在している。視覚（視界）においては遠方にあるものほど、それはすでに**過去**のものとしてのみ存在している。ある出来事がすでにその場所で起こっていて、それが光速度に乗ってこちらに伝播するまでに、かならず時間がかかる。太陽を一瞬見上げても、そこにある光熱球は八分二十秒前の過去の太陽の姿だ。（お月様は約一・三秒前の姿）。夏の高原の澄んだ夜空に広がる特に明るい星々は、ほぼ数十年から数百年、またそこに流れてゆく天の川の薄い気配は、射手座の中心部辺りで約二万五千年前に発生した過去の光を眺めているにすぎない。後期旧石器時代にそこから発された光が、ようやく届いてくるのだ。そうして澄んだ夜空を見上げる度に、そこにある無数の距離・時間のズレが瞬きながら射し込んでくる。しかし、それを我々は強く実感することもなく、「今、同時に届いてきた、在る光」として、水晶体のレンズを通して網膜へ、さらに脳内に信号として神経は伝達してゆく。

宇宙を何百年、何万年と旅して、連続して届いてくる光子（一束の光量子）を、一センチほどの水晶体レンズが見事に受感してゆくのだ。また、逆に、地球レベルの近距離の空間において、人工衛星の周回速度の影響によって生じる電波の周波数のズレを補正して使われている全地球測位システム（ＧＰＳ）なども、そこに速い「速度」が関与すると極々わずかでも電波波長のズレが発生し、それによって搭載されている「(原子）時計の時間」も僅かにズレてゆき、正確な位置の測定が出来なくなるということがあり、それは光速度という限界の問題ではないけれども、やはり**空間と速度**の関与する**物質時間**のズレの現象としてあるといえる。（その補正にはアインシュタインの特殊相対性理論が使用されてゆく。また、さらにこの領域での「時間のズレ」には、地球の重力作用における、地上の方の重力の強さによる「時間の遅延」という要素も作用していて、その補正には一般相対性理論が使われていて、それを含めての二重の補正がなされている)。こうした様々な空間の距離とそこを進む速度の問題、また作用する重力の問題は、宇宙空間における「時間の相」の現れについての問いともなってゆく。また、そうした様々な（伝播・伝達）時間のズレという現象は、物理学的現象としてあるけれども、それを生命存在の領域においても見ることが、或いは可能だろう。少し記したように、何百年とかかって届いてくる星の光の一粒が、我々の目の水晶体へと入り、そこから網膜を通り視覚神経の伝達信号へ変化していき、それによって造られてゆく脳内の様々な**クオリア**を、さらに総動員して構成される視覚・知覚像や星の光という現象世界についてのリアルな認知にも、やはりかならず微細な構成速度のズレが発生しているといえるだろう。そうした様々な、遠大なものから微細なものにおける、実体とそれが伝達されてくる間の**時のはざま、時のズレ**の発生に、我々は終始囲まれ続けているのだ。そうした存在の中で、その「(差異)存在自体」に切り込み、切れ目を現わしてゆくような**存在の（超光速的）仮体**とも云うべきものは、果たしてあるのだろうか。

メビウス
　メビウス
　　魂量子めぐる

魂量子にもパッケージされた量があり行ける所、見える物が違う　（＊1）
魂量子も光の如く媒体なく伝播出来るのか、感情の熱度は上がり
生物領域に魂量子は発生し、光を捉える重力がやんわりと捉える
DNAのある如く無数の魂量子の作用する場にも四縁《塩》基はありや

パチャは「不二」の北面の原生林斜面に秘められている「岩長のタプティ」から出たのち、虚ろで眠っているようなレイの躰を見ながら、水闇にはひととき休み、しかしこの樹木の三角域からは出るなと伝え、何故か素直にパチャの云う事をよく聞く水闇の真意は測りかねながら、自分もその安らぐ風と空気に満ちている樹木の空間に座りなおし、隠されるように置かれていたレイのショルダーバッグを引きよせて、そこに肩に回していた懐中電灯を入れなおし、中に入っている何か細々としたものなどを少し見た。その時にレイの大切なものを入れていると何となくわかる小さな木箱を見つけ、その蓋を開け、一センチ程の直径で二センチ程の長さの小ビンを注意深く取り出し、それはたぶんティティカカ湖の聖水を入れているのだろうと思い、少し透かして見たり、また小さな赤色や黄色の石を使った二つの対のピアスなどが、そこに大切に、綿製の布やクッションにした白い綿などに包まれるようにして入っているのを見ていった。ショルダーバッグの中には、他に中型のペットボトル、まだ手のつけられていない白いビニール袋に入れてあるサンドイッチのパック、またパスポートやカード類、さらに一センチ程の丸くて赤いコーヒーの実が一つ、何故かバッグの隅に転がっていた。三色のピアスの中からレイは青玉のピアスを選んだのだと、改めて眠り始めているレイの耳に付いているピアスを見た。そしてパチャは、自分のカーキ色のパンツの後ろポケットの中に突っ込んでいた黒の大きなニット帽を取り出して、すぐに頭に深々と被った。かなり動き続けたことによる汗は、狭い風穴の中の冷気とともにもう引いていたが、外界に広がってゆく初夏のやんわりとした暑さは感じられ始めていて、それにもかかわらず、その黒のニット帽で不思議な頭部を深く隠した。また座りなおし、自分の近くで横になり、手足を伸ばして完全に寝入っているような規則正しい寝息をたてている長身のレイの躰を見るともなく見ていた。レイとは一ヵ月前のマチュピチュで三時間ほどいろいろ話して以来の、この異国の山裾での可笑しな形での対面となった。

「レイは魂をどこへ飛ばしたのだ」

この風穴へたどり着く少し前に、上空の「不二」から示されてゆく円い光の中の〈情報時空〉に飛び込んでゆくレイの魂の光体を下から感知して、ちょっと冷やかし半分に自分の意識も瞬間その中を覗きに入ってゆくイメージをそこへ飛ばしたのを思い出しながら、しかしパチャにはレイ自身に何かが起こる可能性のあることをあらかじめ知っていたことを、そこでもう一度、その気がかりの発生した時の細部を、今度は別の一体の白眼が前方の樹からさらに離れた所にある割りと細い木々の並んだあたりの下草に身を潜めるようにして、幽かに仮面の端をみせながらこちらを覗いているのを、少し意識して見て、また考えていった。

『不二……、岩長の風穴』

という短い思念が、あの時、ふと擦れ違ってゆく寸前にはっきりと目の合った東洋人の男の瞳の中に、一瞬幻影のように浮かんでスッと消えていった小さなレイの風姿とともに、風の中から届くようにケンテ・パチャ・アイの頭の中をよぎって行ったのだ。あの一瞬に確かに懸念の始まりがあった。そして確かに「パチャ・アイ……」という自分の名を呼ぶような遠いところからのレイの声が聞こえた気がしたのだ。その東洋人の男自身も何か無自覚な動向を秘めているようで、自分ではまったく意識することもなくマチュピチュの聖域の波動をそのまま受けていく人が時々やってくることもあり、この男はそんな数少ない来訪者の一人のようだった。そしてケンテ・パチャと擦れ違ったときには、この男の内部時間の動きが強い変化を始めているのを見てとった。パチャはそのまま段々畑の上まで進み、ソルポ・パチャの示した畑の上という言葉のまま、そこで止まった。しかしそこでは、すでに上空に感じていた「何モノかの気配」ももう感じることなく、またレイの乗ったシャトル・バスは発車してつづら折りの坂道を下ってゆく途中であろうことも、そこからは見えなかった。パチャはこの選択で良かったのか少し不安に思えたが、まだ生身の状態においてはテレパシックな能力は低く、すぐそこのホテルから携帯電話を嫌って持とうとはしないレイがクスコの家に帰り着くころを見計らって電話をしてみようと考え、めずらしくパチャの周りに三体の〈過去の意識体〉が浮上してきて全力でパチャがここに発生してきていることを捉え直そうとしているのが窺え、その中で遺跡の全景をパチャは一人立って精査し続けていた。やがてそこにパチャの予定していた二人の赤や黒っぽいポンチョを着た仲間が、山のインカ道を通って、まさにその場所へと降りてきていた。

そこまでケンテ・パチャは思い出し、やはり薄々感じていたように、あの時、自分に信号しようとしていたのは、現在ゆくえ知れずになっているレイの魂の実体であった可能性を深く自覚していった。とすると、「レイは、今、あのときのマチュピチュに還ってしまってい る…」と気がつき、そこからここで眠っている現在のレイのあとを、特にこの四日間、急いで追うように日本まで表の仕事のこととその裏に発生してきている別の問題のことも含めて、リマから米国経由でやってきた自分の行程をもう一度確認していくのだった。

「レイは、今、あそこにいる！」

膨大な全宇宙の物質集合の只中に、ただ一点の〈非在〉素粒子のような「未来の時」が、そこで、その時、踏み迷い続けていたのだ。

〈❖27 時間の秘密〉（Cg15）
我々にとって肉眼で見える天体の光とは、お月様も含めて、ほぼ「過去」の存在をそこに証明するものとしてあり、またその肉眼自身も、造られてゆく脳内の映像（**ホログラム**）として、ど

こかにわずかなズレを秘めながら結像しているという、そうした様々な差異の只中に我々が在ることは先に記したが、しかし、その存在のズレに基本的に戸惑うこともなく、それが自然な感覚として、この永い地球の時間の中に、ある意味で「現在」のみを共有しながら我々は交信し続けているのも確かだろう。（地球面上における視覚も含めて光速度で交わされている無数の交信自体は、そのズレを意識としてはほぼ感じなくてもいいということだ）。この地球という空間においては公転軌道における一年間や、様々な地域での季節の現れ、月の満ち欠け、一昼夜・二十四時間のリズムなど、様々に故知らず共有してきた**時間の層**が永い生命体の内部にも作用し続けていく時間（体内時計のリズム）として、深く我々にも刻みつけられていて、これは地球という惑星上に、その運動と共にたゆたっている一つの「**時場**」があるということであり、この「時場」は我々にとって全宇宙の中で唯一の共有時間として存在している場所でもあり、ここにはまた四十六億年の時間の層も我々と共に眠り続けているのである。そうして、この同じ場所に眠り続けている時間は、さらに全ての有機生命の故郷としての宇宙アミノ酸の浮遊し続けていた永き育成の**宇宙時間**も含まれていくといえるだろう。地球という惑星の常に共有し続けている「時場」の中には、こうして我々の交信し得る「現在」の場とともに、永い永い「**大過去**」（それは宇宙年齢の百三十八億年）ともいえる時間の層が同時に動き続けていて、そこにやや遠い過去からの星々の光や大量のニュートリノなども次々に到着してくるのだ。そうして我々がフッと故知らず脇見

をしたとき、その時間の中に、どこかの銀河からのニュートリノの数兆個かが我々の右脳を横切っていて、その空白の時間の隙間に、自分の現在にはまったく関わりのないような不思議な印象が、遠い過去或いは未知の彼方から飛んでくるかのように映像として浮かぶこともあるのかもしれない。むろんそうした印象は一つの幻想にすぎないが、我々が測り知れない「大過去・(大時間)」とともに現在という日々を生きているという事実の文脈は、具体的にこれからの様々な個別科学がさらに明確にしてゆくことと思うし、その中で我々は、より「現在」の深さを知り、そこへ入ってゆくこととなる。

メビウス
メビウス
種子はめぐる

ᘐ 在る物質の手ごたえはすべて脳ホログラムの造り出す実感の空像（＊2）
「唯識《ゆいしき》」よ ホログラムの遠い弟子を得て香りを放つ風のレーザー
苦悩や感情の泡立ちの規則性も分子反応と見てみようと「唯識」
シナプス・ニューロンの如く連なり揺らぐ銀河団の白煙が夢見る ᘏ

マチュピチュでの意識体のレイは、東洋人の男の方へやってくるパチャに一瞬の信号を、その時空の中へ送れたと思ったあと、そのまま意識がスッとどこかへ流れてゆくような微弱な感覚が起こり、すぐに空間の揺れにねじれるように巻き込まれる感覚ののち、………気がつくと、自分も何度か行ってみたことのあるナスカ台地の地上絵を見降ろす辺りに浮かんでいるらしいことを知った。先程の東洋人が、マチュピチュに来る以前に、いつかナスカを見て来ていたようで、その時に買って、厚手のシャツの前に首から下げていた、小さな石に彫られているハチドリの図のペンダントのことが、あの時の一瞬の後、印象に入ってきたようで、その石のもつエネルギーが意識の力の急速に弱まった自分に作用し流れ込んできたのかもしれなかった。

「パチャは何とか反応してくれていた……、ソルポといわれる過去体も気づいてくれた」その感触から次の方法も見えてくるかもしれないだろうし、また自分自身の内的なエネルギーが回復していけば、この過去の時空領域から自分の躰の息づいているはずの、あの「不二」の洞窟の下へと強くイメージして戻ることも可能かもしれないと思われてきた。下方には午後の冷たい日光に照らされて、白い線として見えるコンドルの絵や渦巻きの尾を持っている猿、また飛行機の滑走路のようにも見える細長い四辺形の図形などが様々な方向に伸びてゆく沢山の直線などと共に描かれていて、レイは、実は、こうした制御されていない急激な移動のもたらす不安を感じながらも、太陽の位置などの感覚から、ここの時空は先ほどのマチュピチュの時空と変わらないだろうと思い、あの時の身心実体としてのレイが列車に乗ってクスコへ帰ろうとしている時の前後辺りだろうとして、やはりもう一度ここから自分もクスコへと戻ってみようと思った。よく見える一本の線とその近くの少し薄いハチドリの絵の嘴の方向を一つのヒントとして、意識的にクスコの方角を向き、そこでクスコの橙色の瓦屋根の連なりをまた強くイメージした。

するとこんどははっきりと視界の間近に一メートル程に見える白い線の輪が現れ、すぐにその中にクスコの町の景色がユラユラと見えてきて、それがさらに明確に浮かびあがると、レイはそこへ向けて飛び込んで行った。白い線がスッと流れるように、そこを抜けると、レイは、またつい先ほどまで、そのクスコの上空に浮かんでいたような思いとともに、青く晴れた空の下に広がる、道筋とともにピューマの形を与えられている町の全景を見降ろしていた。このイメージの固定による移動の方法は、よく分かっている場所においては最も安全な方法であり、レイが異界について少しずつ師から学んでいった時に、ある時期から最も大切にしていた方法だった。そしてこの過去の時間の中でも、あわてずに明確な手順を意識しえるほどにはレイの心も落ち着き始めているのだった。クスコの町並を見降ろしながら、今度は自分の思い出の詰まっている母の家には向かうことなく、町の近くの丘にあるサクサイワマンの巨大な岩積みの遺跡へと降りて行くことを選んでいった。

自分が「岩長のタプティ」において躰から抜け出して、「不二」の中空へと飛び上がっていった「時」から、果たして、この内界の自分の「時」は進んでいると云えるのか、或いはまったく止まったままの中、〈時間の無い時〉の中に在り続けているのか、自分でもよく分からなかったが、この〈無の光体〉の時の中においても、自分は確実に一つ一つの体験を積んできて、ここに在るということは充分に感じられるのであった。レイは少し自ら休むように、サクサイワマン遺跡の巨大で滑らかな岩の構造のジグザグな連なりのひとつに座るようにして落ち着き、そこで外部の時空の少しずつ変化してゆく物質の流れを見続けていた。

この時空のパチャは、まだマチュピチュにいるだろう、また自分自身は午後三時二十分頃の列車に乗ってクスコへと帰り始めている時の中にあるのだろう。あの時、あの列車の中で自分は何を考えていただろう。その「時」に、自分の未来時間における魂がかたわらを動いていたなど、何事かの不可解な印象としても考えることは出来なかったのだ。かなりの異界探査の目の能力もすでに師のもとで訓練してきたつもりだったのに、もっとも近い波動を持っているはずの未来の自分の存在を感じることはほとんど出来なかったのだ。

「時間」とは、身近な空間や、その場所に関与している異界などよりも、何かもっと得体のしれない意味を秘めている現象を表わす言葉であるということを、〈無の光体〉の、現在のレイは何となく感じ始めているようだった。

❦在ることを見詰める昏冥の最中、虹の炎のふちが口の中から昇り
燃ゆる虹の駆け抜けるなかに取り残される一人一人の内側の視力
物質はすべて〈無〉の蜜蜂の翅音として現れ和音体が静謐に飛ぶ
思いや言葉も無数の音楽として現れいつか無音の虚空の源をゆく❧

（❖）（＊3）

（❖28 在ることを）

我々は「全過去・大過去」という時間の領域に包まれて、現在を地球惑星における共時的時間の中で生きている。我々にとっては、ここにのみ概ね時間的同一性が与えられているといえる「時場」がある。この「時場」における十九世紀後半という過去の中で、ニーチェは、その当時研究されていた熱力学における分子運動及び分子配列などの議論が彼に印象として与えた、「同じ分子配列の再現」（＊4）というイメージを発想のインスピレーションの一つとして、またギリシャ哲学から一つの思索の流れとして底流し続けている**永劫回帰**（＊5）の思想を、そこに永遠の概念も含めて用いていった。運命愛という内部のテーマがそこにあるとしても、その思想自体は、しかし一つの幻想・（発想）にすぎないだろう。永遠という時間の中では、こうした「現在」及び「自

己の人生」が寸分違わない姿で出現してゆく全宇宙物質の組み合わせが一度ならずも二度、三度、いや永遠の概念の中では無数に繰り返されるという、それは自己の生命どころか、全宇宙の全ての生命・物質の存在が、ある時おなじように繰り返されるがごとく現れるという超幻想であり、またそれは繰り返される無益さにおいてすら、その同じ運命を愛する肯定の力が底にあるという、ニーチェの内部において発想されているものだ。しかし熱力学的分子運動などの理論から当時あらためて着想を得たとしても、こうした発想を思想の基底において意志してゆくという方法は、どこか永遠の香りはやってくるけれど、（また、ギリシャ哲学の時代では何らかの原点的意味あいはあるだろうけれど）、やはり狂気にも似た幻影が漂い始める気がしてくる。そしてそこには一つの発想の方法として使っているのかもしれないが、時間概念を様々に問い返してゆくときに現れる「無謀なる相」の一つはあるだろう。また、ニーチェの用いた超幻想と少し似た説として、現代の宇宙論においては、量子的多様性、ズレの中で生まれ続けてゆく**平行宇宙**《パラレルワールド》の幻想が物理学的発想の基盤の中で語られることもあるが、こうした確率的選択によって瞬間、瞬間分岐してゆく宇宙なども、やはりあまり面白みはない。その仮説に物理学的推論は働いているだろうけれども、自分としては個的な意志を持った過程が何をこしらえてくるのかが基本的な未来の夢として見えてくるものに、**法（ダルマ）**そしてカルマを含めた面白さをやはり存在として求めてしまうのだ。永劫回帰という幻想にも、繰り返される「現在」の不思議は秘められているが、ダ

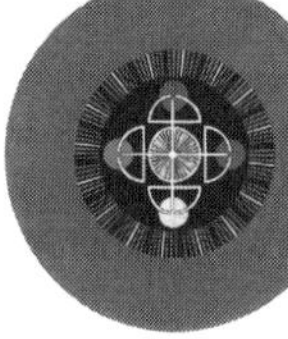

ルマや意志の垣間見える「未来」はない。

さて、現在という「時場」の中に生きている我々には、過去圏及び「大過去」という領域は、言葉の獲得（記憶の文脈の構成力）やサイエンスの探究とともに少しずつ構築が可能な時間域として語ることが出来るのであるが、逆に、この「時場」において**未来時間（圏）**そのものが信号を（以前の**タキオン仮説**のごとく）届けてくるという幻想仮説については、習慣・予測・予定・願望・意志など以外の事柄として、現在、それはどう考えるべきだろうか。残念ながらやはり観測装置の設定ミスであったという結果に終った（＊6）、「光速度を超えるニュートリノ」という現象がもし仮に有ったとすれば、「事象」が光速で伝わってくる以前に、感知・観測の困難さはあるが何らかの「先触れ」がわずかな時間のズレの中で、ニュートリノ粒子を通して現れるということも有りえるのかもしれない。しかしその場合でも時間のズレの差は途轍もなくわずかであり、何百光年という宇宙的距離の中でなら充分にその差異は明らかに出てくるだろうが、地球レベルの距離における具体的事象について、何か推論できるという程のものではないことは確かだ。

さて、ここまで様々な角度を持つ（❖ナレーション）において少しずつ探ってきた**タプティ概念**とは、基本的に「時空」を超えようとする概念であることから、こうしてフラグメント的でしかないけれども「宇宙的場所」や「時場」の在り方も見てゆく過程となったが、それらを超えてゆく場所自体は、生身のヒトにおいては真性のシャーマン以外に立ち入ることの困難な「不可知の領域」でもあろう。それを承知しつつ、また〈物語〉として、ここから先のさらにめぐってゆく〈問い〉と幻想譚は、次段の「**タプティ詩篇**」、（その中では或いは別の方法意識を用いていくかもしれないが）、そこで進めていければと思う。（Cg16）

§

その夜の七時過ぎ頃にクスコへと帰りついたレイ・ノーアは、駅からの長い道をゆっくり歩き町中へ入ったあと、ひとときある小さな広場の石の椅子に座って自分なりの考えをまとめていった。そののち母の家へ戻り、帰ってきていた母を前にして少し遅い夕食をとりながら、パチャとの久々の再会が出来たことを話し続けていた。母は昨日ラ・パスから帰ってきたレイと、その晩はよく様々な話をしていったが、まだ肝心の、これから向かおうとしている息子の旅のことについては、よく聞けないままであった。昨夜、簡単にレイは、あと四日ほどクスコにいて、それからまずリマまで行き、現在の治療院の院長の用事でしばらく仕事をして、そののち二週間ほど東洋への旅に出ると話したくらいだったのだ。にこやかに夕食を食べ続けているレイを見ながら、父親によく似た髪と顔つきの中にも、時々ケチュア族の若い男の見せる表情を感じ、この子は、これから何処へ向かってゆくのか、まだ母親としての予想も出来ないままだった。またレイ自身も、シャーマンとしての自己の思いはほとんどこれまでも母親に見せたことはなく、民間医療のかなりの治療能力をもっているらしい現在のレイの姿のままに母親とは接していた。レイはそうして話している中で、明日はクスコの分院でしばらく用事を済ませたあと、夕方からこの地の幼馴染みと会うことを母に語っていた。そうして彼は少しずつ旅への出立前の大切な準備の時間を、このクスコで一つ一つこなしていた。またその夜にパチャからの電話がなかったことは、パチャ自身の思いの中で、何かの判断が生まれつつあることを示すのかもしれなかった。何らかの簡単な思念を送ることは可能なのだろうが、ただパチャが現時点でレイに言うべきことは「よく注意しろ」という一言だけであったろう。そしてパチャは一族の別の仲間たちとともに、マチュピチュからさらに深いアマゾン側の場所へと、その夜から移行し続けていたはずだった。レイは母の静かに微笑んで自分を見つめてくれている姿に、明後日の少し余裕のできる午前に、しっかりと思いっきり様々なことを話しておこうと思った。

8

その翌日、朝食を母と済ませたレイは、一緒に家を出て、母は学校へと向かい、自分はクスコの町中のわりと賑やかなところにある民間治療院へと向かって行った。そこで院長である、かなりの先輩格のガルシア・パレーデスに久しぶりに会い、新しい治療のための薬草のことや、その成分などのことを、まず様々に伝えていった。その途中から新しい若い弟子のひとりも加わってきて、レイよりも少し年下のケチュア族の男も興味深そうにレイの持ってきた新しい薬草のことを聞いていた。そのうちに一人二人と腰に痛みのある男や火傷をおった女、またお腹の調子の悪い男などがいつものようにやって来て、レイは一緒にその一人一人を院長とともにみて、様々な治療をしていった。またレイは自分の考えた新しい整体・指圧の方法も院長や若い仲間に教え、その効果なども一つ一つ、若い弟子自身の手足、背中、腹部、首、頭部を実際に指圧しながら教えていった。

夕刻になると、レイはこれからクスコの幼馴染と待ち合わせていて食事をしますと言い、分院の院長と弟子に別れを告げ、ゆっくり何となく顔見知りのいる町の中を、ちょっと高級な郷土料理の店へ向かって歩いて行った。レイは黄昏のきざし始めている町の中で、まだ待ち合わせの時間には少しあり、また暫くこの町の夕景を歩くことは出来ないだろうと思い、少し遠回りしながら懐かしい路地を伝って、ゆっくり約束していた店へと向かった。そして三十分ほども歩いたのち店の中に入ると少し前に友人は来ていて、窓際の二人掛けの隅のテーブルからレイを呼んだ。友人はクスコで長くそのまま生活を続けていたレイの幼馴染みで、レイがアマゾンのある町へ行き、そこの伝統的なシャーマンに弟子入りして学ぶことになる時まで、よく遊んでいたケチュア族の少年の一人だった。この頃はアジアからも多くの観光客がやってきていて、サクサイワマンの丘の広い草地の一角で、クスコや近くの町からのシャーマンたちも、そこで占いのパフォーマンスをしているということなど、友人は誤解もあるけれどもレイのためを思って、クスコの最近の出来事などをいろいろ語ってくれた。そして来年の「インティ・ライミ」の時には、レイに必ず帰ってきて一緒に祭りに出ようと強く誘ってくれていた。そこで三時間ほど二人は食事をし、様々な他の幼馴染みの話もしながら、友人はこれから少し実家での別の用事が待っているようで、また明日の昼にでも会おうと話して、その店から出て行った。レイは一人で店にもう少しいて帰ろうと思い、簡単なサラダなどを追加した。テーブルにはまだトウモロコシや肉の料理も残っていて、ゆっくり食べて帰ろうと考えた。それは、また、友人と話し始めて一時間くらいしたときに、彼らのテーブルから離れている大きな予約席のようなテーブルで、七人のペルー人たちが待っている所へ一人の東洋人が案内されてやってきて、そこで送別会のような集まりが始まっていたのを、何となくレイは興味をもち、時々見ていたからでもあった。そこから聞こえてくる話の印象から、東洋人の男はクスコ近くで彼らとともに仕事をしていた男のようで、丸顔の、親しみのもてる男だった。その会での、主にスペイン語による会話や東洋人も学んでいるらしいケチュア語も使った会話は、いろんな波と盛り上がりをその一角で見せていて、ついレイも友人と話しながら彼らの方を時々見ては何となく楽しい雰囲気を感じていて、友人の帰った後でも一時間、二時間という時を、明後日からの旅の予定を様々手帳で確かめながら、まず三週間を使うリマでの行動や、それから向かうことになるまったくの異国の地・日本への思いを確かめ続けていた。その間には、歌を唄っている東洋人の男が、どうやらその日本人らしいということも分かってきて、あの人の良さそうな雰囲気はどこかで見たような気もしてくるのだが、遺跡保存のための石材・土木を中心とした技術者のようで、これまでクスコの南東にある遺跡での仕事を主にしてきたようだった。しかし時々、ペルーを離れる前にもう一度行っておきたかったというマチュピチュ遺跡でのことを話しているらしい短い言葉が、レイの耳にも小さく届いてきていた。その時、ふとレイは、何か透明な空気の揺らぎが一瞬自分のかたわらを過ぎっていったような気がしたのだが、それも手にした、実はほとんど一人では飲むこともない、少し残されているチチャの入ったグラスに反射した天井のライトの光の流れと心地よい酔いのせいであろうと思った。

8

レイが夜の十一時過ぎに母の家へ戻ったとき、母は、何故かその夜にかかってきたパチャからの電話のことをすぐに話した。やはりどうしても一言、パチャはレイに何かを伝えたかったらしい。しかし、パチャが母に伝言したことは、「日本への旅は、充分に気をつけるように」ということのみであったようだ。パチャは詳しいことは、そこでは話さなかったのだ。また、明日の朝に電話をするかもしれないが、九時までに出来なければ、電話も携帯も使えない領域に仲間たちと二、三週間は入ってしまうので連絡は難しいということだった。パチャは何かを伝えたいようでもあったが、それがどうしても必要で具体的な内容ではないニュアンスであったことを、母は何となくレイに伝えた。レイは、短い時間しか会えなかった昨日のパチャの印象を思い出しながら、「何かあるのだろうか」と考えた。母は、少し雰囲気を変えるために、さらに珍しくチチャで顔の赤くなっているレイを見ながら、「火が噴き出しそうね」と笑いながら言った。母は今度の初めての外国への長い旅を、どこかで父親を求めてゆく旅の初めなのかもしれないと薄々感じていた。しかし大西洋を越えてゆくヨーロッパではなく、逆に遠いアジアの方へ今回向かうことの本当の意味は、母にも分かっておらず、レイも詳しくは話すことが出来なかった。レイにはすでに辿り始めていた独自の世界があり、それを母に安心させるべく話すことは、まだ出来なかった。明日の朝、少しは心配のないように伝えることができるだろうかと思ったが、そのわずかな事が、かえって母を心配させることにもなりかねないと、また考えるのだった。

今度の初めてといえる大きな海外への旅は、一応日本までにして、また帰りはハワイに寄る予定でもあった。その大きな動機は、レイにとって一年前に体験したアレキパの街から始まる「マウント・ミスティ」での異界トリップで受けた強い印象が始まりであった。その時に、どうやら「マウント・ミスティ」に形がよく似た、もう一つの美しい山の幻影を与えられたのだ。それが遠い日本でも有名な中心たる山、「富士山」の幻影であることを彼は暫くして知った。「マウント・ミスティ」の、まさに地球の裏側にあるかのように相似している山、ただ、より大きく、また女性的な繊細さの見える富士山の幻影は、それからレイの中にしばしば現れてきた。何故、こんなにも異国の山の印象が自分に与えられてくるのか、彼にも思いがけないことだったが、活火山の山、「マウント・ミスティ」の火の強さを知っているレイにとっては、そこに別の宿命もあるのかもしれなかった。

『さあ、明日一日だ、パチャから電話がなければ、朝はサクサイワマンの聖所へ行こう』

彼はすでに様々な旅の用意は終えていて、衣服類の入った中型のバッグと大切なものを入れているショルダーバッグの二つで充分だった。椅子の上に中型バッグ、机の上にショルダーバッグを置き、少年時代からの小さな自分の部屋の、十代の終わり頃一度長くアマゾンから帰省した時に買い替えた、やはり懐かしさのあるベッドに、それからすぐに横になり、白い漆喰の壁を見ながら、やがて灯りを消した。闇の中に、いつしか、レイの不思議な朱色と青の、割とはっきりと身体の部所によって分かれて見えるオーラの光が、頭部や手足や茶系の毛布の上にも静かに煌めき始めていた。

∽

送別会のあった翌日、長く滞在したクスコの馴染んだホテルの一室で、おかしな夢を見続けて目のさめた大野康郎《おおのやすお》は、すぐにシャワーを浴びながら、そのまま、半年続いたこの地と近域での生活の一応の区切りの日として、今日の一日を、午前中は様々な連絡に使い、午後からは、また久しぶりにのんびりと娘たちへのお土産ものの追加でも考えながら、クスコの町を歩こうと思った。クスコから、まずリマまでの移動は明日の午後遅い便の予定なので、まだこの一日をゆっくり出来る思いでいた。そしてリマではさらに三週間近い時間の予定も詰まっていたので、その間のひとときの自由な時が今日という一日だった。そうしてシャワーを浴びる中、やはり思い浮かんでくるのは、この町の、まったく隙間のない、見事に切り出され加工された石組によって出来ている壁の続く史跡の路すじの光景で、そこは何度訪れても不思議に気持ちの安らぐ所だった。観光客も多いのだが、今日の午後は、その史跡のうちロレト通りの方からまた歩き始めてみようと思った。少しして体を拭き、すっきり目の覚めた大野は、白のシャツに紺の厚めのカーディガンと綿製のやはり厚めのグレーのパンツで朝食のためのラウンジへと下りて行った。その階段を下りてゆく時、大野に、ふと朝方見ていた奇妙な夢の印象が、また何故か強く蘇ってきた。どうも見知らぬ白人のような風貌をした赤みの強い顔の若い男が、ペルーの民族衣装の赤いポンチョを着て、東京・吉祥寺の自宅の居間に座って自分と対面し、何かを楽しそうに話し続けているのだった。彼はペルーの様々な歴史や、また「時間」の流れについてのことも話していたような気がした。その夢の印象を思い出しながら、大野はテーブルにつき、もう顔馴染みとなったラウンジの係りの男にいつもの朝食を頼んだ。

∽

大野康郎は、少し風のあるこの日の午後の散歩で、ロレト通り史跡地区へと歩いて行った。よく磨き上げられた石組みの見事な壁がそこには続いている。めずらしくひと気が無くなった所で、そっと石壁に手をあて、ひんやりとした感触を確かめる。その道の左右に続く、高さの違う壁に区切られた上に広がる青い空を見上げる。この町自体がMt.Fujiの八合目くらいの所にある。そこに吹く風が躰を抜けてゆく。犬たちも、その風を身に受けている。どこからか子供達の歌う声が聞こえてくる。一すじ違う隣の込み入った路あたりから、かすかに空に流れている。古い旋律の感じられる心地よい歌だ。また歩き始め、石壁に沁みている風と音楽の痕跡を、その直線にたどってゆく。しばらく歩いていると、何か視野の下方、三メートルごとの地面に小さな赤い実が置かれているのに気づく。ハッとして前後を見返す。

その壁寄りの路で偶然に見つけて不思議に思った一粒の丸く赤い実を、しばらく立ったまま見つめ、それから誰もいないその路に腰をかがめ、その実を指で摘みあげた。目の前に持ってきて、手を少し動かしながらその実を確かめる。やはりどこで採れたものかは分からないが普通のコーヒーの実だ。特にその辺りに何となく規則的に置かれている公的な意味はないだろう、たぶん偶然に誰かがこぼしてしまったのだろうと思い、この日の何かの記念として、そのまま一つを胸のポケットに入れた。その赤い実には、どこかに幽かな傷があったようで、そこから中に少し水が沁みていて、それが大野のシャツの胸のポケットに、ほとんど見えないわずかな水の一点の痕を残していった。その少し前、パチャ・アイからの朝の電話をひとときき待ち、もう来ないなと判断したレイ・ノーアは、朝食のあとからもリビングに座りずっと話し続けていた母に、十一時頃になると、ちょっと行ってきますと微笑んで、久しぶりにサクサイワマンの大きな岩組の遺跡へと向かった。町中の坂道を少しずつ登ってゆき、町の北側へ出たあと、そこからまた坂道を登りながら丘の上にある遺跡へと着く。そこで様々な懐かしさもある場所の一つ一つへと佇み、短い祈りの作法とともに貴重な時を過ごしていった。少し冷たい風の吹いてくる丘の上で、正午から午後へと向かう弱まりゆく乾期の太陽の光をあび、明日から始まる、まず首都での所用も含めて一ヵ月以上はかかるだろう旅の様々なイメージをひとり考え続けていた。そうして一昨日の夕刻すぎまで、その同じ場所で「時」の流れ、物象の流れを見続けていた「未来から踏迷ってきた魂のレイ」が、さて、そこから「現在時」たる「不二」の山麓の風穴の入口でひととき判断に迷っているケンテ・パチャ・アイやレイ自身のカラダのもとに、そののち、どのような方法、さらにどのような過程を体験したのちに帰還してゆくことになるのかは、この「第一段　時量師舞う空に」にも少し始めの伏線めくものを暗示してきているが、〈カットシーン〉を使った〈前物語〉の形で述べることの出来るのは、まず、ここまでとしたい。

メビウス　メビウス
かなはめぐり座標つたえて

ときはかしまう　ほろくらむ
さわめいてゐる　けんのゆれ
せつなにふえね　へりをおひ
あやこそすゑぬ　よみもたち

（了）

『タプティ詩篇　９ 時量師舞う空に』の、その「タプティ」の意味を本文でも少しずつイメージとして記しているが、改めてここに記す。この意味と形態を、そのまま少し概念としても広げて『タプティ詩篇』は記されている。

＊〈タプティ（tapty）〉：「シャーマンの木に彫った螺旋形の溝」のこと。

「われらはタプティを登るべし、
そして満月を讃美すべし」

（ミルチア・エリアーデ『シャーマニズム』堀一郎訳 筑摩書房 ちくま学芸文庫 上・下 04・4　以下も参照。初版は冬樹社 74・11）。

この「タプティ」とは、広大なシベリア地域の中のアルタイ語族（アルタイ人、テレウート人等）のシャーマニズムにおいて見られる、様々な階層のある天界へ向けて飛翔してゆく、その段階を示すものとして、シャーマンたちの大切にしている聖樹に七段や九段刻まれてゆく螺旋形の溝のことである。（この『詩篇』では溝という言葉の代わりに、詩篇内容において分かりやすいように〈条《すじ》又は（みち）〉という言葉を使っている)。そこには古代オリエントやラマ教(チベット仏教)などの影響も形としては見ることができるようだが、しかしその根源的な発想自体は変わらず、古代からのシャーマニズムの中に秘められている。また、「時量師舞う空に」の四歌のなかでは、発想において、このシャーマニズムと関連している可能性もあるように思われる『日本書紀』(及び『古事記』)における「**天**《あめ》**の御柱**《みはしら》」の観念についても少し記している。そこではシャーマニズムの古層における広い関連性が見え隠れしていることも示している。

*この註においては、具体的に参照・引用している書物文献のみ最小限記している。(ただ三点ほどNHK・BS特集、一点ほど「毎日新聞」記事を参照)。また文献については、〈初版〉と明記されているものには〈初版〉と記し、〈第一刷〉の場合は、出版年・月のみを記している。ここでは、ほぼ〈第一刷〉を引用・参照本として使っているが、何点か〈第○刷〉と明記した方が良い場合には、その別の〈刷〉も出版年・月とともに記している。また翻訳本等で原書の出版年を記した方がその時代が分かるものは記している。

9 第一段　時量師舞う空に

*「第一段　時量師舞う空に」は、全篇未発表。(なお、「第一段」は題名には入れていない)。

*アンデス地域におけるシャーマニズムは、主に、実松克義『アンデス・シャーマンとの対話』(現代書館05・4)を参照。ただ、この〈**前物語**〉=〈**カットシーン**〉の部分自体は、すべてフィクションなので、このフィクション部分で語られているアンデスのシャーマン、シャーマニズムについてのイメージは、実松氏の記してい

るフィールドワークの内容・事実そのままではない。微妙に虚実を含んで記している。また（❖**ナレーション**）部分は、概ね事実・仮説・知見・（さらに幻想）をもとにして、そこに出来れば一片の詩情を含ませようとしている。

＊第一段の中に「詩柱歌」と名付けている一行詩（四つ）の組みが一歌ごとに七つずつあるが、この全体の構成は未発表。ただ詩誌『gui76』（奥成達・編集05・12）に「マッドメン詩篇」として一行詩の連続と「新作いろは歌」の構成で「詩柱二歌」まで出したものを原型（初出）としている。この「マッドメン」は、諸星大二郎氏のパプア・ニューギニアから来た少年シャーマンを描いた『マッドメン』（秋田書店81・1初版91・6）から来ている。

＊なお、この「詩柱歌」には、註としての（＊）印が付いている所と、（❖）印の付いている所とがある。その（❖）印は「時量師舞う空に」の中で（❖ナレーション）として記されてゆくものと対応している印であり、この部分の「詩柱歌」のさらに一部の詩語をそこで註解している。ただその対応関係はゆるいものとして構成されている。

（一歌）

（＊1）**〈トワトワ　トワトワ　水はめぐる〉**：ᘐ ᘓ（統合カナダ先住民音節）この二つの渦形によって挟まれて記されてゆく「**詩柱歌**」と名付けている構成の前に、（一歌）においては「トワトワ　トワトワ　◯◯はめぐる」という形の繰り返す部分がある。この部分は、アイヌ神謡において使われる、歌の入り始めや様々な途中で繰り返す調子の部分「**サケヘ**」といわれる型を意識している。「サケヘ」では様々な音や長さが使われており、この詩柱歌のように一定の四音、七（或いは六）音ではないが、歌うように口承されてゆくアイヌ神謡において、その調子をとっていくための大切な型としてある。（中川裕『アイヌの物語世界』平凡社97・3　05・4）。

（＊2）これは、〈ナスカの地上絵〉（BC.100〜AC.700）についての仮説として、「動物や植物の地上絵は集団のシンボルであった」という説と「放射状の直線群の地上絵は地下水の分布と関係がある」という、以前に知見していた二つの説を元にしてイメージを広げたものであるが、まず「集団」は現在のペルーのような海岸から大山脈、アマゾン源流へと至る広い領域の中での「民」たちではなく、もっと狭い古代ナスカに限定されるような地域の中でのそれぞれの集団であったようだ。また、この「集団のシンボル説」や「地下水の分布説」も実証されているわけではなく、現在では新たな有力な仮説として「ナスカの人びとは、異界の超自然的存在に対して、豊作を祈願する代わりに人間の首を供犠し、この交換を媒介・援助する存在であった動物が、地上絵に描かれた」（坂井正人）とする説が出されていて、このナスカの空間は単なる祭りや儀式の場ではなく、（この場で人間の首が供犠されたのではなく、近くの「カワチ神殿」という場所だったようだが）、もっと切実な古代的空間であったことが了解できる。（坂井正人編『ナスカ地上絵の新展開』山形大学出版08・7初版。青山和夫・坂井正人・他『マヤ・アンデス・琉球　環境考古学で読み解く「敗者の文明」』朝日新聞出版14・8初版）。

（＊3）本文においてすぐ後に少し「ナレーション」しているティワナク文明を通して、現在までも続いている多様な「チャカーナ」といわれるシンボルの一つに、この南十字座（南十字星）の出現の時期を最も大切な季節としてみて、方位においての主位置と見られている北にその南十字星を配し、東西南北の中心にティワナクの地をおいた「世界」を造っている図形がある。この叙事部は、それをまず参照して記されている。（実松克義『アンデス・シャーマンとの対話』前同）。これは、「チャカーナ」における東西南北の方位・形の原型に南十字座の四つの星の形を使っているのではないけれども、十字形という形の相似性がどこか発想の中に底流しているようにも思えたので、その点からもこの叙事のイメージは出来ている。（また実松氏も〈インカの宇宙観〉の記述において、「このX状に展開した十字架は四つの星からなる。これは南十字星を表現していると思われるが、そこにはっきりと「チャカーナ」と記されている」とされていて南十字星自体と「チャカーナ」とが部分的ではなく直結している面も後代のインカ時代においてはあると示されている）。

（＊4）この新仮説、及び南米大陸への移動についての説は主にスティーヴン・オッペンハイマー『人類の足跡　10万年全史』（仲村明子訳　草思社　07・9）より。なおこの書物は、特に三歌においても参照。

（＊5）南ペルー沿岸にある二つの遺跡とは、一万一千年前の「ケブラダ・ハクアイ」や「ケブラダ・タカウアイ」等の生活跡遺跡である。そしてさらに南のチリの南西海岸には、そのペルーの遺跡よりも古い一万二千五百年前のモンテベルデ遺跡などがある（『人類の足跡　10万年全史』前同）。またこのルートを確証的に示すものとして、アラスカから北米の西海岸沿い、さらに南米へと、氷河期の最中でも人類が狩りをしながら南下していった海岸沿いのルートや様々な遺跡が発見されていて、最初の南米への南下の行程は、このルートである可能性の方が高い。

（＊6）ブラジル北東部にある一万二千年前のセラ・ダ・カピバラ遺跡（カピバラ山地国立公園）。この遺跡には当時まだ棲息していた巨大なアルマジロ（グリプトドン）や大きな古代ラマ等と戦う人間の姿を描いた沢山の岩絵もあり、南米大陸における新人類の移動の方向の多様性も窺がえる。そして実はさらにこの遺跡の一部からは、近年ある頭蓋骨が発見されていて、それが驚くべきことに二万二千年前のアフリカ系の新人類の頭蓋骨であることが証明の段階に入っていて、それがはっきりすると、南米大陸には明らかにその時代に大西洋を渡ってアフリカ系の人類がやって来ていたこととなり、北米を通ってきたモンゴロイドだけが南米に達していたのではない、様々な流れ・ルートがあることとなる。（NHK・BSプレミアム8『世界遺産　一万年の叙事詩　第一集　先史～文字なき世界の記憶～』（10・9・7放送）参照）。

（＊7）カラル遺跡はスーペ河上流（首都リマの北北西約一七〇キロ程）にあり、世界遺産へも認定され近年大きな注目を集めている紀元前三千年頃からの遺跡であり、聖地カラルスーペともよばれ、十のピラミッド型建造物や他の建造物も多く大きな規模を持っている。またその下流、海岸のすぐ近くにはやはり多くのピラミッド型建造物を持つアスペロ遺跡があり、ペルー・古代アンデス文明における「形成期早期」の興味あふれる遺跡群がそこには点在している。（大貫良夫・加藤泰建・関雄二編『古代アンデス　神殿から始まる文明』朝日新聞出版　10・2、NHK・BS3『第五の文明　ペルー・カラル遺跡』（11・1・16放送）参照）。

（＊8）チャビン・デ・ワンタル遺跡（紀元前千三百年頃成立、形成期中期から後期にかけての遺跡）。首都リマの北方二七〇キロ、ペルー北高地アンカシュ県東部にある。このペルー古代文明は宗教センターの様相を示していて、それ故、以前はここをアンデス古代文明の姿が現れてゆく一つの中心とみなす〈前期ホライズン〉の概念が用いられていたが、現在は様々な説が提示され、その概念は用いられていない。ただ、ペルー古代文明においては重要な遺跡の一つであることは間違いない。またこの神殿遺跡には内部に石を積み上げて造られている狭い回廊があり、その先に神殿の中核であるランソン像といわれている四メートル五三センチの高さの、少し平べったい石柱に様々な文様や渦巻き文も多く彫られているものがあり、それはまさにタプティ概念の現れている神的な石柱のように思われた。（『古代アンデス　神殿から始まる文明』前同）。

（＊9）インカ・ガルシラーソ・デ・ラ・ベーガ『インカ皇統記（一）』（牛島信明訳　岩波文庫06・5）。

（＊10）ここでは**ティワナク文明**を主にした記し方をしているが、もちろんこの文明以前にもアンデスにはすでに多くの宗教都市をもった様々な文化が登場しており、ティワナク文明よりもかなり前から様々な神話体系を秘めているはずの文化も多くあるので、源流はその流れにあるといえるが、ただ大きな規模で遺跡として残されているティワナク文明には、その集束の一つが現れていると見え、ここではそこに焦点を当ててみた。

（＊11）この詩篇のカバー裏面にも描いている階段状の十字形として表わされる図形。ここには「天・地・冥界」のシステムや季節の移り変わりなども象徴的に組み込まれている。なお、このカバー裏面の図は〈Cg4〉として描いている〈「彼」のチャカーナ〉。（『アンデスのシャーマニズム』前同）。

（＊12）ティワナク文明よりもさらに古い紀元前三千年ころ、ペルー北海岸沿いにあるベンタロン遺跡で、二〇〇九年に最も古い「**チャカーナ**」の一部を立体的造形の中で表わしたものと思われる高さ三メートル五〇センチ程の炉の祭壇が発見されて、すでにこの頃から「チャカーナ」の聖なる形としての思想は生まれていたことが確認されている。（NHK・BS3『第五の文明　ペルー・カラル遺跡』（11・1・16放送）参照）。

（＊13）アンデスのインカ文明期における一種の「賢者・哲学者」のことを、（シャーマンとは限定できないが）、ケチュア語で「**アマウタ**」という。この言葉のひびきの良さに惹かれる。（インカ・ガルシラーソ・デ・ラ・ベーガ『インカ皇統記（一）』前同）。

（＊14）**〈天鳥船の航海の果てに〉**：一つの仮説として、ジョン・ターク『縄文人は太平洋を渡ったか』（森夏樹訳　青土社06・4）という説が出されている。著者自らカヌーで北太平洋沿岸を通り、その行程の一部を実行している。（これは日本からアラスカまでの移動）。この実験がそのまま証明とはならないにしても、ただ、一万五千年ほど前の最後の氷河期の（その「以前・最中・以後」はまだ未定である）時代においても、すでに東アジアの新人たちが北太平洋の沿岸伝いに北米・南米へと移動していったという事実があるので、さらに船の技術も持ち始めていたであろう後代の北の縄文人が、そういう航海を行っていても不思議ではない。ここでは、その仮説に少し乗って、幻想を膨らましてみた。（また南米エクアドルの太平洋沿岸部で一九六三年に発掘された「南米最古の土器が縄文に似ている」ということからも発想。大貫良夫・他編『古代アンデス　神殿から始まる文明』前同）。

（*15）直接の関連はないように見られる離れた様々な事象の間に、ある隠された関係・共振があるのではないかという発想において事象・現象を捉えようとする「対角線の科学」が試みられてゆくロジェ・カイヨワの『メドゥーサと仲間たち』（中原好文訳　思索社　75・6）・『斜線‐方法としての対角線の科学‐』（中原好文訳　思索社　78・12）等、また杉浦康平・松岡正剛編著『ヴィジュアルコミュニケーション』（講談社76・12）から特に日本においてこの図像学的構成は広く意識化されてきたように思うが、その流れをさらに進め、相似律という観点から様々な現象の関連性を構成してゆく、松岡正剛編集『遊1001　相似律』（工作舎　78・6）、そしてむろん杉浦康平氏のそれから以降のアジアの全図像学的な全ての書物、また向井周太郎氏による造形・アート、コンクリート・ポエトリー等の基礎理論的視点を総体としての「身振り」や「かたち」とともに走査・定着させた『かたちの詩学　morphopoiesis　Ⅰ・Ⅱ』（美術出版社　03・3）、また少し解釈の方向は違うがゲーテの形態学やルドルフ・シュタイナーの人智学的影響の中から「水」の流体・螺旋形などを生命の相とともに見てゆく、テオドール・シュベンク『カオスの自然学』（赤井敏夫訳　工作舎　86・

505・3新装版第一刷)、さらにジル・パース『螺旋の神秘　人類の夢と恐れ』(「イメージの博物誌7」高橋巌訳　平凡社　78・1)等に、すでに方法として十二分にここでナレーションされている発想は具体的に現れていて、またそこから「複雑系の科学」「非線形科学」へと、この方法は現在においても共振し続けている。(また、第十回日本SF大賞をとった夢枕獏氏の『上弦の月を喰べる獅子(上・下)』(ハヤカワ文庫　早川書房　95・4　単行本初版　89・8)という小説のことも少し記しておきたい。方法の基盤は、この『タプティ詩篇』と違うものだが、随所に「螺旋形」についての様々な例と、その形態についての考察が「螺旋教典」というフィクション内の「螺旋問答・螺旋論考」のかたちで描かれていて、遥かなる須弥山への登頂の幻想過程も描かれ、物語の流れが主といえるものの、こうした方法もあることはやはり意識しておきたい。そしてイナガキ・タルホの螺旋的都市「パル・シティ」も私にとって遥かなる憧憬である)。

(*16)**〈かみさとわたる　いにしへの〉**:こうした明治以降の「**新作いろは歌**」では、それまでの「伊呂波四十七字」に「ん」を加えることで四十八字としている。この方が、型がきまる。また、ここではこの「いろは歌」の前にも「サケヘ」を意識した繰り返しを使っている。(小松英雄『いろはうた』講談社学術文庫　09・3　中央公論社・中公新書　79・11)。

*なおこの一歌では、南米ペルーやボリビアあたりの様々な場所を対象空間として設定しているけれども、あえて、その場・町の名称は詳しくは記していない。いずれ後の歌節において「固有名」が少しずつ現れてくる。

(二歌)

（＊1）吉本隆明「ハイ・イメージ論」（『吉本隆明全集撰7 イメージ論』大和書房 88・4 初版。『ハイ・イメージ論』単行本 福武書店 89・4。『ハイ・イメージ論I』ちくま学芸文庫 03・10）。

（＊2）マリオ・バルガス＝リョサ『密林の語り部』（西村英一郎訳 岩波文庫 11・10）。リョサ渾身の語りで物語られる、この小説の中に、重要な登場人物として描かれる〈マスカリータ〉のイメージをリョサ的人物の姿とともに、ここでは「仮借」させてもらっている。

（＊3）縄文期における「月とカエル」の神話については、次の書物が詳しく論じている。（吉田敦彦『縄文の神話』青土社 87・12 90・5。中沢新一『芸術人類学』みすず書房 06・3）。また「カエル」の象意については、中国の湖北・湖南・江西・四川と広く発掘されている「銅鼓」に、「その鼓面の周辺近く、四個の蛙の飾」がつけられていて、それを「春とともにめざめる」蛙の姿から、「春耕の儀礼に関係がある」と見られ、それは「死から新たに蘇るという意味をもつものであろう。」と白川静の記している内容も参考になる（白川静『中国の神話』中央公論社 75・9 中公文庫 03・1）。ここにも、この神話的形象の源流が、あるいはあるのかもしれない。そして月自体が「死と再生」の象徴であるので、そこに観念連合、類推による接合が働いて行ったのかもしれない。

（＊4）『古事記』や『日本書紀』における**神話**の内容・構造に類似している（或いは関連性があると思われる）地域は東南アジア、東アジア及び北アジアの各地にまたがっている。まず「天之岩戸」の日食神話や「大氣津比賣神を殺す須佐之男命」＝「保食神を殺す月夜見尊」の神話（月夜見尊の方は『日本書紀』に）、及び「海幸・山幸」の段において針や竜宮などの出てくる神話には東南アジアに類型があり、また「天之浮橋」や「天之御柱」などは、その観念を遠く遡行してゆくと「天空神型の垂直性」の神話をもつ北アジアにつながる可能性もあるとみることが出来るだろうし、さらに中国の文献からも『記』『紀』の細部を見ていくと関連性のある神話や参照したとみられる神話構造が多く組み込まれている。（四歌の（＊14）註でもふれているが、まずそこに現れている「天之浮橋」の梯的発想や伊邪那岐命・伊邪那美命の二神が「天之御柱」の柱を回るという発想などは中国の神話を通して具体的に『記』『紀』に取り入れられていったとみる方が事実だろうけれども、しかしそこに見られる観念は縄文期における「聖なる柱」と繋がっていることは否めない。これは四歌の「ナレーション」の主題としても記している）。そのように、これらの類型の見られる神話のある一部は、（特に北アジア系や東南アジア系において）、弥生時代以前の縄文期から一つの観念として入ってきていた可能性もあるのではないかと思われ、そこでは何らかの口承も縄文期からさらに弥生期をとおして語られ続けてきた可能性もあるのかもしれない。（坂本太郎・家永三郎・井上光貞・大野晋校注『日本古典文學大系67 日本書紀 上』岩波書店 67・3 『日本書紀（一）』岩波文庫 94・9、及び吉田敦彦『縄文の神話』前同、『日本神話の源流』講談社学術文庫 07・5）。

（＊5）矢田浩『鉄理論＝地球と生命の奇跡』（講談社現代新書 05・3）。この海洋鉄散布の実験は効果が確認されていて、まだ不安定なところもあるけれども、「今後はエンジニアリング的な視点でもっとも効果的な鉄散布法を策定する段階に入るべきであろうと思われる」と著者は記す。

（＊6）福江翼『生命は、宇宙のどこで生まれたのか』（祥伝社新書 11・2）。

（＊7）リサ・ランドール『ワープする宇宙』（向山信治・監訳 塩原通緒訳 NHK出版 07・6）。

（＊8）C・G・ユング『個性化とマンダラ』（林道義訳 みすず書房 91・9）。なお、この「左右・対称性」についてのトータルな参考として、マーティン・ガードナーの古典的ともいえる『自然界における左と右』（坪井忠二・他訳 紀伊國屋書店 71初版 92・5新版）を用いている。

（＊9）**〈声の飛ぶ紅いテントは西東〉**：「紅テント」はもちろん唐十郎氏の状況劇場、そして現在の唐組のシンボルとして出現し続けている。

（＊10）ミルチア・エリアーデ『シャーマニズム』（前同、上巻より）。

（＊11）**〈元素の発声音〉**：縄文時代に話されていたであろう**縄文語**の研究は、様々な試行が現在試みられている。まず梅原猛氏によるアイヌ語に秘められている古代日本語との共振の問題から、さらに、その奥にアイヌ語に残されている可能性もある古代縄文語への推測などが、彼の大きな精神の振幅のなかから探求の方向として示されている。しかし一九八〇年代に試みられたこのアイデアは、現在のアイヌ語研究の認識の中では基本的な誤謬から推測されている面があり、次代における明確な研究としては出てきていない。むしろ次の小泉保氏の論考・研究において、ここから縄文語学が考えられてゆく方法が具体的に提出されていて、非常に興味深い。「日本語の方言分布を念入りに調べていけば、必ずや縄文語の様相をとらえることができるであろう。たとえば、出雲の方言がなぜ東北弁と同質であるかという問題に納得のいく解説を施すためには、縄文時代の言語情勢を推定し、そこから説き起こす必要がある」（小泉保『縄文語の発見』青土社 98・6）。やはり大きな再発見であった三内丸山遺跡における縄文の文化、生活を見ても、そこで様々な観念を示し得る縄文語が話されていたのは明らかであろう。その言葉の意味や音が、今の私たちの言葉の中にまったく残っていないということがあるだろうか、と思う。

また、この縄文語の研究シーン自体とそのまま関連してゆくのではないが、それを前提として弥生時代から以降の様々な外来言語が日本語に与えた影響の過程の研究において、興味深く、さらなる次代の研究が進むことを願わざるをえない、国語学者の大野晋氏によって仮説された日本語の原型の由来についての、「南インド、ドラヴィダ語族系のタミル語」との深い関連の謎のことも、ここで少し喚起しておきたい。アーリア民族のインド亜大陸侵入時において、確かにインダス河の流域から移動していかざるを得なかったもう一つの民族とその流れを持つ言語が、何らかの過程の中で、その一部でもさらに東へ東へと、米作・農業の形態とそれにまつわる祀り、言葉を携えて、少数の人間でも弥生時代前期に西日本（特に北九州）へとたどり着いた可能性を、我々は従来の中国（長江下流域）や朝鮮半島からの米作の本格的渡来説のみではなく、まったく別の可能性のシーンがあったことを否定しつくすことは出来ないと思われる。日本語とは、それほど系統・来歴のはっきりしていない言語であり、（文法的構造は共通だが単語の対応が証明できないアルタイ語系説も捨てて）、そこに大野氏が新たな可能性としての「タミル語」との関連を、国語学の底にある問題の一つを解いてゆくかのように仮説された。古代タミル文明（さらにはインダス文明）の中にも、「Graffiti marks」といわれる様々な線条図形が、弥生の土器に付けられている「記号文」といわれるものとほとんど同じように存在していることも手掛かりの一つである。（大野晋『日本語の成立』中央公論社 80・9『日本語はいかにして成立したか』中央公論新社・中公文庫02・4、『日本語の起源 新版』岩波新書 94・6、『日本人の神』新潮文庫 01・5、『日本語の源流を求めて』岩波新書 07・9、『日本語の形成』岩波書店 00・5初版、『弥生文明と南インド』岩波書店 04・11初版、等）。そして大野氏は縄文語については、「それは多分オーストロネシア語の仲間の一つだったろう」とされ、「日本語と日本の文明は、縄文時代を含めて、このような四段階、つまり、①オーストロネシア語の段階、②タミル語受け入れの段階、③古代朝鮮語受け入れの段階、④漢語の受け入れの段階という四段階を経て形成されて来たものである」とトータルな仮説も出され、さらに「日本の文明と言語はインダス文明を受けた南インドの古代文明、ついで中国文明という、当時の世界の最高の文明と、それを担った言語及びその文字を、次々に受け入れ、縄文時代以来の音韻体系を基礎としてそれを消化しながら形成されてきた」（『日本語の形成』）とされ、「**縄文時代以来の音韻体系を基礎として**」という、この註における縄文語と関連してゆく大切な視点も実は示されている。

（＊12）もちろん樹海の中を規定されている道以外に入ったり、歩いたりすることは禁止されている。「富士山青木ヶ原樹海等エコツアーガイドライン」に明確に記されているので、ここでは明らかに異邦のレイ・ノーアは、そのことを知らずに違反を犯している。これはフィクションではあるが、現実では許されない。

（三歌）

（＊1）埴原和郎編『日本人の起源』（朝日新聞社 94・12）、及び、岡村道雄『日本の歴史01 縄文の生活誌』（講談社学術文庫 08・11）。なお、やはり近くにあって、より有名な岩宿遺跡自体は新人たちによる後期旧石器のものであることが確定している。また実は、ある研究者による旧石器偽造事件（00・11発覚）がおこったあと、初期旧石器はもちろんのこと中期旧石器の時代も一応白紙にもどすように、明確に定義づけられている後期旧石器時代からのものを主として始めからの検証のし直しが現在でも続けられている。しかしあとの註にも記すように、現在そこに初めて中期旧石器時代の明確な可能性を示している石器が出雲市で発見され、事態は動きつつある。

（＊2）日本列島とユーラシア大陸が氷河期において繋がったと推測される時期は、「約百二十万～百万年前、約四十三万年前、三十数万年前、二十数万年前の四回あったという意見がある」（『縄文の生活誌』前同）とされるが、この時期については、また別説として六十三万年前と四十三万年前の二回のみという説もある。（旧人たちはこの時期にやってきた可能性があるといえるが、四万〜三万年前ほどにやってきた新人たちはやはり「海」を渡ってきたことになる。ただ、氷期・寒冷期においては、その海がかなり狭まっていたのだろう）。

（＊3）**富士山**が現在のような山容になるまでに三から四段階くらいの大きな変化・火山活動があった。まず四十万年〜十万年前ころに先小御岳火山や小御岳火山といわれる前身が火山活動していて、標高二二五〇メートルくらいはあった。形も小柄な富士山のようだ。そこに約十万年前ころから新たな噴火活動が始まり古富士火山といわれる大きな山容が現れ、そして約一万年前から、その古富士火山の噴火の様式が変化して、現在見られるさらに大きな整った新富士火山が生まれていったとされている。中期旧石器や後期旧石器の時代には、小柄な小御岳火山のすぐ近くに次第に古富士火山の噴火が続き、形を現していき、次の新石器時代、縄文時代において、その二つの先行する山容を覆ってゆくように、新たな富士山がどんどん噴火を続け現在の美しく大きな姿になってゆく。その時代を生きていた関東・東海域の（旧人）・新人・縄文人たちは、どんな思いで火山の活動・「火」を見ていたことだろう。（高橋正樹編集責任『富士山の謎をさぐる』築地書館06・4）。なお現時点において、かなり富士山の噴火の可能性が近づいてきていることが以下の書物によって早い段階で示されている。（鎌田浩毅『富士山噴火』講談社・ブルーバックス 07・11、木村政昭『富士山大噴火！』宝島社 11・8）。（また、新説として、約一万年前からの新富士火山の形成とともに、かなり長い間、古富士火山もほぼ同じくらいの大きさの山容を保ち、縄文期において残り続けていて、約二千九百年前まで山体としてあったという。その後、古富士火山は山体崩壊を起こしてほぼ消えてしまい、新富士火山のみが残り、それがさらに噴火を続けて大きくなり、ようやく約二千二百年前に現在の姿になったという。そこには長い間、少し小さいけれども二つの富士山が在り続けていたのだ。どこからか幻想のような情報として届いて来ていた「男（雄）富士」「女（雌）富士」という二つの富士山があるという「伝説」は、どうやら事実だったらしいのだ）。

（＊4）ネアンデルタール人にはすでに、「咽頭に〈言語のための骨〉（舌骨）をもっていて、それが現生人類の舌骨に非常によく似ているという事実」があり、ある程度の言語能力は持っていたのではないかと考えられ始めている。（『人類の足跡　10万年全史』前同）。

（＊5）ここで描かれているシーンも、まず樹海の木々に人工的な手を加えることや持ち帰りなども禁止されているし、さらに樹海の中を規定されている道以外に入ったり、歩いたりすることも禁止されているので、レイ・ノーアの違反である。「富士山青木ヶ原樹海等エコツアーガイドライン」に明記されている。

（＊6）夢幻素のルビとして打っている〈ファンタシュウム〉は、稲垣足穂《いながきたるほ》の使っている言葉。

（＊7）『人類の足跡　10万年全史』（前同）、及び、篠田謙一『日本人になった祖先たち』（日本放送出版協会07・2）を参照。他に、ブライアン・サイクス『イブの七人の娘たち』（ソニーマガジンズ01・11）。

（＊8）シベリアから中国にかけての広い地域には、中期旧石器時代〈約七～三万年前〉が、アルタイ文化圏、バイカル文化圏、丁村～観音洞文化圏として存在している。そこで、「はたして、朝鮮半島を経ての西日本から広がりがあったのか、それとも約六～五万年前のマンモス動物群の日本列島への南下が人類をともなっていたのであろうか。日本の三万年前以前の地層からの確実な石器の発見により、それらと比較検討できる日が待たれる」とされていて、日本における中期旧石器時代の存在の可能性が全くない状況ではないことが了解される。（熊野正也・堀越正行『改訂版　考古学を知る事典』東京堂出版03・7）。そして、二〇〇九年九月三〇日付けの毎日新聞には「国内最古の石器か」と題されて、島根県出雲市多伎町の砂原遺跡において、約十二万年前の石器、中期旧石器時代の可能性のある石器が発見されたと報じられていて、これが確定されれば、とうとう初めて日本における中期旧石器時代の存在が明確に認められることとなる。(さらに検証は進められ、二〇一〇年六月時点で、またその年代に十二万七千年〜七万年前までの期間のどこかという修正が加えられている)。

(＊9) 後期旧石器時代に日本列島に入ってきた新人たちが、そのまま新たな気候変動による環境変化の時代を生き延びるための生活技術・文化を生みだして行く、その過程が縄文時代の始まりであり、彼らがそのまま**縄文人**として日本列島で生き延びていったという説が、現在強くなっている。(藤尾慎一郎『縄文論争』講談社 02・12)。

(＊10) **〈海月なす漂へる時〉**：『古事記』「別天つ神五柱」及び「国土の修理固成」の段より(倉野憲司・武田祐吉 校注『日本古典文學大系1 古事記 祝詞』岩波書店 58・6 79・3第二十三刷、及び倉野憲司 校注『古事記』岩波文庫 07・12第七十五刷、以下同。ただ引用表記の方は以下も文庫版を用いている)。

(＊11) **〈鹽こをろこをろに〉**：『古事記』「国土の修理固成」の段より。「鹽こをろこをろに書き鳴して引き上げたまふ時」、ここでは、縄文以前に何度もくり返された氷河期と間氷期において、日本列島は大陸と繋がったり、またそのとき海辺近くの草原であったところが次第に泥の海にもどってゆき、列島はその海進で細くなったりと、様々な状態の変化があり、この古事記神話の一段を、そのまま古代的発想としての「国土の修理固成」の神話とみるとともに、あるいは寒冷期になると海が引き、柔らかな湿地帯・国土がさらに広く生まれて行くような、遠い深層に仕舞われている陸地出現の記憶、そうした国土の浮き沈みとしてある記憶のひとつのように考えてみた。果たして寒冷期において、日本列島に渡ってきた新人の記憶の深層のどこかにあったのかもしれない「淤能碁呂島」の現象が何らかの口承としてここまで伝えられたかどうか、ほとんどこれは「あり得ない」幻想である。ただ、これをもっと明確な記憶として残されているであろう、氷河期が終わり「縄文時代における海の迫り（縄文海進）」の現象と、それが一段落して、また少しずつ海が引いてゆく紀元前千五百年ころの陸地の広がりの現象として見た方が、あるいはその解釈としては面白いのかもしれない。（なお、『古事記』でのこの表現は、製塩のときの塩の作り方から発想されたものとされている。また神話の内容を、この註においては一つの幻想と了解して記したが、もっと具体的な「事実」と関連させて見てゆく方法もあり、そのことについて中西進氏はこう記している。「そもそも神話は何らかの形で、事実を反映するという考え方がある。神話を分析して行けば、事実が浮かび上がって来るという考え方で、この考え方で成果をおさめたのが、津田左右吉であった。津田によって、記紀の研究が近代科学としての学問になったということは、やはり否めない。しかし、次に神話とは単にそれだけのものかという疑いが生じて来る。むしろ、神話が神話であるためには、私達は、神話が事実の反映だという枠を乗り越え克服せねばならないだろう。（略）。神話的想像力が事実に根ざしているという考え方は、しばしば誤解にみちていよう。（略）。事実ではなく、古代人の心意を語るものとしての神話の一面を忘れてはなるまい」（『中西進著作集1 古事記をよむ一』四季社 07・1）。以下の註においても「事実」の方から解釈してみる方法を少し記しているが、中西氏のこの視点も文学としての「古事記」には忘れてはならないものだろう）。

（＊12）**〈カムイサラクム〉**：アイヌ語に似た単語を所々使っているがアイヌ語ではない。（呪文的音として）。

（＊13）**〈鳥人が地を舞い旋回する〉**：フゴッペ洞窟は北海道余市郡余市町にある。そこにはシャーマンと思われる背中に羽を持った人の線刻も描かれている。

（四歌）

（＊1） ミルチア・エリアーデ『シャーマニズム』（前同）。

（＊2） 近・現代において広く使われる「シャーマニズム」という言葉のもとになったシベリア地域における**シャーマニズム**は、チベット仏教（ラマ教）の伝播とともに形を整えてきて、七世紀から十七世紀までが栄えていた時期ではある。しかしそれはラマ教（及び古代オリエント）の影響の見られるものではあるけれども、その根底には、やはり、それ以前から永く伝承されてきている天空の神の神話などの原型がちゃんとあり、その地域のシャーマニズム自体の起原は、さらに古いことがわかる。タプティの概念も、その古層のなかにあるのだろう。（そこには世界的な共通性・普遍性を示しているシャーマニズムの広がりが基にあることも忘れてはならない）。なお、「シャーマン」という言葉はロシア語を通してトゥングース語に由来するといわれているが、この語源はインドのパーリ語 samana〈沙門〉からきているという説もある（『シャーマニズム』前同）。またトゥングース語をドイツ語化した単語であるとの説もある（グローリア・フラハティ『シャーマニズムと想像力』野村美紀子訳 工作舎 05・8）。

（＊3）『デルス・ウザーラ』監督：黒澤明、原作：ウラジミール・アルセーニェフ、一九七五年八月公開、ソ連・日本の合作映画。

（＊4） 北米ネイティブ・アメリカンにおけるシャーマニズムの衰退は、かなり早期からであり、彼らが農耕を始めたころに兆しているという神話学者ジョーゼフ・キャンベルによる説もある。「村での定住生活に重点が置かれるようになると、シャーマンは力を失いました。(略)。ナバホ族もアパッチ族も、元来は狩猟民だったのが、農耕の発達していた地域へ移動してきて、農耕という生活様式を採用した人々です。彼らの始まりの物語のなかに、シャーマンが恥をかき、祭司がそれに取って代わるという典型的な面白いエピソードがあります。(略)。それ以来、彼らはシャーマン・ソサエティという、一種の道化集団に落ちぶれます。彼らは(略)、いまではその力もより大きな社会に従属させられています。」(ジョーゼフ・キャンベル&ビル・モイヤーズ『神話の力』飛田茂雄訳　早川書房　10・6)。実質的なシャーマニズムを一万年ほどのスパンで見て行くと、こうした見方も可能かもしれない。そして「彼らの始まりの物語」というかなり古代において、すでに部族宗教的な実権は「祭司」が担い、シャーマニズム的な力は「道化」的なものに落ちぶれていったとされているのだが、しかし、これは細部をみてゆく必要があろう。そして、やはり、その状況があるとしても、近世・近代まで、エリアーデの取り上げて行く文献の中には、あきらかにシャーマンの行う儀式が北米ネイティブにおいて広くフィールドワークされ、しかも「病気治療」や「魂の領域」についての実質的シャーマニズムのレベルで報告されているので、そうした個別的シャーマンは、近代というさらに明らかなる衰退現象のなかでも秘かに生き続けていたことは確かだろう。それは以下の書物を見て行くことでも充分に感じられるのだ。まず、ジョン・ファイヤー・レイム・ディアー口述　リチャード・アードス編『インディアン魂(上・下)』(北山耕平訳　河出書房新社　単行本　93年⇩河出文庫版　98・1初版　原書　72年)における具体的で素晴らしいスー族最後のシャーマンの言葉や、よく読まれ続けてきたカルロス・カスタネダの描くヤキ・インディアンのシャーマン「ドン・ファン」シリーズをみると、そのことは充分に納得できよう。

(*5)『真理のことば　感興のことば』(中村元訳　岩波文庫　78・1　03・5)の「真理のことば」より。ただ「行分け詩」の形は引用者による。（「真理のことば」は「ダンマパダ」（漢訳では「法句経」）という経典名としてよく知られている）。

（＊6）『古事記』伊邪那岐命の「黄泉の国」追い往きの段より。ただ「**道反之大神**」と名付けられた「千引きの石《いは》」は、伊邪那岐命が黄泉から逃れたあとに黄泉比良坂をふさぐものとして置かれる。ここではレイ・ノーアの躰が眠っている前の大岩を「千引きの石《いは》」と見立て、意味の分かりやすい「道反之岩」と造語し名付けている。

（＊7）『シャーマニズム』（前同）。その下巻にあるシベリア・シャーマンの言葉。

（＊8）**〈空蟬のからは此世に〉**：『北村透谷詩集』（思潮社・現代詩文庫 75・5）、「詩集〈**蓬萊曲**〉第一場」より。正しくは「空蟬のからは此世に止まれど、魂魄は飛んで億万里外にあるものを」と、途中に「、」が入る。この〈蓬萊曲〉全編に、切り立つような彼の彼岸への思いに満ちた「嫌世」の詩魂の激しさがある。

（＊9）**〈道反之岩すり貫けてこそ〉**：『古事記』伊邪那岐命の「黄泉の国」追い往きの段より。ただ前の註（＊6）で記しているように「**道反之岩**」という名称はなく、「その黄泉《よみ》の坂に塞《さや》りし石《いは》は、道反之《ちがへしの》大神と號《なづ》け、」とあり、伊邪那岐命が黄泉から逃れたあとに黄泉比良坂をふさぐものとして置かれる。この詩柱歌では、そこから「道反之岩」という名を使い、塞がれている所を通り抜け、また帰ってくる新たな者たちのことを歌っている。

（＊10）**〈天鳥船・長鳴鳥・大鳥・天馳使〉**：『古事記』上つ巻に出てくる様々な「**神の鳥、鳥の神**」について、「今様」的に考えてみた。

（＊11）「ピリカ　チカプ！　カムイ　チカプ！（美しい鳥！　神様の鳥！）」知里幸恵編訳『アイヌ神謡集』（岩波文庫 78・8）。〈前物語〉の中では「縄文人の娘たち」がこう呼びかけているが、この言葉はアイヌ語である。

しかし梅原猛氏の説くように縄文語とアイヌ語の間に何らかの関連があるという説も、実は捨てがたい。（なお『神謡集』では「フクロウ」のことを「カムイ　チカプ」と呼びかけている。また表記としてはローマ字を使い以下のように記している。「Pirka chikappo! kamui chikappo!」）。

（＊12）**〈岩長の長寿をヒメし〉**：『古事記』「邇邇藝命」の節の「木花之佐久夜毘賣」の段より。「岩長比賣」「木花之佐久夜毘賣」「大山津見神」のイメージから。

（＊13）静岡県富士宮市の浅間神社には主な御祭神として「木花之佐久夜毘賣命」「大山祇神」「邇邇藝命」の三柱が祭られている。この神々についての簡単な説明は五歌でも記している。

（＊14）『古事記』における「天の御柱」の解釈では『りっぱな柱を見定めて立て。この柱は結婚の儀礼と関係があるようである」（『記』倉野憲司校注　岩波文庫　63・1）、「家屋の中心となる神聖な柱」（新訂『記』武田祐吉・中村啓信　角川文庫　77・8）、「神霊の依り代とされる神聖な柱」（『記』次田真幸　講談社学術文庫　77・12）などの見方があり、具体的に形としてある柱のイメージの方が強いようだ。そして、むしろ『記』においては、その前に出てくる「**天の浮橋**」の方が、「天と地とをつなぐ空想上の梯子。神が天地間を往来する梯子」（『記』次田真幸）と解釈されていて、こちらの方が広い意味でのタプティ概念を示している。またこれらに深く関連しているといえる中国の殷王朝の神話においても、次のような、ほぼタプティ概念を示しているものがある。「帝の嫡子である王は、死後には天に昇って、帝の左右に侍した。神霊は垂直式に往来するので、これを陟降という。それは聖梯を上下するもので、降臨形とよんでよい。陟降の字形にみえる聖梯は、柱に足がかりを刳りこんだものであろう。伊勢の内宮にも、その柱があるという。高木の神とは、その神格化されたものであろう。」（白川静『中国の神話』前同）。こうした中国の古代及び神話におけるシャーマニズムとの関係も大きなテーマである。

(＊15) 坂本太郎・家永三郎・井上光貞・大野晋校注『日本古典文學大系67 日本書紀 上』(前同)、『日本書紀(一)』(岩波文庫　前同)。

(＊16) 『タプティ詩篇』註の初めに、再度この「タプティ」の具体的形態について記している。文献も同じ。

(＊17) 梅原猛『日本冒険　第一巻　異界の旅へ』(角川書店 88・10⇩角川文庫 92・2)。

(＊18) 「沖縄本島北部の京や、加計呂麻島西阿室の伝承と併せてみるとき、南島における立神をめぐる信仰はおよそ次の特色をもつといえよう。海の彼方からやってくる神はまず岬角・湾口等にある柱状岩島(立神・京)に依り着く。次にムラのノロを中心とした神女集団が浜に出て、その柱状岩島を拝しながらムラに神を迎える。この形が立神信仰の基本であり、現在、信仰が衰退し、ノロ祭りが消え、祭祀伝承さえも失って「立神」という名だけがかろうじて残っている場合でも、残存事例からかつての立神祭祀をそのように遡源的に考えることができるはずである。(略)、立神は「神の跳び石」だったのである。」(野本寛一『神々の風景　信仰環境論の試み』白水社 90・11)。また、奄美大島のヒラセマンカイという祭りでは、海岸の大きな岩の上に「巫女(ノロ)」たちが登り、そこで海からの「カミ」を招く祭りを行う。この岩は上部が平たくて、「立神」の垂直の岩とは違うけれども、海の神へ向けられた招く「よりしろ」の岩という性格においては同じである。

(＊19) **〈葦船で流されし水蛭子あり〉**：この詩柱四行に並ぶ神々は、追放されたり殺されたりする神々である。そこには「**古く、親しき神々**」の系譜があるのかもしれない。

(＊20) **〈迦具土は遠く親しき始めの火〉**：『古事記』「火神被殺」の段より。

(＊21) **〈大氣津比賣神〉**：『古事記』「五穀の起原」の段より。

（＊22）**〈須佐之男命〉**：『古事記』「須佐之男命の大蛇退治」の段より。「故、避追はえて、出雲国の肥の河上、名は鳥髪といふ地に降りたまひき」。ここで大蛇を退治するのであるが、入沢康夫氏は『わが出雲・わが鎮魂』（思潮社　68・4初版、04・7 復刻新版）の（自注）（幾十の火山）で「ヤマタノヲロチの外容に、火山活動の象徴を見る人は少くない」とされていて、ここではその面白いイメージをそのまま使わせていただいている。あるいは大蛇の眼の「赤かがち」（ホオズキ）を噴火の時の炎として見たり、その八頭八尾などの特徴を「伯耆大山」の山容や周囲の谷などに見立ててゆくことが可能なのかもしれない。ただ、大蛇は主に「水の霊」や農業との関連において見られるものなので、それはやはり一つの仮説として考えておくべきものなのだろう。

（五歌）

（＊1）上垣外憲一『富士山―聖と美の山』（中公新書 09・1）、『國文學　富士山ネットワーク』（04年2月号　學燈社）。

（＊2）現在も実相寺は日蓮宗の寺院。このお寺の裏を登ってゆくと富士山のよく見える山の公園があり、園児たちの遠足で賑わっていた。

（＊3）竹《たけ》谷《や》靫《ゆき》負《え》『富士山文化 その信仰遺跡を歩く』（祥伝社新書 13・7）

（＊4）**〈兆しゆく天人五衰〉**：「汗」は「腋下汗流」という「五衰」のひとつ。だが「涙」は本来、直接「五衰」には入らない。そこで「不楽本座」の「自分の座席を楽しまない」という「衰」や、「眼現瞬動」という「眼をさかんにパチパチする」という「衰」を、「涙・悲しみ」へと写して詩語としていることをお断りしておく。

（中村元『広説佛教語大辞典』（下巻）「天人五衰」参照。東京書籍　01・6初版）。また、この詩柱五歌で使っている様々な仏教用語については、概ね常識レベルのものなので註は付けていない。

（＊5）**〈阿頼耶識〉**：二、三世紀ごろから始まる唯識思想においてすでに説かれている説である。そして四世紀初めの弥勒（マイトレーヤ）から無着（アサンガ）、世親（ヴァスバンドゥ）へと続き、唯識は体系化されてゆき、世親が「**末那識**」をさらに加えて五感・意識の六識にプラス二つの「八識」とした。この唯識思想の最も特徴とすべきところは、全てのものが外界の自然現象も含めて心あるいは深層の「阿頼耶識」によって造り出されているという捉え方にあり、それは現代の唯脳論・クオリア説とどこかあえて共振させてゆくことも可能なような見方にある。その中核的な「阿頼耶識」の領域についての問答が「時量師舞ぅ空に」の五歌に少し記されているので参照していただければと思ぅ。また「末那識」とは、どんなに自己への執着のない意識状態に達していると思える人であっても、無意識の内に自己保存・自己主体の本能（我見・我癡・我慢・我貪）の働くことがあり、その状態で働く意識（無意識）のことをいぅ。さらに、「末那識とは刹那に生滅しながら相続する阿頼耶識を見て、それを自我だと執著する深層的な自我執著心であるが、この自我執著心があるかぎり、われわれの行為はけっして真の意味で善となることはできない」とされる。（横山紘一『唯識とは何か』春秋社　86・7　01・8新装第一刷）。

（＊6）『ブッタのことば　スッタニパータ』（中村元訳　岩波文庫　58・9 旧訳初版、84・5改訳新版）。ただ「行分け詩」の形は引用者による。

（＊7）これは大衆部での説。逆に、説一切有部では「三世実有・法体恒有」を説いている。それも考えるべき説である。

（＊8）『真理のことば　感興のことば』（前同）の「感興のことば（ウダーナヴァルガ）」より。ただ「行分け詩」の形は引用者による。

（＊9）**〈ヒカリゴケ〉**：武田泰淳『ひかりごけ・海肌の匂い』（新潮文庫 89・7）。

（＊10）『スッタニパータ』などの最初期の仏教経典においては、実はウパニシャッドで説く**「真我・アートマン」**を明確には否定していない。しかし自らの「真我」を内奥に問うことよりも、まず現在の「存在の苦」を見つめてゆくことを繰り返し意識させ、現在における無明や苦の欲動から完全にのがれることのできる境地へ入ることを大切な一点として修行を続けて行くことが説かれ、そこで「真我」自体については、それが存在する、しないという点においては問われていない。

（＊11）この五歌は、竹村牧男『唯識の探究』（春秋社 92・4 初版 01・10 新装第一刷）、横山紘一『唯識とは何か』（前同）、岡野守也『唯識のすすめ　仏教の深層心理学入門』（NHK出版 98・10 01・9）等を参考として用いている。ただ自らにおける唯識についての基本的視点は大きく外れてはいないと思われるものの、細部の解釈においては、唯識で全く使わない思考も他界観念として使っている所もあり、（本来「阿頼耶識」は蔵識とも呼ばれることがあり、「海・深海」のイメージは少し実体とは離れているだろうし、また心理学的な深層意識、ユングの普遍的無意識の概念とも少し違うので、それを深層心理学的なイメージにおいて語ることも、本来、間違っているといえるのだが）、ここでは対話の対応関係の中で、こうしたイメージを多用したことをお断りしておきたい。唯識研究においても、やはり学的方向や視点の微妙な違いの中で、その解釈や表現に個々の強弱箇所の違いが現れていて奥が深い。

（六歌）

（＊1）祖父江義明『銀河物理学入門』（講談社・ブルーバックス 08・12）。

（＊2）**〈タキオン　時はめぐる〉：「タキオン（tachyon）」**は、宇宙の最初期のインフレーション及びビッグバン以前の偽りの真空期において、宇宙を真の真空状態へと誘ってゆくような作用素としてあるのではないかと仮説されている粒子である。ビッグバン以降に存在するすべての粒子は光速度を超えることは出来ないとされているが、始めから超光速度の存在としてあると仮説され、理論研究の対象になっていた「タキオン」は、しかしこれまで発見されることはなく、また、現宇宙の中において、例えば〈情報を未来から過去へと届ける可能性のある粒子〉という少しSF的な発想を託される面のある粒子だったが、理論的にもその存在の不安定性からやはり無理があるようだ。その「タキオン」という特異な仮説自体に心惹かれるものを感じていたのだが、そうした、この宇宙のどこかに通常の粒子を超えているような**未知**なるものの存在の作用を感じたいという思いは、あるいは常にヒト族の内にある本能のようなものなのかもしれない。この「詩柱歌」においても、その感覚を使っている。（タキオンとは「不安定性のしるしとなる粒子で、外面的には質量の2乗が負になるように見える。」とリサ・ランドールもその存在自体は否定的に記している。『ワープする宇宙』向山信治・監訳　塩原通緒訳　NHK出版 07・6）。（こうした中、二〇一一年九月、タキオン的仮説とは違うが、光速度をわずかに超えるニュートリノがあるという実験結果がスイスの欧州合同原子核研究所（CERN）から報告され、世界を駆け巡った。そしてこれが厳密に検証されれば宇宙論の成り立ちも大きな変更を加えられてゆくことになったはずなのだが、残念な結果であるけれども、二〇一二年三月に、この実験が測定器の設定ミスであることが分かり、どうやらニュートリノは光速を超えることはないという従来からの結論に落ち着きそうである)。

(＊3)「**時量師神**(ときはかしのかみ)」『記』:「〜(略)。名義は不詳だが、時量師は解(と)き放(はか)しの借訓であるとし、袋の口を解き放つ意とする意見がある。」(『日本神名辞典』神社新報社 95・7 初版 96・6)。また、下中彌三郎・編輯『神道大辞典』第三巻(臨川書店 37・7 初版 77・9 複製第六刷)、及び、國學院大學・日本文化研究所編『神道事典』(弘文堂 94・7初版)などにおける語義解釈も、基本は「解きはかし」におき、そこに「時置師神(トキオカシノカミ)」などの解釈の異同を記している。

(＊4)また、この言葉の問題とは別に、『記・紀』成立の奈良時代においては、日常的にどのような暦や時の計り方があり、時間の観念があったのだろうかということも一つの参考として簡単に見ておきたい。まず暦は陰暦を使っている。やはり「月夜見(月讀)・**ツクヨミ**」の示す様々な時間感覚を古代は大切にしている。潮時計という、月による潮の満ち引きの表れを、そのまま時の量りとして用いてもいる。また『紀』の記述においては、すでに六百六十年に初めて「漏剋」(水時計)を造るとあり、さらに少しして、その「漏剋」を新しき台に置き、初めて「候時」を打ち、鐘鼓をとどろかすとある。まさに古代の生活のなかに暦が整備され、時刻が設定され、『記・紀』という国の年代記が編纂されてゆく、律令国家としての形が出来て行く時期である。また『万葉集』においては、すでに柿本人麻呂が単なる季節感としての時ではない、先代の時のなかに回帰してゆく時間感覚を歌として詠み表わしていて、時間というものへの意識、対象化が、水時計などを含めて、平城遷都以前の段階で、かなり明確に働いていたことが了解できる(真木悠介『時間の比較社会学』岩波書店 81・11 岩波現代文庫 03・8参照)。さて、そうであるとすれば、なぜ、『記』における神話体系のなかに、ギリシャ神話のクロノス神やインドのカーリー(カーラ)神のように少々恐ろしい破壊神の様相も秘めている「時、時間を掌る神」が、「月讀命」の抽象的役割や、「大年神」(年穀を掌る神)、「聖神」(日知りの神、暦日を掌る神) などの小ぶりで限定的なあり方においての「時の神」くらいしか登場してこないのかも気になるところだ。それは『記・紀』以前のさらなる古代空間において様々に口承されていたであろう神話の中に、明確な大きな意味での「時を掌る神」の意識が生じていなかったということでもあると思われるし、古代時間というのは一種の「ドリームタイム」として、「時間のない常世」の感覚を大切にしていたということもいえるのだろう。

(*5) **〈先行波ドップラー・刹那の透き間を〉**:「**先行波ドップラー**」、この用語は物理学にはない。「**先進波**」という用語が、光に関するマクスウェル方程式の通常の有用な解(「遅延波」)ではない別のもう一つの解として出てくるが、これはやはり最初「タキオン」に似て、(この解の光は)、「未来から出て過去に着く」「未来からの先進波」「光線が時間をさかのぼる」という不可解なものとされていたけれども、すでにリチャード・ファインマンの理論化した「電子と反電子(陽電子)の対消滅における、電子の時間反転的な現象」と関連した反粒子を表わす解の一つとして総合的に解明されている(ミチオ・カク『サイエンス・インポッシブル』斉藤隆央訳 NHK出版 08・10)。その「先進波」に近いイメージとして、〈未来である事が起こる前に、すでにその先行波ともいうべきものが発生していて、それが現在に現れてくる〉といった意味としての「先行波」を、この「詩柱歌」では用い、さらにそれを強調補足するように、ドップラー効果としては銀河の赤方偏移の方をよく例にあげるけれども、こちら側に物体が高速で近づいてくる時の青方偏移という現象もあり、〈ある大きな事象が発生していくときには、それがこの現在において急速に近づいて《有れ》ば、何らかの偏移サインとでもいうべきものが、こちらから見て我々のすぐ前方に、我々のまじかに青方偏移のように出てくるのではないか〉という想像の、その二つのイメージを合わせて〈先行波ドップラー〉という言葉にしたもの。(「あり得ない」だろうという言葉の一つである)。

(*6)**〈「過未」の〉**:ゲーテ『詩と真実　第三部』(小牧健夫訳　岩波文庫74・1第一八刷)の「第十一章」に、ゲーテ自身が体験したという「未来予知」めく記述がある。「馬上からまた彼女に握手を求めたとき、彼女の眼には涙が浮かんでゐた。私はひどく気がふさいだ。それから、小径をドゥルーゼンハイムへと馬で行つたが、そのとき、世にもふしぎな予感の一つが私を襲うた。といふのは、私自身の方へ向つて、同じ道を馬に乗つてまたこちらへやって来る自分を、肉眼でではないが心の眼で見たのである。しかも、これまでに着たこともない、少し金色の交じつた淡灰色の着物を着てゐるのだつた。私が夢を揺り落すと、すぐその姿は跡かたなく消えてしまつた。けれども、八年ののちに、この幻に見た着物を、選り好んだのでなく偶然に着込んで、さうしてフリーデリーケを再び訪問するために、この道を通つたことは不思議である。とにかくかうした事柄がどういふ訳合のものであるにしても、この不思議な幻像は別離のその瞬間に、私にいくらかの落着きを与へたのであつた。」ここには心理的な幻視という面もあるが、不思議な予知的感覚も働いているように見える。

(*7)中田祝夫・全訳注『日本霊異記(上)』(講談社学術文庫78・12)。

(*8)池上洵一編『今昔物語集　本朝部(上)』(岩波文庫01・5)。

(*9)**〈論理空間の中に〉**:ルードヴィッヒ・ウィトゲンシュタイン『論理哲学論考』(野矢茂樹訳　岩波文庫03・8)。「一　世界は成立していることがらの総体である。」というのが、この『論考』の最初の「節」の記述であり、その「一・一　三」として、詩柱歌の引用文がある(正確には「〜諸事実、それが〜」と読点が入る)。この最初の「一」節をそのまま見るとするなら、**夢**の事象も現象として成立しているので、夢も世界の一つである。

(七歌)

(*1)**〈魂量子〉**:もちろん**魂量子**という量子はない。しかし、魂の現象を「有る」という観点から見ていくと、そこには量子的な、あるパッケージされた非連続的な量があり、(それはどこからやって来るのだろう)、それが量子的飛躍(**クォンタム・ジャンプ**)してゆく変化相が「魂の質」にはあるのではないかという気もするのだ。

(*2)**〈脳ホログラムの造り出す実感の空像〉**:「**脳ホログラム**」や次の詩柱歌四行のイメージの中に秘められている「**宇宙ホログラム・ホログラフィック宇宙**」説について少し記す。まずスタンフォード大の大脳神経学者、カール・プリブラムが一九六〇年代終わりころから提唱し始めた「脳はホログラム(完全写像記録)のように作用する」という理論(『脳の言語』誠信書房 78年(『Languages of the Brain』1971))の仮説を受けて、量子物理学者のディヴィット・ボームは、脳ばかりではなく、物理学的領域においてもホログラフィー理論を使って考察することの必要なところがあるとして、一九七〇年代初めからその研究をホログラフィック・パラダイムの提唱としても広げてゆく。(ケン・ウィルバー編『空像としての世界』井上忠・他訳 青土社 83・10 初版)。(「物理法則は基本的に(ホログラムに示されるように)記述内容を分割できぬ全体として見る秩序について立てられるべきであり、分離した諸部分へ分析する秩序(レンズに示されるような)について立てられるべきではない、と考えても良いのではなかろうか。」D・ボーム『全体性と内蔵秩序』井上忠・他訳 青土社 05・11 新版参照)。この二人の科学者によって仮説され、「脳の作用」及び「物質存在自体」の現象の仕組みもホログラム的であるとして展開されていったホログラフィック・パラダイムの動きは、七〇年代においてある広がりをみせたが、（ボーム自身少しその傾向があるけれども、ニューサイエンス的な動きに利用されたようにも見え）、それ以降の具体的な現代物理学の領域において、なかなかボームの発想自体を新たに展開してゆくような成果は出てこなかった。しかしそこに、まず一九九〇年代の初め、ゲラルド・トフーフトとひも理論研究の提唱者でもあるレオナルド・サスキンドの二人が「現代物理学のもっとも奇妙な発見の一つは、世界は一種のホログラフィック画像だということである。」（レオナルド・サスキンド『宇宙のランドスケープ』林田陽子訳　日経ＢＰ社　06・12初版）という《ホログラフィック原理》を提唱し、そしてさらに一九九七年、ジュアン・マルダセナというひも理論研究者が、その「ひも理論」から具体的な数学を使い仮想の五次元宇宙における新しいタイプの「ホログラフィック宇宙（つまりホログラム形態の宇宙）」を導き出せると提唱をはじめ、「物理学的・哲学的に重大な結論をもたらしうる。〈宇宙はホログラムなのか？〉と問う羽目になる結論」（ミチオ・カク『パラレルワールド』斉藤隆央訳　ＮＨＫ出版　06・1）として、その検証は現在も続けられている。さて三次元イメージを秘めた情報をもつ二次元のホログラム、或いは円筒型のホログラム映像機器自体は、立体写像を映す装置としてもよく知られているけれども、この四次元時空連続体としての宇宙の流れを我々もむろん含めて映し続けている「ホログラフィック宇宙」のイメージやその大本の「全宇宙コード情報」としての「**宇宙ホログラム**」の理論仮説が、「**ひも理論・超ひも・M理論**」のようにある程度我々にもイメージ可能な内容として広まり、了解しうるところまで来れば、先行し、哲學的にも語ったディヴィット・ボームの「全体性」の連続過程進化を語る夢の思いともどこか共振してくる内容が見えてくるのかもしれない。（また、現在までに「ホログラフィック原理」として多くの論文が出されていて、それらがサスキンド以降にも広がりをみせ、より確証的内容に達し始めているようで、ここからさらに面白い宇宙論の領域が広がってくることは間違いない)。

(＊3)**〈在ることを見詰める〉**:やはりこの詩柱歌四行のイメージの中に秘められている宇宙物理学における**「ブレーン(brane)」**理論について少し記す。まず一九六八年から始まる「ひも理論」が八〇年代から九〇年代にかけて「超ひも理論」として発展し、(素粒子・クォークなどもすべて「超ひも」の振動によって生まれてゆくという理論)、さらにそこで五種類も見つかった「超ひも理論」を説明する総合的な「M理論」が一九九四年に発表され、この「M理論」が宇宙物質についてのすべての理論である**「万物理論」**を開くのではないかと期待され、現在も検証が続けられているのだが、その「M」とは「メンブレーン(膜)」という意味も与えられている、複合的な意味をもつものである。(「ブレーン(brane)とはその膜(membrane)を縮めた言葉。ブレーンは十一までの任意の次元をとりうる。これが、万物理論の最有力候補であるM理論の土台をなしている。十一次元の膜の断面をとると、十次元のひもが得られる」と超ひも理論研究者ミチオ・カクは『パラレルワールド』において記している)。またブレーン宇宙の研究者リサ・ランドールによると、その「ブレーン」とは、「高次元空間に存在する膜状の物体、エネルギーを帯び、粒子と力をそこに閉じ込めることができる」(『ワープする宇宙』)と、「膜状の物体」というかなり具体的な存在のイメージとして語られており、さらにそれは五次元宇宙にあるとされて、一つ(一枚)の膨大な広さの「三次元ブレーン」を基にして発生してゆく「ひもの振動」によって、この我々の四次元宇宙の全粒子が生まれてゆくという、(閉じたひもの振動としての重力子はその一つのみのブレーンを超えたところで発生)、より次元の限定性のある進んだイメージの理論を「宇宙論」としても展開している。その解釈方法の違いで、このリサ・ランドールの「五次元空間のバルクとともにあるブレーン」の五次元理論や（ここでは物体的な三次元の「3ブレーン」が使われているのだが）、さらに一つ、二つの「ブレーン」のみではなく、「マルチバース」としての無数の「ブレーン」が超宇宙には無数の幾何学的形態において存在しているという説など、様々な現在進行形の「**ブレーンワールド**」宇宙論がすでに出ている。

この現代宇宙論のピークの一つである「ブレーンワールド」と先の註で記した「ホログラフィック宇宙」（実は「ブレーン」自体が「全宇宙コード情報」を記録している「宇宙ホログラム」の機能、及びその形態としてもよく似ていると思える）などの物理学的理論の、その研究者自身による良質な一般解説書を読んでいると、その難解な発想と理論の底に、どこからか、古代のインド仏教思想である**唯識**（先の註で少し記しているが、自らの心という基礎体の作用がそのまま全ての外界、自然界をさえ造り上げているという説、それは唯脳論やクオリアとも関連していると思えるもの）や、主に中国・唐代に築かれた**華厳思想**において（華厳経よりの展開として）説かれている、全ての一つ一つの存在が全ての一つ一つの存在と繋がり共鳴し、全ての存在をその各々の一点に映し出しているという「一即一切・一切即一」の思想（「インドラ神の持つ綱の全ての結び目にある宝珠」のイメージ、これも「ホログラム的」）等によく似た基礎的な感覚が生じてくる思いがする時があるのだが、（色即是空・空即是色もそのとおり）、それは我々に本質的に仕込まれている、或いは古代インドにおいてようやく獲得した存在へ向けての発想の原型、その**マトリックス**がどこか作用し続けているということであろうか。

（*追記　**稲垣足穂**《いながきたるほ》の「童話の天文学者」（27・1）という作品で、「夢の中の場所」のような所で語る天文学者の説として「薄板界」というのが登場する。それは次のような架空の説だ。「現実世界の時計の針が刻む秒と秒とのあいだに、或るふしぎな黒板が挟まっている。そのものはたいそう薄い。肉眼ではみとめることができない。けれどもそれらの拡がりは宏大無辺である。かりに『夢の板』と名づける。〜天球の外側と薄板との関係について、貴君に簡単な概念を与えておきたいが、それは少し複雑な話になるから、〜。」(『稲垣足穂全集2　キタ・マキニカリス』筑摩書房　00・11)。この小説をひさしぶりに読んで、不思議に思ったのは、「タルホ-薄板界」という発想は、ひとつの他界論(夢幻界)かもしれないが、「薄板」という表現の仕方に、この現在の宇宙論の中核である「ブレーン」という「膜」の振動状態として表現できる現宇宙の姿に、よく似た表現を感じたことだ。これは単に私の空想であるとしても)。

(＊4)橋元淳一郎『時間はどこで生まれるのか』(集英社新書　06・12)。この物理学的視点から記されている新書も含めて、多くの領域・書物で論じられている**時間論**自体に様々な相・語り方がある。「時間」という言葉の定義も様々にある。それはやはり、よく了解されている概念というよりも、実はまだ未知の領域として、分析自体は物理学的・哲學的・(神学的)・心理学的・文化人類学的・文学的に、それぞれの専門分野の視点を主として、この人生の限界という時間の相の中で続けられているというのが本当だからだ。それは、やはり「時間」を論ずるとは、この全宇宙の存在の根幹とともにあるものを論ずることになるので、それが未知のものとして未だあり続けているのは当然のことだろう。

(＊5)『ツァラトゥストラ』(ニーチェ全集9・10　吉沢伝三郎訳　ちくま学芸文庫　93・6　08・5)。その「10巻・第三部・[2]幻影と謎について」で、「一切の真理は曲線的であり、時間自体が一つの円環である。」と述べられたり、「一切の諸事物のうちで、起こりうるものは、すでにいつか、起こり、作用し、走り過ぎたにちがいないのではないか?」「われわれはすべて、すでに現存したにちがいないのではないか?」「そして、回帰し、われわれの前方の、外へ通じるあの別の小路を、この長いぞっとするほど恐ろしい小路を走り――かくて、われわれは永遠に回帰するにちがいないのではないか？」と説かれる、ニーチェの有名な永遠回帰説（吉沢 訳）。さらに「[13] 回復しつつある者」では「それは、一切の諸事物が、そして諸事物と共にわたしたち自身も、永遠に回帰するということ、また、わたしたちが、そしてわたしたちと共に一切の諸事物も、すでに無限回、現存したということだ。」と説かれる。この発想自体は、基本的にギリシャ哲学の中の「大年」という概念や永劫回帰説をそのまま使っているといえる。なお、吉沢訳においては「永遠回帰」と訳されているが、私は記憶の中の「**永劫回帰**」という言葉の方を使った。

（＊6）詩柱六歌の註（＊1）「タキオン」の項において、その「光速度を超えるニュートリノ」についての実験のことを記している。（この実験は測定器の設定ミスであった）。

〈コスモグラム　Cosmogram〉註

〈Cg1「南十字座星界」〉

一歌・註（＊3）を、そのままこの〈コスモグラム〉の註として見ていただきたい。また、ここに図示されている〈コスモグラム（宇宙図）・Cosmogram1〉は、その「チャカーナ」図として定着してゆく以前の叙事的な、原形的なものの世界観の方を想像するように描いているのだが、それはこの〈コスモグラム〉からあるマンダラの形態の基本が窺えることを意図してのことである。基本的に『タプティ詩篇』で描かれている〈コスモグラム〉は挿絵・イメージとしての機能を主としている。

〈Cg2　チャカーナ図基本〉

現在もペルーやボリビアのシャーマン達によって使われているチャカーナの形。古代ボリビアのティワナク文明の遺跡に残されていたチャカーナ形は、東西南北の四方位の幅がこれより少し狭くなっていて、時とともに少し変化しているようである。

〈Cg3「三点マンダラとニュートリノの飛沫」（❖9 物質のそよ風）〉

マンダラ（曼陀羅）的形態は、まず中心なる空無点及びそれに属し類する円を基礎として、それを周辺・外部としての二点・三点また四点・五点等が囲み支えてゆくという普遍的な原型があり、そこから細部・周辺の複雑化が始まってゆく。空間的形象としてのマンダラが成立するためには、外部に二点の上・下か左・

右の表示が最小限度必要だと思われるが、それが安定的に成立するためにはやはり三点による対称性が、まず欠かせないだろう。

〈Cg4「彼」のチャカーナ〉
このレイ・ノーアが使うチャカーナの内部の円形と図は著者による創作。内部の二重の渦のような図は、金文の「申（しん・かみ）」。「象形　雷光（稲妻）の形。申は神（神）の初文。」（白川静『新訂　字統』平凡社 04・12 初版　参照）

〈Cg5「左右の対称性と非対称性」（❖12 左の指先が・渦巻き始め）〉
（上段部）篆文における左・右の文字。（白川静『新訂　字統』前同　参照）
（中段部）左巻き、右巻きの渦形。
（下段部）左手型・右手型の高分子アミノ酸の象意として。

〈Cg6「レイのポンチョ」〉
ここにもレイのチャカーナ図が描かれている。

〈Cg7「四点マンダラ・（岩長のタプティ）」〉
マンダラにおける周辺・外部として最も安定し、多く使われてゆくのは四点・四角形であり、チベットの様々な曼陀羅においても円の中に四つの門がその四点として配されてゆく。

〈Cg8「心と胸の奥の洞窟」〉

「心」の篆文（及び金文）は心臓の象形から作られている。その中に左廻りの渦形を置き、それを中心の空無として、その四方の線を四点として配してみた。（白川静『新訂　字統』前同　参照）

〈Cg9「タプティ装置・聖梯」（❖21 多くの「タプティ」）〉

タプティ装置については「第一段」註及び四歌の（❖21 多くの「タプティ」）を参照。また、「」は中国における聖梯（神梯）の観念をあらわした甲骨文字。漢字では「阜《ふ》」となり「象形　字はもとの形に作り、神梯《しんてい》の形。神が陟降《ちょくこう》するときに用いる梯《はしご》である。この部に属する字は、神の陟降する聖地に関するものが多い」（白川静『新訂　字統』前同）、その「部に属する字」について少し見ると、「阜は部首としては阝（こざとへん）となるが、阜が神梯の形であることは、阿、隠、陽、（略）などの字が、神梯や神梯のある聖所に関する字であることから明らかである。」（白川静・津崎幸博『人名字解』平凡社　06・1初版）等、これらから、この甲骨文字及び漢字がタプティ概念に接していることは言うまでもない。

〈Cg10「五点マンダラ・（迦具土神のタプティ）」〉

五点を使うマンダラは多くはないが、様々な家紋や五芒星など、それらをマンダラとして見てもおかしくはない形が充分にある。

〈Cg11「世界線と天・地・冥府」〉

α＝世界点（質点、光子、粒子）　αを含む曲線が世界線

t＝時間軸（＋＝未来、－＝過去）　y＝三次元空間軸

α点において描かれた光円錐

「世界線（world-line）」：「質点の運動や光の伝播は、時空の四次元空間における曲線で表される。この曲線を世界線という。四次元空間の一点において光円錐を描くと、この点を通る質点の世界線は光円錐の内側（時間領域）にあり、光の世界線は光円錐面の上にある。」（『物理学辞典』培風館05・9三訂版）

この時空間を移動し続けて行くα（世界点＝質点・光子・粒子）の描く曲線を世界線というが、その存在体（点）の描く世界線に対して天・地・冥府という他界観念はどう働いていくのかを〈幻想〉してみたのが、このコスモグラム。α点を中心とする小円は、本来「点」であるものを分かりやすく拡大して描いた地球・地上体とみてもいい。また天・地・冥は、世界線の限界領域である光円錐の時空軸と微妙に関わっているとするのか、或いは、元より「地（点）」のみその内側の時間領域にあり、「天・冥」は光円錐の面に接した、その向こうの外にあるのか、さらにまったく関わらない五次元軸を基本としているのかは、まだ未定とする。

〈Cg12「世界線（残像）を求めて」（❖23【先行】残像が発生して）〉

世界線の基本は、時空四次元における現在進行形の点・粒子の動く経路、その時間的過去・現在・未来の線として発生している。その中の過去線として最も長大な線は、一応これまでの宇宙年齢（一三八億年）と

しての線をもっているといえるが、一個体・個人においても、（面や立体を「点」にまで捨象することによって）世界線としてみると、それは人生として瞬く間の線である。

〈Cg13「物質場と同期するアストラル体」〉

常に高速移動を続ける地球・太陽系という場と、どうやってアストラル体・魂は同期を続けることが出来るのか、という問い。

〈Cg14「自己の構造と空無点」〉

「自己マンダラ」と名付けている構造のひとつ。ここではグレースケールにしているが、本来「ブルーの外円」と内部の「虹構造」をもつ円と、それに接して関連してゆく半透明の幾何学的円の、それぞれの中心に空無点がある。

〈Cg15「ダークマターと銀河系」〉

明らかに水のように質量をもつダークマター（暗黒物質）の広がりと流れが、中心部の巨大ブラックホールとともに膨大な銀河たちの渦巻きを形成していくように見える。そこに出現する生命・魂とは？ その視野の中で、生命と魂の発生及びその場所の意味を考えて行く時期が科学的にも来ていると思える。

〈Cg16「世界マンダラ或いはタイムマシーン」（❖25 先行波ドップラー・刹那の透き間を）〉

これは「自己マンダラ」の内容・形態がさらに発展していったものの一つとしての「世界マンダラ」。また、絵としての一つの見方に、この形態からタイムマシーン的イメージもある。ここで描かれてゆく〈コスモグラム・Cg〉はいかようにも解釈しうる形態・抽象であるともいえ、マンダラの解釈もインド・チベットの密教や真言密教などの伝統的曼陀羅においては一つ一つの部分・細部の描き方・内容が決まっているが、新作マンダラとしての、こうしたこれまでの初歩的な〈コスモグラム〉では様々に解釈し得るようなものが面白い。

ここでもグレースケールで図示。外円はブルー、中間に四大元素としての地（黄）・水（青）・火（赤）・風（緑）の円が灯されている。中央の円は空であり、神性空間がその奥に空無点としてある。

＊これらの〈コスモグラム〉は著者による作図。また石風社・編集部でデジタルによる線の整えも多くの図においてお願いした。感謝いたします。

あとがき

このタプティ詩篇では様々な方法を用いている。詩型的、散文詩的、物語的、注釈的、また対象領域もその都度、自然人類学、シャーマニズム、神話、仏教、天文・宇宙論（の序）、そして図形等へと旋回してゆく。そこに関連してゆく領域を、少しずつ相互に配置する「構成詩」という概念もここでは提起してみたい。ただ散文（詩）やカットシーンとして進む物語としての部分が分量としても多いので、それを楽しんでいただくことがやはり主眼である。ここから新たな〈叙事・詩〉の試みを始めたい。

石風社の福元満治氏には様々なご示唆を戴きました、感謝いたします。

二〇一五年十月　記

宗清友宏

タプティ詩篇《しへん》 9 時量師《ときはかし》舞《ま》う空《そら》に

二〇一六年一月三十日　初版第一刷発行

著　者　宗《むね》清《きよ》友《とも》宏《ひろ》

発行者　福　元　満　治

発行所　石　風　社

福岡市中央区渡辺通二―三―二四
電　話　〇九二（七一四）四八三八
ＦＡＸ　〇九二（七二五）三四四〇

印刷・製本　シナノパブリッシングプレス

＊表示価格は本体価格。定価は本体価格プラス税です。

中村 哲

ペシャワールにて〔増補版〕 癩《らい》そしてアフガン難民

数百万人のアフガン難民が流入するパキスタン・ペシャワールの地で、ハンセン病患者と難民の診療に従事する日本人医師が、高度消費社会に生きる私たち日本人に向けて放った痛烈なメッセージ　【8刷】1800円

中村 哲

医者 井戸を掘る アフガン旱魃《かんばつ》との闘い

＊日本ジャーナリスト会議賞受賞

「とにかく生きておれ！ 病気は後で治す」。百年に一度といわれる最悪の大旱魃に襲われたアフガニスタンで、現地住民、そして日本の青年たちとともに千の井戸をもって挑んだ医師の緊急レポート　【12刷】1800円

中村 哲

医者、用水路を拓く アフガンの大地から世界の虚構に挑む

＊農村農業工学会著作賞受賞

養老孟司氏ほか絶讃。「百の診療所より一本の用水路を」。百年に一度といわれる大旱魃《かんばつ》と戦乱に見舞われたアフガニスタン農村の復興のため、全長二五・五キロに及ぶ灌漑用水路を建設する一日本人医師の苦闘と実践の記録　【4刷】1800円

ジェローム・グループマン

美沢惠子 訳

医者は現場でどう考えるか

「間違える医者」と「間違えぬ医者」の思考はどこが異なるのだろうか。臨床現場での具体例をあげながら医師の思考プロセスを探索する医療ルポルタージュ。診断エラーをいかに回避するか――患者と医者にとって喫緊の課題を、医師が追求する　【5刷】2800円

冨田江里子

フィリピンの小さな産院から

近代化の風潮と疲弊した伝統社会との板挟みの中で、多産と貧困に苦しむ途上国の人々。フィリピンの最貧困地区に助産院を開いて13年、一人の助産師の苦闘の日々を通して、人間本来の豊かさとは何かを問う奮闘記　1800円

富樫貞夫

水俣病事件と法

水俣病問題の政治決着を排す一法律学者渾身の証言集。水俣病事件における企業、行政の犯罪に対し、安全性の考えに基づく新たな過失論で裁判理論を構築、工業化社会の帰結である未曾有の公害事件の法的責任を糺す　5000円

石牟礼道子
はにかみの国　石牟礼道子全詩集
＊芸術選奨文部科学大臣賞

石牟礼作品の底流に響く神話的世界が、詩という蒸留器で清冽に結露する。「詩を書いているなどといえばなにやら気恥ずかしい。心の生理が露わになるからだろうか。散文ではそうも思わないのが不思議である」（「あとがき」より）
【3刷】2500円

前山光則　編
淵上毛錢詩集　増補新装版

「生きた、臥た、書いた」。水俣が生んだ夭折の詩人、伝説の海から鮮烈に甦る——。二十歳で発病、病の床に十五年、死を見すえつつ、生のみずみずしさをうたう。「ぼくが／死んでからも／十二時がきたら　十二／鳴るのかい」（「柱時計」）

2200円

渡辺京二
細部にやどる夢　私と西洋文学

少年の日々、退屈極まりなかった世界文学の名作古典が、なぜ、今読めるのか。小説を読む至福と作法について明晰自在に語る評論集。〈目次〉世界文学再訪／トゥルゲーネフ今昔／『エイミー・フォスター』考／書物という宇宙他
1500円

宮崎静夫
十五歳の義勇軍　満州・シベリアの七年

阿蘇の山村を出たひとりの少年がいた——。十五歳で満蒙開拓青少年義勇軍に志願、十七歳で関東軍に志願、敗戦そして四年間のシベリア抑留という過酷な体験を経て帰国、炭焼きや土工をしつつ、絵描きを志した一画家の自伝的エッセイ集
2000円

斉藤泰嘉
佐藤慶太郎伝　東京府美術館を建てた石炭の神様

日本のカーネギーを目指し、日本初の美術館を建て、戦局濃い中「美しい生活とは何か」を希求し続けた九州若松の石炭商の清冽な生涯。「なあに、自分一代で得た金は世の中んために差し出さにゃ」。佐藤新生活館は現在の山の上ホテルに
【2刷】2500円

阿部謹也
ヨーロッパを読む

「死者の社会史」、「笛吹き男は何故差別されたか」から「世間論」まで、ヨーロッパにおける近代の成立を鋭く解明しながら、世間的日常と近代的個に分裂して生きる日本知識人の問題に迫る、阿部史学の刺激的エッセンス
【3刷】3500円

＊表示価格は本体価格。定価は本体価格プラス税です。

黒田征太郎 作

火の話〈絵本〉

火の神から火をあたえられたニンゲンたちと、火の神は約束をしました。「火を使って、殺し合いをしてはならぬ」。ニンゲンにとって「火」ってなんだろう？　戦争から原子力発電まで、宇宙や神話という永い時間の中で考える絵本　１３００円

近藤等則 文　黒田征太郎 絵

水の話〈絵本〉

水は宇宙からやってきた。そして地球上の全ての生命は水から生まれた——。人が地球に、宇宙に生かされているという生命感覚を取り戻せば地球はもっとハッピーな星になる……。黒田征太郎と、世界的トランペッター近藤等則のコラボレーション　１３００円

小泉武夫 文　黒田征太郎 絵

土の話〈絵本〉

フクシマの土が阿武隈《あぶくま》弁で人間文明を告発する。「こりねでまだ放射能なんていじりまわしたらよ、今度こそ何もかも終りだもんない」。福島県出身で、発酵学者の小泉武夫が黒田征太郎と共に贈る、『火の話』『水の話』に続く第３弾　１３００円

佐木隆三 文　黒田征太郎 絵

昭和二十年 八さいの日記〈絵本〉

「ぼく、キノコ雲を見たんだ」。少年は「おくに」のために死ぬ覚悟だった。当時八歳だった佐木隆三氏が少年の心象を記し、七歳だった黒田征太郎氏が渾身の気迫で描いたヒロシマとナガサキ。平和と生命を希求する〈イノチの絵本〉　【2刷】１３００円

鬼塚勝也 文　黒田征太郎 絵

つよくなりたい〈絵本〉

「誰だって強くなりたいよね。でも本当の強さってなんだろう？」——ボクシング元世界チャンピオンと、国際的に活動する画家が出会い、生まれた、異色の絵本。少年と森に棲む知恵の主・フクロウの出会いを通して、本当の〝つよさ〟とは何かを問う　１３００円

イヴォナ・フミェレフスカ

ブルムカの日記　コルチャック先生と12人の子どもたち

田村和子・松方路子［訳］〈絵本〉

ナチス支配下のワルシャワ。コルチャック先生は孤児たちと暮らしていた。悲劇的運命に見舞われる子どもたちの日常とコルチャック先生の子どもへの愛が静かに刻まれた絵本　【2刷】２５００円

＊読者の皆様へ　小社出版物が店頭にない場合は「地方・小出版流通センター扱」か「日販扱」とご指定の上最寄りの書店にご注文下さい。なお、お急ぎの場合は直接小社宛ご注文下されば、代金後払いにてご送本致します（送料は不要です）。